正音

声律启蒙

张英庶 ◎ 著

安徽师范大学出版社
ANHUI NORMAL UNIVERSITY PRESS

· 芜湖 ·

图书在版编目(CIP)数据

正音《声律启蒙》/ 张英庶著 . -- 芜湖 : 安徽师
范大学出版社, 2024. 10. -- ISBN 978-7-5676-6876-8

Ⅰ . I207.21

中国国家版本馆 CIP 数据核字第 20249M95M5 号

正音《声律启蒙》

张英庶◎著

ZHENGYIN SHENGLÜ QIMENG

责任编辑：李克非　　　　　责任校对：胡志恒　黄腊云

装帧设计：王晴晴　冯君君　　责任印制：桑国磊

出版发行：安徽师范大学出版社

　　　　　芜湖市北京中路2号安徽师范大学赭山校区

网　　　址：https://press.ahnu.edu.cn

发 行 部：0553-3883578　5910327　5910310(传真)

印　　　刷：安徽联众印刷有限公司

版　　　次：2024年10月第1版

印　　　次：2024年10月第1次印刷

规　　　格：700 mm×1000 mm　1/16

印　　　张：17.25

字　　　数：252千字

书　　　号：978-7-5676-6876-8

定　　　价：36.00元

凡发现图书有质量问题,请与我社联系(联系电话:0553-5910315)

序　言

　　《声律启蒙》（作者车万育，字双亭，又字与三，号鹤田，湖南邵阳人，康熙三年进士。为官清正，刚直敢谏）是声韵之书，是对儿童进行平仄、语音、词汇、修辞、典故等训练，掌握声韵格律的启蒙读物，声韵协调，朗朗上口，自产生以来，深受推崇，影响甚巨。随着民众对传统文化经典的认识的回归以及对传统教育方法的越来越高的重视，给《声律启蒙》等传统文化经典作注释和注音的出版物如雨后春笋般呈现在读者面前，这些出版物的兴盛繁荣，对我们这个民族来说是好事，是幸事，因为这是文化的复兴，而文化复兴是中华民族伟大复兴的必要条件，是民族复兴的开启。只有建立在文化复兴基础之上的民族复兴，才坚实可靠。

　　但在这些给《声律启蒙》作注释和注音的出版物中，注释大都能秉持中正，而注音则存在较多疏漏和错误，原因是这些注音出版物的注音依据都是反映现代汉语语音标准的《新华字典》等工具书，而古人创作时所依据的却是反映古代汉语语音标准的各种韵书。由于汉语言本身的发展变化，现代汉语普通话同古代汉语相比，已经有了一定的差异，有些字的读音，尤其是平仄，发生了很大的变化，产生这些差异和变化的主要原因在于入声字问题，入声字影响着诗词、对联中平仄的对仗。解决了入声字问题，就解决了《声律启蒙》的读法问题。

关于入声字。古代汉语有平、上、去、入四个声调（其中平声分阴平和阳平），阴平和阳平属于平声，上、去、入属于仄声；而现代汉语普通话则只有平、上、去三个声调（其中平声亦分阴平和阳平），阴平和阳平属于平声，上、去属于仄声。也就是说在现代汉语普通话中入声消失了（我国吴、闽、赣、粤等方言区入声仍然存在）。入声字在现代汉语普通话中的消失，有入声字本身的发音特质的原因，入声字的发音特点是促发急收，不响亮、不悠长，是一个"短而促的喉塞音"，正是由于这个特点，入声在听辨上区分度不高，处于似是而非的两可之间，因此入声字在演变过程中逐渐转到去声和上声中去了，也有相当一部分入声字转到平声中去了。其中转到上声、去声中的入声字，虽然声调发生了变化，但平仄并没有变，如北、曲、辱、属等是由入声转上声，如术、密、促、浴等是由入声转去声，这类字对阅读讲究平仄对仗的韵文不产生太大的影响。还有一些入声字转到平声中去了，这些由入声转到平声中去的入声字，平仄就变了，由古代汉语的仄变为现代汉语的平，这些由入转平的入声字才是对现代人阅读讲究平仄对仗的古代诗文、对联产生影响的部分，而这些入声字是需要我们特别识记的。如识、服、竹、屋、歇、菊、革、插、失、出、急、绝、发等，这些字原来都是入声，属仄，现在却都成了平声，这些字在不讲究平仄对仗的散文中可以按平声去读，但在讲究平仄对仗的诗词、对联等韵文中则一定要按其入声的读法去读，只有这样读才能保证其平仄对仗的协调。"识"读如"是"、"服"读如"负"、"竹"读如"助"、"屋"读如"勿"、"歇"读如"泄"、"菊"读如"句"等。但是入声就是入声，它不同于去声，它读起来比去声短快急促，这样读从听觉效果上来讲，现代汉语普通话中的这些平声字，就是仄声而不是平声了。

一些特殊的入声字，其发音则跟现代汉语普通话有较大的不同，而这样的入声字是不多的，可以个别记住它们。如"黑"读如"贺"、"白"读如"擘"、"北"读如"擘"、"贼"读如"仄"、"宅"读如"仄"、"曲"读如"酷"、"绿"读如"路"等。为了使读者对入派三声过程中，由入转平的入声字有个明晰的认识，本书的正文和本韵诗举例中，凡是由入转平的入声字，都用阴影加以显示。另外。对于入派三声过程中转到上声、去声的入声字，虽然不影响转变后的平仄关系，但为了方便读者更全面地认识入声字，也尽量用阴影加以显示。

事实上，因为转到平声的入声字的影响，用普通话去诵读格律诗和词时，大部分都是读错了的，原因是平仄不对了，而格律的本质就是讲究平仄，平仄不对，也就不是格律诗了。总之，由入声转到平声的入声字，其平仄关系发生了变化，在讲究平仄和对仗的诗词、对联等韵文中，则一定要按其原本入声的读法去读，只有这样才能保证其平仄对仗的协调，保证其基本格律的正确。这是正确读格律诗的基础。本书最后以附表的形式给出了《声律启蒙》中派入阴平阳平的入声字表，总共一百二十个，读者可以一目了然。

为了使读者对入声字有更明晰的认识，本书正文和本韵诗举例中的入声字全部用阴影显示。

《声律启蒙》中的对句，有一字对、二字对、三字对、四字对、五字对、六字对、七字对，也有四字与六字组合的十字对，还有四字与七字组合的十一字对等，从对仗分类的角度看，有正对、有反对；有天文对（日月风云）、地理对（山水江河）、时令对（年节朝夕）、器物对（刀剑杯盘）、衣饰对（巾带衣冠）、饮食对（茶洒饭餐）、文具对（笔墨纸砚）、宫室对（楼台门户）、文学对（诗赋书画）、草木对（草木桃杏）、形体对（身心手足）、人伦对（父子兄弟）、人事对（道德才情）、颜色对（红白蓝紫）、数字对（千百独半）、方位对（南北东西）、情感对（喜怒哀乐）、国属对（尧舜秦楚）、金玉珠宝对、鸟兽虫鱼对、官职对、人名对等等。不论哪种对，除了词意相对之外，一定都是平仄相对的。但这种规律的体现是以准确识别入声字为前提的。也就是说《声律启蒙》是以讲求平仄相对为基本条件的，在出句和对句中，其平仄关系总是相对相反的，平对仄，仄对平，平平对仄仄，仄仄对平平，平仄仄对仄平平，平平平仄仄对仄仄仄平平，仄仄平平平仄仄对平平仄仄仄平平，其中五七言对是完全符合五七律的格律要求的，这种规律一以贯之，十分严格。但是如果按照现代汉语普通话的标准去读《声律启蒙》，这个规律就被打破了，平仄关系不再协调，平仄不协就不能算是严格的对仗，就无法领略出句和对句在平仄关系上的对仗美了，问题的根本也是出在由入声转到平声的入声字上。

说到平仄相对，这里有必要把讲究平仄格律的格律诗的基本句型简要的说明一下。对于五言律绝来讲，有四个基本句型（至于拗救可以看成是基本句型的变化）：

a型：仄仄平平仄　　A型：仄仄仄平平

b型：平平平仄仄　　B型：平平仄仄平

（仄：表示仄而可平　　平：表示平而可仄）

对于七言律绝而言，就是在五言的基础上加两个字，使仄起式变为平起式，平起变为仄起式，即

a型：平平仄仄平平仄　　A型：平平仄仄仄平平

b型：仄仄平平平仄仄　　B型：仄仄平平仄仄平

一首律诗，不论是五律还是七律，就是这四个基本句型的有规律的交替排列，或者为aBbAaBbA（首句入韵则为ABbAaBbA），或者为bAaBbAaB（首句入韵则为BAaBbAaB），概莫能外。绝句则为律诗的一半。

前人总结七言律绝的平仄规律时有所谓"一三五不论，二四六分明"的说法，这是一个比较实用的口诀。也就是说对于七言的第一字、第三字、第五字，其平仄是不拘的，要求是平声的，可以用仄声，即平而可仄，要求是仄声的，可以用平声，即仄而可平，其平仄是随意的；而对于七言的第二字、第四字、第六字，其平仄则有明确的限定，要求平的，必须平，要求仄的，必须仄，不能随意。需要明确的一点是，这个"一三五

4

不论，二四六分明"对 a 型和 b 型句子是适用的，但 b 型中应避免三仄尾，而对于 A 型句子来讲，第五字却是要论的，必须是仄，也就是说对于 A 型句子来讲，其实是"一三不论，二四六分明"；对于 B 型句子来讲，第三字却是要论的，必须是平，也就是说对于 B 型句子来讲，其实是"一五不论，二四六分明"。如果是五言，这个口诀就是"一三不论，二四分明"了（对于 A 型句子来讲是"一不论，二四分明"，三必须是仄。对于 B 型句子来讲是"三不论，二四分明"，一必须是平），其他都与七言同。

当然，这部分内容掌握起来略有难度，是为有这方面研究需求的读者准备的，普通读者可以忽略不计。

把这个规律应用到《声律启蒙》中，则不难发现，其出句和对句不但在意思上是相对的，在平仄上也是相对的。并且《声律启蒙》中所有的五言和七言对，都是 b 型对 A 型。如"半溪流水绿 千树落花红"是平平平仄仄的 b 型对仄仄仄平平的 A 型，用平仄符号表示为◐○○●●对◐●●○○；"野渡燕穿杨柳雨 芳池鱼戏芰荷风"是仄仄平平平仄仄的 b 型对平平仄仄仄平平的 A 型，用平仄符号表示为●●◐○○●●对○○◐●●○○。如"衔泥双紫燕 课蜜几黄蜂"是平平平仄仄的 b 型对仄仄仄平平的 A 型，用平仄符号表示为○○○●●对●●●○○；"春日园中莺恰恰 秋天塞外雁雍雍"是仄仄平平平仄仄的 b 型对平平仄仄仄平平的 A 型，用平仄符号表示为◐●○○○●●对○○●●●○○。这个规律在《声律启蒙》自始而终，无一例外。从上面的例子可以看出，平而可仄或仄而可平都出现在第一个字、第三个字或第五个字的位置上，这就是所谓一三五不论，而二四六位置上的字，平仄是十分明确的，这就是所谓的二四六分明。对于"鬓蟠对眉绿"是平平对仄仄（不能确定为仄平对平仄），用符号表示为◐○对●●，"齿皓对唇红"则是仄仄对平平，用符号表示为●●对○○。这就是"一三五不论，二四六分明"规律在《声律启蒙》中的体现和运用。

至于十字或十一字的杂言对，其中有时会涉及到一字顿的情况，所谓

序言

一字顿就是单字的停顿，这种单字的停顿，我们用括号括出，表示它不参与字数的排序，如"女子眉纤，额下（现）一弯新月；男儿气壮，胸中（吐）万丈长虹"，现和吐就不参与字数的排序了，额为第一个字，下为第二个字，一为第三个字，弯为第四个字，新为第五个字，月为第六个字。这样一就处于第三位上了，就是平而可仄，新则处于第五位上了，就是仄而可平。诸如"苏武牧羊，（雪）屡餐于北海；庄周活鲋，（水）必决于西江"、"智伯恩深，国士（吞）变形之炭；羊公德大，邑人（竖）堕泪之碑"、"未遇殷宗，胥靡（困）傅岩之筑；既逢周后，太公（舍）渭水之渔"等都是如此。《声律启蒙》中这样的一字顿的情况共有23处，详见正文。

入声字在现代汉语普通话中的消失，有语言演变的历史的和民族的多种原因，这里不再赘述。

本书名为《正音〈声律启蒙〉》，是正其误读之音的意思，并不是给每个字都注音，即使有些字比较偏僻，只要读者能依据《新华字典》等工具书得到正确的读法，一般都不加注音。而是仅仅对现代人依据《新华字典》等工具书而无法得到正确读音或只会得到错误读音的字，依据清人汤文璐的《诗韵合璧》和近人周祖谟的《广韵校本》的音类，根据古今语音的演变规律，将这些字音折合成普通话的读音，以体现《声律启蒙》创作过程中平仄相反相对的本真面目和作者的创作初衷，读者或有疑问，可依据韵书进行考察求证。

本书所使用的平仄符号是清康熙年间的《钦定词谱》所使用的符号，〇：表示平声；◖：表示平而可仄，意思是说：这个位置本应用一个平声字，但用仄声也可以；●：表示仄声；◗：表示仄而可平，意思是说：这个位置本应该用一个仄声字，但用平声字也可以。虽然不给每个字都注音，却标出了每个字的平仄，目的是能让读者清晰地看出每一句的平仄相反相对的基本关系，从而能在阅读过程中体会到文句中平仄相反相对的和谐之美。

另外，本书在每个韵部后面都设置了"教学拓展"环节，其中"故事链接"以历史小故事的形式介绍一些与本韵部内容有关的历史典故，来帮助读者理解原作；"阅读建议"用意在指引读者原文中典故的原典所出，以方便读者深入研究；同时在"本韵诗举例"中列举了若干押该韵的常见格律诗，结合某一韵部去读押该韵的格律诗，会有别样的领悟。全书30个韵部总计列举本韵诗一百六十六首，从这种意义上讲，本书还可以作为一种分韵部的格律诗选本来读。

本书的最后列出了七个附件，依次是：

附录一：常见的对仗分类；

附录二：常见古今异读异义字表；

附录三：《声律启蒙》派入阴平阳平的入声字表（共120个）；

附录四：派入阴平、阳平的入声字表；

附录五：诗韵常用入声字表（共801个）；

附录六：诗韵举要；

附录七：作者诗作十首。

读者阅读本书过程中的有关疑惑，或可从这几张附件中得到求证。

本书曾从2017年开始，作为校本教材内部交流使用，经过7年多的教学实践，师生反映良好。值此正式出版发行之际，需要特别感谢的是安徽大学历史学院的尹建龙院长和安徽大学文学院的罗毅博士后两位先生，尹建龙院长为本书的出版给予了多方面的大力支持，罗毅博士后对全书进行了细致的校厘鉴定，并给出了宝贵中肯的鉴定意见，在此一并表示感谢！

智者千虑，必有一失。书中难免有这样那样的错误或不足，敬请广大读者批评指正。

张英庶

2024年7月

序言

目录

下 平 声

附 录

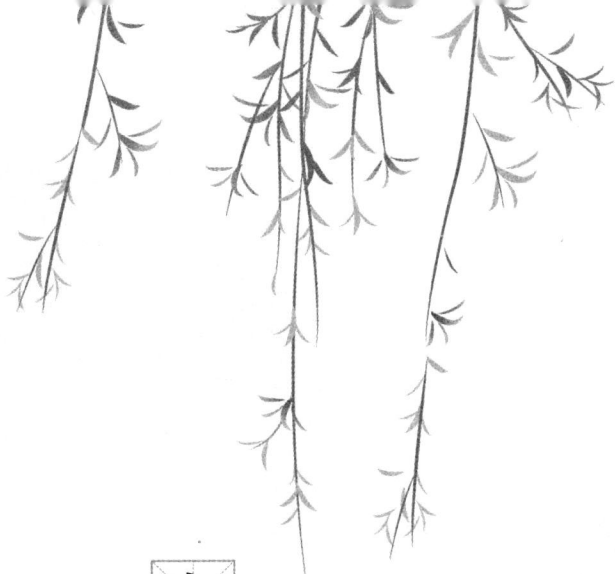

上平声

一　东

○　　　●　　●　　○　　●●　　○○　　○○　　●●　●●　○
云对雨，雪对风，晚照对晴空。来鸿对去燕，宿鸟对鸣

○　　　○●●　　○●○　　○○●●　○○○　　○○
虫。三尺剑，六钧弓，岭北对江东。人间清暑殿，天上

●○○　　●●◐○○●●　　◐○○●●○○　●○
广寒宫。两岸晓烟杨柳绿，一园春雨杏花红。两鬓风

○　　◐●●○○　　◐○○●●　○○●●○○
霜，途次早行之客；一蓑烟雨，溪边晚钓之翁。

注释：

（1）三尺剑：这个典故和汉高祖刘邦有关。刘邦征讨英布时不幸为箭所伤，结果伤势越来越重。吕后请了一个名医，说可以治好。高祖听后骂道："我以一介布衣，提三尺剑而取天下，这不是上天之命吗？我命在天，如果上天让我死，即使神医扁鹊，又有什么用呢？"典出《史记·高祖本纪第八》："高祖击布时，为流矢所中，行道病。病甚，吕后迎良医。医入见，高祖问医。医曰：'病可治。'于是高祖嫚骂之曰：'吾以布衣持三尺剑取天下，此非天命乎？命乃在天，虽扁鹊何益！'遂不使治病，赐金五十斤罢之。"古代的剑长度多在三尺左右，后来人们常用"三尺剑"作剑的泛称。

（2）六钧弓：钧，古代重量单位，三十斤为一钧。千钧一发、雷霆万钧中的钧都是这个意思。六钧弓是用很大力气才能拉开的强弓。

（3）广寒宫：神话传说中月亮上嫦娥所居的宫殿，常用来代指月亮。

（4）翁：古音读若 yōng，普通话读 wēng。

（5）正文和本韵诗举例中打阴影的字为入声字，入声属仄声，诵读时应体现出仄声。

说明：本节涉及对仗中常用的天文对、地理对、花鸟虫鱼走兽对、颜色对等。

○　●　●　○　●●　○○　○○　●●　●●　○
沿对革，异对同，白叟对黄童。江风对海雾，牧子对渔

○　○●●　●○○　●●　○○　○○　○●●　●●　○○
翁。颜巷陋，阮途穷，冀北对辽东。池中濯足水，门外

●○○　●●○●○○●●　●○○●●○○　○●○○，
打头风。梁帝讲经同泰寺，汉皇置酒未央宫。尘虑萦心，

●●●○○●●　○○●●　○○●○○
懒抚七弦绿绮；霜华满鬓，羞看（kān）百炼青铜。

注释：

（1）沿：沿用、沿袭，按照原来的样子去做。

（2）革：革新、变革。

（3）白叟：白发老人。

（4）黄童：年龄幼小的儿童。

（5）颜巷陋：颜，指颜回，孔子的爱徒，居于简陋的巷子，安贫乐道。《论语·雍也》记载"子曰：贤哉回也！一箪食，一瓢饮，在陋巷，人不堪其忧，回也不改其乐。贤哉回也！"

（6）阮途穷：阮，指阮籍，传说阮籍每当走到路的尽头时，必感慨万端，痛哭其末路穷途而返。杜甫《暮秋枉裴道州手札率尔遣兴寄递呈苏涣侍御》有"齿落未是无心人，舌存耻作穷途哭"之句，苏轼《黄州寒食二首》有"也拟哭途穷，死灰吹不起"之句，都是化用此典。

（7）濯足：洗脚。

（8）梁帝：指梁武帝萧衍，他醉心佛教，荒芜朝政，曾先后四次到同泰寺出家。同泰寺是南朝时一著名寺院，故址在今天的江苏省南京市。南北朝时期是我国佛教发展繁荣的重要阶段，唐人杜牧在绝句《江南春》中有"南朝四百八十寺，多少楼台烟雨中"的感慨。

（9）汉皇：指汉高祖刘邦，他平定天下后曾于未央宫置酒，大宴群臣。典出《史记·高祖本纪第八》："未央宫成。高祖大朝诸侯群臣，置酒未央前殿。高祖奉玉卮，起为太上皇寿，曰：'始大人常以臣无赖，不能治产业，不如仲力。今某之业所就，孰与仲多？'殿上群臣皆呼万岁，大笑为乐。"

（10）未央宫：汉朝宫殿名，故址在今天的陕西省西安市，汉高祖八年在丞相萧何的主持下，于秦章台的基础上修建而成。典出《史记·高祖本纪第八》："萧丞相营作未央宫，立东阙、北阙、前殿、武库、太仓。高祖还，见宫阙壮甚，怒，谓萧何曰：'天下匈匈，苦战数岁，成败未可知，是何治宫室过度也？'萧何曰：'天下方未定，故可因遂就宫室。且夫天子以四海为家，非壮丽无以重威，且无令后世有以加也。'高祖乃说。"

（11）尘虑：人间的世俗杂念。

（12）绿绮：傅玄《琴赋序》："蔡邕有绿绮琴，天下名器也。"人们经常用绿绮作为琴的代称，就像用龙泉借指剑一样。李白《听蜀僧睿弹琴》："蜀僧抱绿绮，西下峨眉峰。"

（13）霜华：白发。

（14）百炼青铜：古人用青铜为镜，也称铜鉴，这里借指镜子。

（15）看：寒韵 kān，翰韵 kàn，寒韵翰韵同。古代汉语读 kān 读 kàn，只是归韵不同，意义没有区别。这种情况在古代汉语中相当普遍，以后不再赘述，只注明某韵某韵同。而现代汉语在此点上有别于古代汉语，读 kān 读 kàn，意义是不同的。

说明：本节涉及对仗中常用的同义对、反义对、天文对、地理对、器物对等。

贫对富，塞对通，野叟对溪童。鬓皤对眉绿，齿皓对唇红。天浩浩，日融融，佩剑对弯弓。半溪流水绿，千树落花红。野渡燕穿杨柳雨，芳池鱼戏芰荷风。女子眉纤，额下（现）一弯新月；男儿气壮，胸中（吐）万丈长虹。

注释：

（1）皤：白。

（2）皓：白。

（3）杨柳雨：杨柳刚抽芽时的春雨。

（4）芰：四角菱。

（5）荷：也称莲。

（6）新月：农历上半月初出的月亮，月面朝西，"弦"在上面，叫上弦月，农历下半月初出的月亮，月面朝东，"弦"在下面，叫下弦月。状如蛾眉，又称蛾眉月。

需要特别说明的是，对于杂言对中的一字顿，如本对中的"现"和"吐"，是可以不考虑平仄相对问题的，而且该字也不参与全句字位排序，即本句"额"算一位字，"下"算二位字，"一"算三位字，"弯"算四位字，"新"算五位字，"月"算六位字。"额下一弯新月"和"胸中万丈长虹"，在平仄关系上是"仄仄平平仄仄"对"平平仄仄平平"。对于这种一字顿的字，我们用括号括出，表示它不参与字数的排列。以后的杂言对皆仿此。

说明：本节涉及对仗中常用的反义对、天文对、花鸟虫鱼走兽对、颜色对、器物对等。

教学拓展

故事链接：

梁武帝礼佛

"千里莺啼绿映红，水村山郭酒旗风。南朝四百八十寺，多少楼台烟雨中。"这是唐代诗人杜牧的名作，诗中以生动的语言描绘了南朝佛教的兴盛。南北朝时，佛教大盛，南朝梁武帝萧衍是位吃斋信佛、极力倡导发展佛教的皇帝，他曾四次舍身到同泰寺（今南京鸡鸣寺）当和尚。所谓舍身，一是舍资财，即把自己的所有身资服用，舍给寺庙。还有一种是舍自身，就是自愿加入寺庙为众僧服役。梁武帝于公元527年、529年、547年三次舍身。舍身第一次是4天，最后一次长达37天。而每一次都是朝廷用重金将其赎回。寺庙因此而获得了可观的收入。

梁武帝是中国历史上罕见的长寿皇帝，他活了八十五岁，在位

上平声

五十多年，可以说在他迷信佛教之前，还是非常励精图治的，堪称一位文武兼修的明君。但是后来由于他对佛教的过度的虔敬和崇信，身为皇帝竟不惜亲自受戒，不吃肉、不近女色，长年过着苦行僧般的生活。不仅如此，为了弘扬佛法，他潜心钻研佛经，亲自撰写了一部五十卷的《大品经注》，并四处开坛讲经，无暇理政，最终招致了国家的灭亡。

汉高祖醉斩白蛇

《史记》记载，汉高祖以亭长的身份为沛县押送徒役去骊山，徒役们有很多在半路逃走了。高祖估计等到了骊山也就会都逃光了，所以走到丰西大泽中时，就停下来饮酒，趁着夜晚把所有的徒役都放了。高祖说："你们都逃命去吧，从此我也要远远地走了！"徒役中有十多个壮士愿意跟随他一块走。高祖乘着酒意，夜里抄小路通过沼泽地，让一个人在前边先走。走在前边的人回来报告说："前边有条大蛇挡在路上，还是回去吧。"高祖已醉，说："大丈夫走路，有什么可怕的！"于是赶到前面，拔剑将大蛇斩成两截，道路打开了，继续往前走了几里，他醉得更厉害了，就躺倒在地上休息。后边的人来到斩蛇的地方，看见有一老妇在暗夜中哭泣。便问她为什么哭，老妇人说："有人杀了我的孩子，我在哭他。"这人又问："你的孩子为什么被杀呢？"老妇说："我的孩子是白帝之子，变化成蛇，挡在道路中间，如今被赤帝之子杀了，我就是为这个哭啊。"众人以为老妇人是在说谎，正要打她，老妇人却忽然不见了。后面的人赶上了高祖，高祖醒了。那些人把刚才的事告诉了高祖，高祖心中暗暗高兴，更加自负。那些追随他的人也渐渐地畏惧他了。

姜太公钓鱼

太公姓姜名尚，又名吕尚，是辅佐周文王、周武王灭商的功臣。

他在没有得到文王重用的时候，隐居在陕西渭水边一个地方，那里是周族领袖姬昌（即周文王）统治的地区，他希望能引起姬昌对自己的注意，建立功业。

姜太公常溪旁垂钓。一般人钓鱼，都是用弯钩，再放上有香味的饵食，然后把它沉在水里，诱骗鱼儿上钩。但太公的钓钩是直的，上面不挂鱼饵，也不沉到水里，并且离水面约有三尺高。他一边高高举起钓竿，一边自言自语道："鱼儿呀鱼儿呀，你们愿意的话，就自己上钩吧！"一天，有个打柴的樵夫来到溪边，见太公用不放鱼饵的直钩在水面上钓鱼，便对他说："老先生，像你这样钓鱼，再钓一百年也钓不到一条鱼的！"太公举了举钓竿说："对你说实话吧！我不是为了钓到鱼，而是为了钓到王与侯！"

太公奇特的钓鱼方法，终于传到了姬昌那里。姬昌知道后，派一名士兵去叫他来。但太公并不理睬这个士兵，只顾自己钓鱼，并自言自语道："钓啊，钓啊，鱼儿不上钩，虾儿来胡闹！"姬昌听了士兵的禀报后，改派一名官员去请太公来。可是太公依然不搭理，边钓边说："钓啊，钓啊，大鱼不上钩，小鱼别胡闹！"文王姬昌觉得这个钓鱼的老头一定不是等闲之辈，便亲自去拜访，姬昌同他交谈，谈得非常投机，文王了解姜尚确是治国安邦之才，便让姜尚与他同车而归。姜子牙入朝后，被姬昌封为太公。后来，姜子牙连续辅佐文王、武王，推翻了纣王的统治，建立了中国历史上年代最长久的周朝。

阅读建议：《史记·高祖本纪第八》

东韵本韵诗举例：

秋兴八首之七　　　杜甫

昆明池水汉时功，武帝旌旗在眼中。

织女机丝虚夜月，石鲸鳞甲动秋风。

波漂菰米沉云黑，露冷莲房坠粉红。

关塞极天唯鸟道，江湖满地一渔翁。

（黑：入声字，读如贺、短而促。翁：古音读 yōng。）

咏怀古迹五首之四　　　杜甫

蜀主窥吴幸三峡，崩年亦在永安宫。

翠华想象空山里，玉殿虚无野寺中。

古庙杉松巢水鹤，岁时伏腊走村翁。

武侯祠屋常邻近，一体君臣祭祀同。

无题　　　李商隐

昨夜星辰昨夜风，画楼西畔桂堂东。

身无彩凤双飞翼，心有灵犀一点通。

隔座送钩春酒暖，分曹射覆蜡灯红。

嗟余听鼓应官去，走马兰台类转蓬。

（听：读 tīng，径韵。）

晓出净慈寺送林子方　　　杨万里

毕竟西湖六月中，风光不与四时同。

接天莲叶无穷碧，映日荷花别样红。

行宫　　　元稹

寥落古行宫，宫花寂寞红。

白头宫女在，闲坐说玄宗。

10

二 冬

○ ● ○ ○ ●● ○○ ○○ ● ●
春对夏，秋对冬，暮鼓对晨钟。观山对玩（wàn）水，

●● ○○ ○●● ●○○ ●● ○○ ○○○●
绿竹对苍松。冯妇虎，叶公龙，舞蝶对鸣蛩。衔泥双紫

● ●● ○○ ○● ○○ ○● ●●●● ○
燕，课蜜几黄蜂。春日园中莺恰恰，秋天塞外雁雍雍。

●●○○ ●○○● ○○○●● ○○●●○○
秦岭云横，迢递八千远路；巫山雨洗，嵯峨十二危峰。

注释：

（1）秋对冬：此对在意义上是相对的，但平仄不能相对。因是单字对，所以这并不妨碍"秋"与"冬"能在多字对中在平仄和意义上完全相对。

（2）暮鼓、晨钟：古代寺院早晨撞钟，晚上击鼓以报时。

（3）玩，古音属去声，翰韵，今音读wán，属平声，古今读音平仄不同了。这里应读wàn，若按今音读wán，则上下的平仄就不协调了。

（4）冯妇：古代一勇士名，能空手打虎。

（5）叶公：春秋时期楚国人，喜欢用龙作装饰。叶，现代汉语读

11

为去声 yè。今取 yè 音。

（6）蛩：蟋蟀，这里泛指各种小昆虫。

（7）恰恰、雍雍：都是拟声词，莺或雁的叫声。

（8）秦岭云横：秦岭，陕西境内的一条山脉，是我国地理上的南北分界线。韩愈有《左迁至蓝关示侄孙湘》诗："一封朝奏九重天，夕贬潮州路八千。欲为圣明除弊事，肯将衰朽惜残年。云横秦岭家何在，雪拥蓝关马不前。知汝远来应有意，好收吾骨瘴江边。"

（9）迢递：路途遥远貌。

（10）嵯峨：山势高峻貌。

说明：本节涉及对仗中常用的同义对、天文对、地理对、花鸟虫鱼走兽对、颜色对、数字对、方位对等。

明对暗，淡对浓，上智对中庸。镜奁对衣笥，野杵对村春。花灼烁，草蒙茸，九夏对三冬。台高名戏马，斋小号蟠龙。手擘蟹螯从毕卓，身披鹤氅自王恭。五老峰高，秀插云霄如玉笔；三姑石大，响传风雨若金镛。

注释：

（1）镜奁：古代妇女装梳妆用具的盒子。

（2）衣笥：用竹子或芦苇编织的装放衣物的箱子。

（3）野杵对村春：杵，木棒；春，臼形容器。杵和春配合使用，来脱去谷物的外壳。

（4）灼烁：花盛开貌。

（5）蒙茸：草茂盛貌。

（6）戏马台：故址在今江苏徐州铜山区，项羽所建，传说项羽曾于此驰马取乐。

（7）蟠龙斋：书斋名。东晋大司马桓温之子桓玄所建，斋里满画龙的图案。

（8）手擘蟹螯从毕卓：《世说新语·任诞》记载，毕茂世云："一手持蟹螯，一手持酒杯，拍浮酒池中，便足了一生。"（毕卓字茂世）擘，分开、掰开；蟹螯，螃蟹的两个前足。

（9）身披鹤氅自王恭：晋人王恭披着仙鹤羽毛做的披风，坐于高车之上，在小雪中前行，孟昶在篱间窥见，不觉赞叹说：这真是个神仙啊！典出《世说新语·企羡》："孟昶未达时，家在京口。尝见王恭乘高舆，披鹤氅裘。于时微雪，昶于篱间窥之，叹曰：'此真神仙中人！'"

（10）五老峰：庐山东南部的五座山峰，状如老人。

（11）三姑石：武夷山大王峰换骨岩旁的一块大石，风雨骤至，鸣声若钟。

（12）金镛：铜钟。

说明：本节涉及对仗中常用的反义对、天文对、花鸟虫鱼走兽对、颜色对、器物对等。

仁对义，让对恭，禹舜对羲农。雪花对云叶，芍药对芙蓉。陈后主，汉中宗，绣虎对雕龙。柳塘风淡淡，花圃月浓浓。春日正宜朝看（kàn）蝶，秋风那更夜闻蛩。战

●○○　●●○○●●　￼○●●　○○￼●●○○
士邀功，必<mark>借</mark>干戈成勇武；逸民<mark>适</mark>志，须凭诗酒养疏慵。

注释：

（1）禹、舜、羲、农：指大禹、虞舜、伏羲、神农四位上古帝王。

（2）陈后主：指陈叔宝，南朝时陈的末代皇帝，曾作《玉树后庭花》，荒淫亡国，常为亡国之君的代称。唐人杜牧有《泊秦淮》诗："烟笼寒水月笼沙，夜泊秦淮近酒家。商女不知亡国恨，隔江犹唱后庭花。"

（3）汉中宗：指汉宣帝刘询。

（4）看：翰韵，读kàn，寒韵，读kān，翰韵寒韵同。

（5）逸民：隐逸之人。

（6）疏慵：闲适的心情。

说明：本节涉及对仗中常用的伦常对、天文对、花鸟虫鱼走兽对等。

教学拓展

故事链接：

神农尝百草

神农氏本是三皇之一，出生在烈山的一个石洞里，传说他牛头人身。由于他的特殊形貌和勤劳勇敢，长大后被人们推为部落首领，因为他的部落居住在炎热的南方，称炎族，大家就称他为炎帝。有一次他见鸟儿衔种，由此发明了五谷农业，因为这些卓越的贡献，大家又称他为神农。他看到人们得病，又到都广之野，登建木，上天帝花园取瑶草而遇天帝赠神鞭，神农拿着这根神鞭从都广之野，走一路鞭一路，回到了烈山。神农尝百草为人们治病，多次中毒，都多亏了茶解毒。因誓言要尝遍所有的草，最后因尝断肠草中毒而死。神农是中华农耕文明和医药文明的始祖。在我国的川、鄂、陕交界处，传说是神农尝百草的地方，称为神农架。

叶公好龙

汉代刘向《新序·杂事五》："叶公子高好龙，钩以写龙，凿以写龙，屋室雕文以写龙。于是天龙闻而下之，窥头于牖，施尾于堂。叶公见之，弃而还（xuán）走，失其魂魄，五色无主。是叶公非好龙也，好夫（fú）似龙而非龙者也。"后以"叶公好龙"比喻自称爱好某种事物，实际上并不是真正爱好，甚至是惧怕、反感。

玉树后庭花

《玉树后庭花》的作者南朝陈后主，是南朝的最后一个皇帝。传说陈灭亡的时候，陈后主正在宫中与爱姬张丽华玩乐。陈后主穷奢极欲，沉湎声色，是一个典型的昏君。当时，北方强大的隋朝随时准备渡江南下，陈这个江南小王朝已经面临灭顶之灾，可是陈后主却生活奢侈，不问政事，喜爱艳词。每日只在宫中与嫔妃近臣游宴，他在后庭摆宴时，必唤上一些舞文弄墨的近臣，与张贵妃及宫女调情。然后让文臣作词，选其中特别艳丽的词章配曲，分配给宫女，一轮轮地演唱。其中有"璧月夜夜满，琼树朝朝新。"更有一首《玉树后庭花》云：

丽宇芳林对高阁，新装艳质本倾城。

映户凝娇乍不进，出帷含态笑相迎。

妖姬脸似花含露，玉树流光照后庭。

花开花落不长久，落红满地归寂中。

"玉树后庭花，花开不复久。"陈后主的好日子就像这玉树后庭花一样短暂，前后不足七年。公元 589 年，隋兵攻入建康（今南京），陈后主被俘，后病死于洛阳。《玉树后庭花》遂被称为"亡国之音"。唐代大诗人杜牧夜泊秦淮，闻岸上酒家女子还在月下高歌陈后主的《玉树后庭花》，歌声凄婉，兼蕴南朝幽怨气韵，良夜宁静，益增遐思，于是作《泊秦淮》：

烟笼寒水月笼沙，夜泊秦淮近酒家。

商女不知亡国恨，隔江犹唱后庭花。

值得说明的是，《玉树后庭花》这首诗的前六句押韵，韵脚依次是城、迎、庭，而后两句"花开花落不长久，落红满地归寂中"，并不押韵，原因是后两句并非正诗，而是正诗结尾的和词。大概这首诗前六句是一人独唱，后两句是众人相和。如今的山歌也常有这种形式，一人唱罢，众人相和。

《汉乐府·江南》就是这样的："江南可采莲，莲叶何田田，鱼戏莲叶间。鱼戏莲叶东，鱼戏莲叶西，鱼戏莲叶南，鱼戏莲叶北。"事实上，这首诗正诗只有前三句"江南可采莲，莲叶何田田，鱼戏莲叶间。"莲、田、间是押韵的，而后面的四句"鱼戏莲叶东，鱼戏莲叶西，鱼戏莲叶南，鱼戏莲叶北"是众人的和词，也是前三句一人独唱，后四句众人相和。

曹操的《观沧海》和《龟虽寿》也是这种情况。"东临碣石，以观沧海。水何澹澹，山岛竦峙。树木丛生，百草丰茂。秋风萧瑟，洪波涌起。日月之行，若出其中；星汉灿烂，若出其里。幸甚至哉，歌以咏志。"这首诗的后两句"幸甚至哉，歌以咏志"就不是正诗，而是正诗后面的众人和词。也就是说，这首诗只有前面十二句，后面两句是众人的和词。只不过，曹操所处的三国时期，还保存大量的先秦古韵，而这首诗恰恰用的是先秦古韵。在先秦古韵系统中，海读 xǐ，峙读 jǐ，茂读 mǐ。这样全诗海 xǐ、峙 jǐ、茂 mǐ、起 qǐ、里 lǐ 是押韵的。

《龟虽寿》也是这样："神龟虽寿，犹有竟时。腾蛇乘雾，终为土灰。老骥伏枥，志在千里。烈士暮年，壮心不已。盈缩之期，不但在天。养怡之福，可得永年。幸甚至哉，歌以咏志。"在先秦古韵系统中，时读shǐ，灰读xǐ。这样时shǐ、灰xǐ、里lǐ、已yǐ押韵，天、年押韵，后两句"幸甚至哉，歌以咏志"也非正诗，而是正诗后面的众人和词，同样是不入韵的。

《诗经》中类似的例子还有很多。

阅读建议：《世说新语·任诞》《世说新语·企羡》

冬韵本韵诗举例：

无题　　　　李商隐

来是空言去绝踪，月斜楼上五更钟。
梦为远别啼难唤，书被催成墨未浓。
蜡照半笼金翡翠，麝熏微度绣芙蓉。
刘郎已恨蓬山远，更隔蓬山一万重。

无题　　　　李商隐

凤尾香罗薄几重，碧文圆顶夜深缝。
扇裁月魄羞难掩，车走雷声语未通。
曾是寂寥金烬暗，断无消息石榴红。
斑骓只系垂杨岸，何处西南任好风。

喜见外弟又言别　　　　李益

十年离乱后，长大一相逢。问姓惊初见，称名忆旧容。

别来沧海事，语罢暮天钟。明日巴陵道，秋山又几重。

听蜀僧濬弹琴　　　李白

蜀僧抱绿绮，西下峨眉峰。为我一挥手，如听万壑松。
客心洗流水，余响入霜钟。不觉碧山暮，秋云暗几重。

18

三　江

○　●　●　○　●●　○○　○○　●●　●●　○
楼对阁，户对窗，巨海对长江。蓉裳对蕙帐，玉斝对银

○　○●●　●○○　●●　○○　○○○
钲。青布幔，碧油幢（chuáng），宝剑对金缸。忠心安

●●　●●●　○○　●●　○○○　●●　○○●●○
社稷，利口覆家邦。世祖中兴延马武，桀王失道杀龙

○　○●○○　●　●●○○○○　●●　○○　○○●●
逢。秋雨潇潇，漫烂黄花都满径；春风袅袅，扶疏绿竹

●○○
正盈窗。

注释：

（1）蓉裳：芙蓉做成的衣裳。《离骚》中有"制芰荷以为衣兮，集芙蓉以为裳。"

（2）蕙帐：香草做成的帐子。

（3）斝：读jiǎ，即古代的一种三足圆口酒杯。

（4）钲：油灯。

（5）幢：江韵chuáng，绛韵zhuàng，江韵绛韵异。这里是江

韵，读chuáng，是一种用羽毛作装饰的常用于仪仗的旗帜。

（6）缸：通"钆"，关中方言称箭镞为"钆"。

（7）社稷：国家。用社稷代指国家源于古代的国家祭祀。祭祀土神叫作社，有春社、秋社之分。陆游《游山西村》诗有"箫鼓追随春社近，衣冠简朴古风存"，晏殊《破阵子》词有"燕子来时新社，梨花落后清明"。祭祀谷神叫作稷。后来便以社稷代指国家。

（8）利口：能言善辩的嘴。

（9）世祖中兴延马武：世祖，指光武帝刘秀，他推翻王莽，建立东汉，恢复了刘姓天下，被称为中兴之主。马武，字子张，能征善战，为人嗜酒，阔达敢言，刘秀称帝后被封为捕虏将军、杨虚侯。延，请。典出《后汉书·朱景王杜马刘傅坚马列传第十二》："及世祖拔邯郸，请躬及武等置酒高会，因欲以图躬，不克。既罢，独与武登丛台，从容谓武曰：'吾得渔阳、上谷突骑，欲令将军将之，何如？'武曰：'驽怯无方略。'世祖曰：'将军久将，习兵，岂与我掾吏同哉？'武由是归心。"

（10）桀王失道杀龙逄：桀王，指夏朝最后一个君主夏桀，他荒淫残暴，刚愎自用，终至亡国。龙逄，指关龙逄，他冒死进谏，被夏桀所杀。

（11）黄花：指菊花。

（12）扶疏：错落有致的样子。

说明：本节涉及对仗中常用的宫室对、地理对、衣饰对、器物对、形体对、天文对、颜色对等。

○　●　　●　　○　　　　　●●　○○　　○○　●●
旌对旆，盖对幢（chuáng），故国对他邦。千山对万水，

●●　○○　○　●●　　●○○　　　　●●　○
九泽对三江。山岌岌，水淙淙（shāng），鼓振对钟

○　　　　　○○○●●　　●●●○○　　●●○○○
撞（chuáng）。清风生酒舍，白月照书窗。阵上倒戈辛

●●　　　○○●●●○○　　●●○○　　●●○○○●●
纣战，道旁系剑子婴降。夏日池塘，出没浴波鸥对对；

○○○●●　　○○○●●○○
春风帘幕，往来营垒燕双双。

注释：

（1）旌：古代旗杆上端用羽毛做装饰的旗子。

（2）旆：末端形状像燕尾的旗子，即燕尾旗。

（3）盖：车盖，即车上用来遮挡阳光和风雨的篷帐或伞盖。

（4）幢：江韵 chuáng，绛韵 zhuàng，江韵绛异。幢，指古代一种旌旗。

（5）岌岌：形容山高险而几欲倾倒的样子。

（6）淙淙：江韵 shāng，冬韵 cōng，江韵冬韵同。水流声。

（7）撞：江韵 chuáng，绛韵 zhuàng，江韵绛韵同。撞击的意思。

（8）清风对白月：清风对白月是借对，清借"青"与白相对，这种对法叫借对。借对在对联、古诗文中极为常见。李商隐《锦瑟》中"沧海月明珠有泪，蓝田日暖玉生烟"就是借沧为苍，与蓝相对。

（9）倒戈：将武器倒过来向自己的队伍冲杀，指叛变。

（10）辛纣：商朝的最后一个统治者纣王，他宠幸妲己，荒淫残暴，设置各种酷刑来惩罚对自己有意见的人，致使朝中无人敢言国事，最终被武王推翻，在鹿台自焚而死。《史记·殷本纪第三》："西伯既卒，周武王之东伐，至盟津，诸侯叛殷会周者八百。……周武王于是遂率诸侯伐纣，纣亦发兵距之牧野。甲子日，纣兵败。纣走，入登鹿台，衣其宝玉衣，赴火而死。"

（11）子婴：秦朝最后一个统治者，秦二世胡亥之子，秦始皇之孙，在位仅四十六天，刘邦攻破咸阳后投降，后为项羽所杀。

（12）营垒：筑巢。

说明：本节涉及对仗中常用的器物对、地理对、宫室对、天文对、颜色对等。

铢对两，只对双，华岳对湘江。朝（cháo）车对禁鼓，宿火对寒缸。青琐闼，碧纱窗，汉社对周邦。笙箫鸣细细，钟鼓响摐摐（chuāng）。主簿栖鸾名有览，治中展骥姓惟庞。苏武牧羊，（雪）屡餐于北海；庄周活鲋，（水）必决于西江。

注释：

（1）铢：古代的一种很小的重量单位，1两的1/24为一铢。

（2）华岳：西岳华山。

（3）禁鼓：古代夜间不准在外面行走，叫做宵禁。宵禁之前先鸣鼓以告知，曰禁鼓。禁鼓设置在谯楼上，有报时的作用。

（4）宿火：隔夜未熄的火。

（5）寒缸：寒夜里的孤灯。

（6）青琐闼：青琐，青色的连环花纹；闼，宫门；青琐闼，即刻有青色的连环花纹的宫门。

（7）主簿栖鸾名有览：典出《后汉书·循吏列传第六十六》。仇览，字季智，陈留考城人。四十岁前默默无闻，后被选为蒲亭长，德化百姓，政绩卓著。考城令王涣闻其美名，欲聘为考城主簿。仇览婉辞不就，王涣写道："枳棘非鸾凤所栖，百里岂大贤之路？"并将自己一个月的俸禄送与仇览以示鼓励。

（8）治中展骥姓惟：三国时的庞统，才能仅次于诸葛亮，让他做耒阳令却治理不好一个县，被免了职。鲁肃向刘备推荐说：庞统不是治理小县的人才，至少让他做个治中、别驾（均为州一级行政长官的助理），才能施展他千里马一样的才干。骥，千里马。典出《三国志·蜀书·庞统法正传第七》："先主领荆州，统以从事守耒阳令，在县不治，免官。吴将鲁肃遗先主书曰：'庞士元非百里才也，使处治中、别驾之任，始当展其骥足耳。'诸葛亮亦言之于先主，先主见与善谭，大器之，以为治中从事。"

（9）苏武牧羊，雪屡餐于北海：苏武为西汉武帝时人，奉武帝命出使匈奴时被扣留，曾卧冰吞雪，数日不死，后在北海（今俄罗斯贝加尔湖）边上牧羊，历尽艰辛，十九年后才回到长安，时武帝已崩。典出《汉书·李广苏建传第二十四》："武既至海上，廪食不至，掘野鼠去草实而食之。杖汉节牧羊，卧起操持，节旄尽落……武留匈奴凡十九岁，始以强壮出，及还，须发尽白。"

（10）庄周活鲋，水必决于西江：出自《庄子·外物》中的一个寓言。庄子（名周）在路上遇到一条鲋鱼，被困在只有少量水的车辙中，已经快要干死了。鲋鱼向庄子求救，庄子说：我将要往南去游说吴越（今江浙一带）之王，到了以后，我就引西江之水来救你。

说明：本节涉及对仗中常用的器物对、地理对、宫室对、天文对、颜色对等。

教学拓展

武王伐纣

殷商末年，君主纣剥削残酷，刑罚苛重。商朝西方的周族在领袖西伯昌（即周文王）的治理下，国势强盛起来。纣王怕西伯起兵造反，把他囚禁了七年之久，并害死了他的长子。西伯假装忠顺老实，向纣王献出许多珍宝，才获得释放。西伯死后，他的次子姬发继位，史称周武王。武王没有忙着给西伯办丧事，而是调兵遣将，筹备粮草，置办武器，准备向东进军，攻灭殷商，夺取天下，同时为父亲报仇。

武王不断派人到纣王的都城朝歌（今河南省淇县）探听消息。两年后，他得知纣王杀了屡次劝谏他的叔父比干；另一个叔叔箕子装疯卖傻；大街上的人谁也不敢多说话。武王觉得时机成熟，便同西北、西南方许多少数民族联合起来，共组织起四万余人的军队、二百辆战车，前去征伐殷商。正是隆冬时节，黄河河面冻起了厚实的冰。武王率领队伍，从孟津跨越黄河，向朝歌进发。纣王多年来不把西方的周放在眼里，而把大部分兵力和财力用来对付东方的夷人。现在，听说周人从西方紧逼过来，而一时又来不及将东方的精锐部队调回来，不由惊慌万分。于是他采取了紧急措施，下令把几十万奴隶编成军队，部署在朝歌郊区对付周人。

武王率军进至朝歌附近，得知前方有殷人大军布防，便把大部队留下，亲率最精锐的卫士和少数民族军队数千人，赶到朝歌南郊的牧野。这里一片开阔，武王站在战车上，向部下发出了激动人心的战斗动员令后，部队就冲了上去。前方是纣王七八十万的奴隶大军，在他们之后，才是殷商的正规军。周军逼近阵地后，不顾对方兵马众多，立即发动冲锋。

正当一场短兵相接的厮杀就要开始的时候，突然发生了周人没有想到的奇迹：在敌方前列的大批奴隶士兵，突然掉转矛头，呐喊着朝后排督战的殷商的正规军冲去。原来，这些被强迫临时编成的奴隶士兵，已经饱受殷商贵族奴隶主的残酷压迫，巴不得周人快来打败殷军，推翻商朝，哪里肯为纣王卖命？所以周兵冲到他们跟前时，他们全部反戈攻殷。这样一来，牧野之战的力量对比发生了根本的变化，殷军被奴隶士兵杀得晕头转向，加上自相践踏，尸体遍野。战场上血流成河，甚至连地上的棒槌都漂浮起来。

周军乘胜追击。纣王狼狈逃回朝歌，发现城里也早已乱成一团，贵族纷纷逃跑，或准备开城门投降，平民喜形于色。这个残暴的君主知道末日已到，下令把最贵重的珍宝搬到他平时寻欢作乐的鹿台上去，围住自己的身体，然后点火自焚。

苏武牧羊

苏武是公元前一世纪中国汉朝人。当时中原地区的汉朝和西北少数民族政权匈奴的关系时好时坏。公元前100年，匈奴新单于(chán yú)即位，汉朝皇帝为了表示友好，派遣苏武率领一百多人，带了许多财物，出使匈奴。不料，就在苏武完成了出使任务，准备返回汉朝时，匈奴上层发生了内乱，苏武一行受到牵连，被扣留下来，并被要求背版汉朝，臣服单于。最初，单于派人向苏武游说，许以丰厚的俸禄和高官，苏武严辞拒绝了。匈奴见劝说没有用，就决定用酷行。当时正值严冬，天上下着鹅毛大雪。单于命人把苏武关入一个露天的大地窖，断绝提供食品和水，希望这样可以改变苏武的信念。苏武在地窖里渴了就吃一把雪，饿了就嚼身上穿的羊皮袄。七天过去了，单于见苏武没有死，认为很神奇，只好把苏武放出来了。

　　单于知道无论软的，还是硬的，劝说苏武投降都没有希望，但越发敬重苏武的气节，不忍心杀苏武，又不想让他返回自己的国家，于是决定把苏武流放到西伯利亚的贝加尔湖（当时称北海）一带，让他去牧羊。临行前，单于召见苏武说："既然你不投降，那我就让你去放羊，什么时候公羊生了羊羔，我就让你回到中原去。"与他的同伴分开后，苏武被流放到了人迹罕至的贝加尔湖边。在这里，单凭个人的能力是无论如何也逃不掉的。唯一与苏武做伴的，是那根代表汉朝的使节棒和一小群羊。苏武每天拿着这根使节棒放羊，心想总有一天能够拿着它回到自己的国家。这样日复一日，年复一年，使节棒上面的装饰都掉光了，苏武的头发和胡须也都变白了。

　　在贝加尔湖，苏武牧羊达十九年之久。十几年来，当初下命令囚禁他的匈奴单于已去世了，派遣苏武出使匈奴的汉武帝也死了。这时候，新单于执行与汉朝和好的政策，汉朝皇帝立即派使臣把苏武接回了汉朝。

　　苏武在回到长安时受到热烈欢迎，从政府官员到平民百姓，都向这位富有民族气节的英雄表达敬意，说他真是个有气节的大丈夫。两千多年过去了，苏武崇高的气节成为中国伦理人格的榜样，成为一种民族文化心理要素。

　　阅读建议：《史记·殷本纪第三》《后汉书·朱景王杜马刘傅坚马列传第十二》《后汉书·循吏列传第六十六》《三国志·蜀书·庞统法正传第七》《汉书·李广苏建传第二十四》《庄子·外物》

江韵本韵诗举例:

闻乐天左降江州司马　　　　元稹

残灯无焰影幢幢，此夕闻君谪九江。
垂死病中惊坐起，暗风吹雨入寒窗。

进艇　　　杜甫

南京久客耕南亩，北望伤神坐北窗。
昼引老妻乘小艇，晴看稚子浴清江。
俱飞蛱蝶元相逐，并蒂芙蓉本自双。
茗饮蔗浆携所有，瓷罂无谢玉为缸。

（看：寒韵 kān，翰韵 kàn，寒韵翰韵同。这里是寒韵，读 kān。
俱：读 jū。）

四　支

茶对酒，赋对诗，燕子对莺儿（ní，支韵）。栽花对种竹，落絮对游丝。四目颉，一足夔，鸲鹆对鹭鸶。半池红菡萏，一架白荼蘼。几阵秋风能应候，一犁春雨甚知时。智伯恩深，国士（吞）变形之炭；羊公德大，邑人（竖）堕泪之碑。

注释：

（1）莺儿：儿，在支韵里应读成ní，不能读成ér，读成ér就不押韵了。这个字在现代汉语普通话中被读作ér，而在很多方言区仍然是被读作ní的。儿，繁体字写作"兒"，倪、霓、睨、婗、鲵、猊、埿、輗、麑、蚬、鹝等字都是取"兒"的"ní"音，而非"ér"音。在用支韵的诗中，"儿"都应读成ní的，如杜牧的《乌江亭》："胜败兵家事不期，包羞忍耻是男儿。江东子弟多才俊，卷土重来未可知。"

"儿"读成ér就不押韵了。鲁迅的《悼杨铨》："岂有豪情似旧时，花开花落两由之，何期泪洒江南雨，又为斯民哭健儿。""儿"也应读ní。

（2）游丝：蜘蛛等昆虫所吐的丝，因于空中随风游荡，故称游丝。

（3）四目颉：即仓颉。传说为上古黄帝的文书官，有四只眼睛，是汉字的创造者。

（4）一足夔：这是关于远古舜时乐正夔的错误传说。夔很有才华，舜称赞说："得一夔足矣。"意思是得到一个夔，就足以治理国家了。后人误以为夔是一只脚。

（5）鸲鹆：即八哥。

（6）菡萏：即荷花。

（7）荼蘼：落叶小灌木，花白色，有微香。

（8）智伯恩深，国士吞变形之炭：智伯，春秋时期晋国大夫，后为韩魏赵三家联手所灭。智伯有一家臣名叫豫让，为报智伯深恩，豫让漆身为癞，吞炭为哑，俟机刺杀赵襄子为智伯报仇。典出《史记·刺客列传第二十六》。

（9）羊公德大，邑人竖堕泪之碑：羊公，即羊祜，字叔子，西晋开国元勋，为官勤政清廉，深受百姓爱戴，死后葬于岘山，百姓为其建庙立碑。后人路过此碑就会因思念羊公而落泪，所以人们称此碑为堕泪碑。《晋书·羊祜传》："祜乐山水，每风景，必造岘山置酒，言咏终日不倦。尝慨然太息，顾谓从事中郎邹湛等曰：'自有宇宙，便有此山。由来贤达胜士登此远望，如我与卿者多矣，皆湮灭无闻，使人悲伤。……'湛曰：'公德冠四海，道嗣前哲，令闻令望，必与此山俱传，至若湛辈，乃当如公言耳。'"祜卒，襄阳百姓建碑于山，见者堕泪。孟浩然《与诸子登岘山》云：

人事有代谢，往来成古今。江山留胜迹，我辈复登临。

水落鱼梁浅，天寒梦泽深。羊公碑尚在，读罢泪沾襟。

即咏此事。

说明：本节涉及对仗中常用的饮食对、文学对、草木对、鸟兽虫鱼走兽对等。

○ ● ● ○ ●● ○○ ○○ ●● ●● ○
行对止，速对迟，舞剑对围棋。花笺对草字，竹简对毛

○ ● ●● ● ●○ ○● ○○ ○○○ ●●
锥。汾水鼎，岘山碑，虎豹对熊罴。花开红锦绣，水漾

●○○ ●●○○ ○●● ◐○○●●○○
碧琉璃。去妇因探（tān）邻舍枣，出妻为种后园葵。

●●○○ ◐●◐○ ○○●● ◐○◐● ○○●●●
笛韵和谐，仙管恰从云里降；橹声咿轧，渔舟正向雪

○○
中移。

注释：

（1）笺：信纸。

（2）毛锥：毛笔。

（3）汾水鼎：汉武帝在汾水中得到的一个宝鼎，为了纪念这件事，他将年号改为元鼎元年。

（4）岘山碑：人们为纪念羊祜而立的石碑。

（5）去妇因探（tān，覃韵）邻舍枣：王吉东邻的枣树伸到王吉家，其妻摘树上的枣给王吉吃。王吉知道后认为妻子的行为是偷盗，便将其妻赶出家门（休妻）。典出《汉书·王贡两龚鲍传第四十二》："始吉少时学问，居长安。东家有大枣树垂吉庭中，吉妇取枣以啖吉。

吉后知之，乃去妇。东家闻而欲伐其树，邻里共止之，因固请吉令还妇。里中为之语曰：'东家有树，王阳妇去。东家枣完，去妇复还。'其厉志如此。"

（6）探：古音属下平声，覃韵；今音读 tàn，属去声。古今读音平仄不同了。这里应从古音读 tān，若按今音读 tàn，则上下的平仄就不协调了。

（7）出妻为种后园葵：春秋时鲁国的宰相公仪休，很喜欢吃其妻在后园所栽种的葵菜。后来又看见妻子亲自织布，忽然想到这是与靠种菜织布谋生的人争利，便拔掉葵菜并休妻。

（8）咿轧，读 yī yà。

说明：本节涉及对仗中常用的器物对、地理对、天文对、人伦对、花鸟虫鱼走兽对等。

戈对甲，鼓对旗，紫燕对黄鹂。梅酸对李苦，青眼对白眉。三弄笛，一围棋，雨打对风吹。海棠春睡早，杨柳昼眠迟。张骏曾为槐树赋，杜陵不作海棠诗。晋士特奇，可比一斑之豹；唐儒博识，堪为五总之龟。

注释：

（1）戈：古代的一种兵器，似矛可刺，似刀可割。汉字中很多由"戈"构成的字都和战争、兵器有关，如戒、诫、戎、武、國（国）、域、戕、戟、戲（戏）、战、戮等。

（2）海棠：这里指唐明皇（李隆基）的妃子杨玉环。唐明皇在沉香亭召见杨贵妃，而杨贵妃宿醉未醒。明皇叫侍女将杨贵妃扶至沉香亭，杨贵妃带醉补了一下妆，但不能下拜。唐明皇笑着说："岂醉？是海棠睡未足耳！"（怎么是醉了呢？是海棠花还没睡醒呀！）陕西骊山温泉李隆基洗浴的汤池叫莲花汤，杨玉环洗浴的汤池叫海棠汤。

（3）杨柳：据说汉代皇家花园中有柳如人，叫作人柳，一日三眠三起。

（4）槐树赋：河右地区（今甘肃酒泉一带）起初没有柳树槐树，张骏从陕西带来种植，但都死了。后来只有酒泉宫西北隅有槐树长出，因作《槐树赋》。

（5）杜陵不作海棠诗：杜陵指唐代诗人杜甫，据说杜甫的母亲名海棠，杜甫为避讳从不作海棠诗。

（6）一斑之豹：王献之小时候看人玩一种棋，能看出双方的胜负。游戏者看他年龄小，轻视他，说："此郎亦管中窥豹，时见一斑。"

（7）五总之龟：意为对世事无所不知。唐殷践猷博学多闻，贺知章称其为"五总龟"。唐颜真卿《丽正殿二学士殷君墓碣铭》："贺呼君为五总龟，以龟千年五聚，问无不知也。"

说明：本节涉及对仗中常用的器物对、颜色对、花鸟虫鱼走兽对、形体对、草木对、天文对等。

教学拓展

故事链接：

三家灭智

在韩、赵、魏三强分晋之前，还发生了"三家灭智"这一重要历史事件。

实际上，三强分晋前的晋国局面是四强干政，韩、赵、魏三家之外还有智家，智家的势力远在这三家之上。智伯颇有才干但行事不仁，以强大的实力欺凌弱小。他先是无端向韩康子索要土地。韩康子本来不愿答应，相国段规劝道：智伯贪得无厌，从韩家得到便宜后，必然向另两家下手，结果是多方树敌，自取灭亡，而在此前若独自与智伯抗衡，寡不敌众，很不理智。于是韩康子听从了相国段规的建议，满足了智伯的索地要求。智伯果然接着向魏桓子索要土地，魏家也采取了与韩家一样的策略，也满足了智伯的要求。智伯最后向赵襄子下手时，却碰了钉子，就挟迫韩、魏两家向赵襄子动武，眼看就要成功时，韩、魏反戈一击，与赵三家里应外合，智家就败亡了。

从外交角度看，韩、魏两家的策略十分高明。外交的目的，一般人只是直接寻求盟友，壮大自己的阵营。韩、魏却是先满足对手的小要求，使其多方树敌，产生新的敌人，从而间接扩大己方的阵营，产生自己的盟友。当智伯树敌不多时，韩康子或魏桓子与他单独对抗没有胜算，不如暂时顺从，先保全自己，虽然自己的实力有所削弱，但若与对方结下死对头，更是得不偿失。智伯寻衅之前，曾戏侮韩康子及其相国段规，有人劝他收敛，以为蜜蜂等小虫尚且能害人，更何况君相呢？但智伯不听，结果身败家亡。

豫让报恩

豫让是春秋末期晋卿智伯的家臣，是我国古代著名的"士为知己者死"的刺客。豫让最初曾在范氏和中行氏处当过臣下，但均未受到重用。直到他投靠智伯门下，才受到尊重，而且主臣关系很密切。晋哀公四年（前453），智伯被韩、赵、魏三家攻灭。豫让万分悲愤，立誓要为智伯报仇，刺杀赵襄子。他先是改换姓名，混入罪犯之中，怀揣匕首到赵襄子宫中做杂活，因行迹暴露而被逮捕。审问时他直言："我是豫让，欲为智伯报仇！"赵襄子觉得他忠义可嘉，将他释放了。豫让获释后仍不甘心，他将漆涂在身上，使皮肤肿烂，剃掉胡子眉毛，同时吞吃炭块，把嗓子变哑，使人认不出他的本来面目。豫让摸准了赵襄子的出行路线和时间，埋伏在一座桥下，赵襄子刚要过桥时，坐骑无故受惊，就让手下人去桥下搜查，果然又是豫让。赵襄子虽为他忠心报主的行为所感动，但又觉得不能再将他放掉。豫让知道此番必死，无法完成刺杀任务，就请求赵襄子脱下外衣，让其象征性地刺杀几下，然后，仰天大呼："吾可以下报智伯矣！"遂自刎而死。

阅读建议：《史记·刺客列传第二十六》《晋书·羊祜传》

支韵本韵诗举例：

咏怀古迹五首其二　　　杜甫

摇落深知宋玉悲，风流儒雅亦吾师。
怅望千秋一洒泪，萧条异代不同时。
江山故宅空文藻，云雨荒台岂梦思。
最是楚宫俱泯灭，舟人指点到今疑。

（俱：读jū，虞韵。　泯：轸韵，读mǐn，真韵，读mín，轸韵真韵同，此读mǐn。）

夜雨寄北　　　李商隐

君问归期未有期，巴山夜雨涨秋池。
何当共剪西窗烛，却话巴山夜雨时。

题乌江亭　　杜牧

胜败兵家事不期，包羞忍耻是男儿。
江东子弟多才俊，卷土重来未可知。

（儿：读 ní，支韵。）

赴戍登程口占示家人　　林则徐

力微任重久神疲，再竭衰庸定不支。
苟利国家生死以，岂因祸福避趋之。
谪居正是君恩厚，养拙刚于戍卒宜。
戏与山妻谈故事，试吟断送老头皮。

悼杨铨　　鲁迅

岂有豪情似旧时，花开花落两由之，
何期泪洒江南雨，又为斯民哭健儿。

（儿：读 ní，支韵。）

上平声

35

五　微

来对往，密对稀，燕舞对莺飞。风清对月朗，露重对烟微。霜菊瘦，雨梅肥，客路对渔矶。晚霞舒锦绣，朝露缀珠玑。夏暑客思欹石枕，秋寒妇念寄边衣。春水才深，青草岸边渔父（fǔ）去；夕阳半落，绿莎原上牧童归。

注释：

（1）矶：水边突出的岩石。

（2）珠玑：珍珠，圆的叫珠，不圆的叫玑。

（3）欹：斜倚着。

（4）边衣：古代指寄给守边战士的衣服，也叫"征衣"。

说明：本节涉及对仗中常用的器物对、颜色对、花鸟虫鱼走兽对、形体对、草木对、天文对等。

○ ● ● ○ ●● ○ ○○ ●● ●● ○

宽对猛，是对非，服美对乘肥。珊瑚对玳瑁，锦绣对珠

○ ○●● ●○○ ●● ○○ ○○○○●● ━● ●●

玑。桃灼灼，柳依依，绿暗对红稀。窗前莺并语，帘外

●● ●━○●● ●○○ ●●●○ ○○ ○○ ●●

燕双飞。汉致太平三尺剑，周臻大定一戎衣。吟成赏月

○○ ●━○●● ━● ●━○●● ━● ●○○

之诗，只愁月堕；斟满送春之酒，惟憾春归。

注释：

（1）宽对猛：宽，宽大，宽容；猛，严厉，严苛。典出《左传·昭公二十年》："郑子产有疾，谓子大叔曰：'我死，子必为政。唯有德者能以宽服民，其次莫如猛。夫火烈，民望而畏之，故鲜死焉；水懦弱，民狎而玩之，则多死焉。故宽难。'"

（2）服美：穿着华美的衣服。

（3）乘肥：骑着健壮的马。

（4）玳瑁：海洋中的一种动物，形似大龟，有花纹，四肢鳍足状，甲片可作装饰，亦可入药。

（5）桃灼灼：形容桃花开得茂盛鲜亮的样子。《诗经·周南·桃夭》："桃之夭夭，灼灼其华。"

（6）柳依依：杨柳摇曳的样子。《诗经·小雅·采薇》："昔我往矣，杨柳依依。今我来思，雨雪霏霏。行道迟迟，载渴载饥。我心伤悲，莫知我哀！"

（7）三尺剑：见一东注。

（8）周臻大定一戎衣：典出《尚书·武成》："一戎衣，天下大定。"指周武王一身戎装，率领军队打败纣王，平定天下。杜甫《重经昭陵》诗有"风尘三尺剑，社稷一戎衣"之句。

37

说明：本节涉及对仗中常用的器物对、颜色对、花鸟虫鱼走兽对、草木对、天文对等

声对色，饱对饥，虎节对龙旗。杨花对桂叶，白简对朱衣。尨也吠，燕于飞，荡荡对巍巍。春暄资日气，秋冷借霜威。出使振威冯奉世，治民异等尹翁归。燕我弟兄，载咏棣棠鞯鞯；命伊将帅，为歌杨柳依依。

注释：

（1）声：音乐。

（2）色：女色。

（3）虎节：又称虎符，古代调兵遣将的信物。

（4）白简：古代御史谏官弹劾时使用的奏章称"白简"。

（5）朱衣：古代绯红色的公服。

（6）尨也吠：尨（máng），一种长毛小狗。《诗经·召南·野有死麕》："舒而脱脱兮，无感我帨兮，无使尨也吠。"

（7）燕于飞：于，助词，无义。《诗经·邶风·燕燕》："燕燕于飞，差池其羽。"

（8）出使振威冯奉世：冯奉世，是西汉武帝宣帝时人，奉命出使西域大宛国时，遇上莎车国杀了汉朝使者，他便鼓动西域诸国大破莎车，杀莎车王，威名远扬，得到西域各国敬重。典出《汉书·冯奉世传第四十九》。

（9）尹翁归：西汉时曾任东海、扶风等地的郡守。他治理有方，

扶助孤弱，打击豪强，政绩颇著。典出《汉书·赵尹韩张两王传第四十六》："尹翁归字子兄，河东平阳人也，徙杜陵……翁归为政任刑，其在公卿之间清洁自守，语不及私，然温良谦退，不以行能骄人，甚得名誉于朝廷。视事数岁，元康四年病卒。家无余财，天子贤之，制诏御史：'朕夙兴夜寐，以求贤为右，不异亲疏近远，务在安民而已。扶风翁归廉平乡正，治民异等，早夭不遂，不得终其功业，朕甚怜之。其赐翁归子黄金百斤，以奉其祭祀。'"

（10）燕我弟兄：燕，同"宴"，用酒食款待。

（11）载咏：歌咏。载，发语词，无实义。

（12）棣棠韡韡：棣棠，树木名，即郁李，通常写作棠棣、唐棣。文中写为"棣棠"，是为了协调对仗的平仄要求而改。为协调平仄或者为了押韵的要求，而改变通常语序的倒装手法，是古代诗文中常见的现象。如杜甫的《题桃树》有"小径升堂旧不斜，五株桃树亦从遮"之句，"小径升堂"即正常语序"升堂小径"之倒装，倒装的目的就是为了协调平仄，"小径升堂旧不斜"是仄仄平平仄仄平的标准律句，如果直接写成"升堂小径旧不斜"，则是平平仄仄仄仄平，就不入律了；于谦的《石灰吟》"粉骨碎身浑不怕，要留清白在人间"，"粉骨碎身"即是通常语序"粉身碎骨"的倒装，目的也是为了协调平仄，"粉骨碎身浑不怕"是仄仄平平平仄仄的标准律句，如果直接写成"粉身碎骨浑不怕"则是平平仄仄平仄仄，就不入律了；毛泽东的《渔家傲·反第二次大"围剿"》中的"枪林逼，飞将军自重霄入"，"枪林逼"就是"枪逼林"的倒装，"枪林逼"的格律是平平仄，这正符合"渔家傲"这种词牌的格律要求。而"枪逼林"的格律则是平仄平，平仄平就不符合"渔家傲"这种词牌此处的格律了，其倒装的目的既是为了协调平仄，也是为了押韵的要求，是为了押"逼"字的入声韵，因为全词是押入声韵的。《诗经·小雅·常棣》："常棣之华，鄂不韡韡，凡今之人，莫如兄弟。"韡韡：光明的样子。

（13）伊：你。

说明：本节涉及对仗中常用的颜色对、花鸟虫鱼走兽对、草木对、饮食对等。

教学拓展

故事链接：

冯奉世智勇定莎车

冯奉世是继汉代名将卫青、霍去病之后，最为著名的爱国将领。如果说卫青、霍去病奉命征讨匈奴，解除了匈奴对中原近一个世纪的威胁，开辟了中原通往西域的走廊的话，那么，冯奉世则为巩固西北边疆，畅通"丝绸之路"建立了不朽的功勋。

冯奉世，字子明，西汉上党潞县（今山西黎城县）人。战国时韩国的上党太守冯亭，就是他的先祖。秦国来攻上党，太守冯亭为了上党百姓的安宁，将上党17城归附赵国，但却发生了惨烈的长平之战，冯亭亦战死。此后，冯氏家族星散，但大部分仍留在家乡。到了西汉，冯氏家族又出了个历史人物冯唐。这冯唐生于汉文帝时，因说话直率，不知忌讳，直到白发皓首，仍得不到升迁，还是一名郎中署长。唐代王勃的名篇《滕王阁序》有："时运不济，命途多舛。冯唐易老，李广难封"之句。

冯奉世生于汉武帝时期，在武帝末年，以"良家子"被选为郎官，昭帝时补为武安长。但到他30多岁时，却失去了官职，回到了家乡。家居期间，冯奉世苦读《春秋》，研究兵法，被前将军韩增推荐，到军中任职。在汉宣帝本始年间（前73—前70），他随军攻打匈奴，回来后恢复了他以前的职务，重新担任了郎官。

从汉武帝时起，由于张骞出使西域，西域各国开始与汉朝结交，互相间常有使者来往。有一次，大宛国的使者要回国去，汉宣帝依照前将军韩增的举荐，授郎官冯奉世为卫候使，带着随从人员和礼物护送客人回大宛去。冯奉世一行来到了鄯善国伊修城（今新疆若羌东北），刚刚歇下，突然得到消息，说莎车国发生内乱，莎车王杀了汉朝使者奚充国。

原来乌孙公主的儿子万年，做了莎车国的臣下，莎车王很喜欢他，送他到长安学习。莎车王死后无子，莎车国的大臣们想以汉朝为靠山，同时又讨好乌孙国，就上书给汉宣帝，要求让万年去做他们的国王。汉宣帝同意了，派奚充国为使者护送万年回了莎车国，让万年做了国王。但莎车国有一部分人对此不满。莎车王的兄弟呼屠征，趁机联络邻近的部落，杀死了万年和汉朝使者奚充国，自己做了莎车王。呼屠征还派人到天山南路各国，到处造谣说："北路各国全都脱离了汉朝，归附了匈奴，南路各国也应该跟莎车联合起来，脱离汉朝。"

实际上，北路各国并没有脱离汉朝。汉朝的使者都护郑吉、校尉司马意，正带着人马住在那边。可南路各国都害怕呼屠征，只好跟他订立盟约，反对汉朝。这样一来，汉朝的使者就不能前往鄯善以西的地方了。

冯奉世了解到这一意外变故，感到事态严重，就对他的副手严昌说："如果不马上收拾莎车国，西域各国必将受到影响，以后就不好来往了。"严昌赞同他的意见，但认为事关重大，应该先向朝廷请示一下，然后方可采取行动。冯奉世说："这就跟救火一样，哪儿等得及呢！"

于是，冯奉世就拿着汉朝的节旄，假传汉朝天子的命令，向各国征兵。不几天便征集了一万五千人马，浩浩荡荡打进了莎车国。呼屠征毫无防备，及至兵临城下，才慌忙率兵抵御，但已经晚了。呼屠征惶惧无奈，自杀了。莎车人献出呼屠征的头颅，请求和好。

冯奉世让他们另选前王的支裔为国王。他一面派人带着呼屠征的头颅向长安报捷，一面遣回了各国兵士。他自己则继续陪着大宛的使者，去了大宛国。大宛国王得知冯奉世打败了莎车国，莎车王自杀，非常震慑，对他格外尊敬，还特意送给汉朝几匹大宛的名马，号称"象龙"。汉朝因此威震西域，西域各国也不敢与汉朝作对了。

阅读建议：《诗经·召南·野有死麕》《诗经·邶风·燕燕》《诗经·小雅·常棣》《汉书·冯奉世传第四十九》《汉书·赵尹韩张两王传第四十六·尹翁归》

微韵本韵诗举例：

秋兴八首之三　　　杜甫

千家山郭静朝晖，日日江楼坐翠微。
信宿渔人还泛泛，清秋燕子故飞飞。
匡衡抗疏功名薄，刘向传经心事违。
同学少年多不贱，五陵衣马自轻肥。

曲江对酒　　　杜甫

苑外江头坐不归，水精宫殿转霏微。
桃花细逐杨花落，黄鸟时兼白鸟飞。
纵饮久判人共弃，懒朝真与世相违。
吏情更觉沧洲远，老大徒伤未拂衣。

（判，旧读 pān。）

将赴成都草堂途中有作先寄严郑公五首之五　　　杜甫

锦官城西生事微，乌皮几在还思归。
昔去为忧乱兵入，今来已恐邻人非。
侧身天地更怀古，回首风尘甘息机。
共说总戎云鸟阵，不妨游子芰荷衣。

寄左省杜拾遗　　　岑参

联步趋丹陛，分曹限紫薇。晓随天仗入，暮惹御香归。
白发悲花落，青云羡鸟飞。圣朝无阙事，自觉谏书稀。

落花　　　李商隐

高阁客竟去，小园花乱飞。参差连曲陌，迢递送斜晖。
肠断未忍扫，眼穿仍欲归。芳心向春尽，所得是沾衣。

渭川田家　　　王维　　（五古）

斜阳照墟落，穷巷牛羊归。野老念牧童，倚杖候荆扉。
雉雊麦苗秀，蚕眠桑叶稀。田夫荷锄至，相见语依依。
即此羡闲逸，怅然吟式微。

咏西施　　　王维　　（五古）

艳色天下重，西施宁久微。朝为越溪女，暮作吴宫妃。
贱日岂殊众，贵来方悟稀。邀人傅香粉，不自著罗衣。
君宠益娇态，君怜无是非。当时浣纱伴，莫得同车归。
持谢邻家子，效颦安可希。

秋夜曲　　　王维

桂魄初生秋露微，轻罗已薄未更衣。
银筝夜久殷勤弄，心怯空房不忍归。

六　鱼

无对有，实对虚，作赋对观书。绿窗对朱户，宝马对香

车（jū）。伯乐马，浩然驴，弋雁对求鱼。分金齐鲍叔，

奉璧蔺相（xiāng）如。掷地金声孙绰赋，回文锦字窦

滔书。未遇殷宗，胥靡（困）傅岩之筑；既逢周后，太

公（舍）渭水之渔。

注释：

（1）赋：古代的一种文体，讲究对仗和押韵。

（2）宝马：用金银珠宝等装饰的马。

（3）香车：有香料香气的车。车，鱼韵读jū，麻韵读chā，鱼韵麻韵同。今读chē，即古之麻韵chā音之俗读。

（4）伯乐：春秋时相马家。

（5）浩然：即唐代诗人孟浩然。相传他曾骑驴冒雪寻梅花。

（6）弋：用带有绳子的箭射猎。

（7）分金齐鲍叔：春秋时齐国的鲍叔牙曾与朋友管仲合伙经商，管仲总是在分利润时多拿一些，鲍叔牙从不计较，他知道管仲不是贪财，而是家贫的缘故。典出《史记·管晏列传第二》。

（8）奉璧蔺相如：璧，指和氏璧。相，读 xiāng。蔺相如、司马相如，都读 xiāng。此指蔺相如完璧归赵之事。典出《史记·廉颇蔺相如列传第二十一》。

（9）孙绰赋：晋代人孙绰，曾作《游天台山赋》，对人夸口说，此文掷地有金石之声。

（10）回文锦字窦滔书：锦字，锦缎上的文字。窦滔，东晋时曾任秦州刺史，后留镇襄阳。他的妻子苏蕙因思念而在锦缎上织成回文诗寄赠，词甚凄婉。一幅仅八寸的方锦中，用五彩丝织成八百四十一个字，安排非常巧妙，顺读、回读、横读、斜读、交互读、蛇行读、退一字读、重一字读、间一句读、左右旋读，纵横反复皆成文章。唐武则天有《织锦回文记》详述其原委。

（11）殷宗：殷高宗武丁。

（12）胥靡：古代对奴隶的一种称谓，这里指为奴的傅说（yuè）。

（13）傅岩：古地名。传说傅说曾在此筑板垒墙，后遇武丁，拜他为相。

（14）周后：周文王姬昌。

（15）太公舍渭水之渔：相传姜太公曾在此钓鱼，后遇见文王，并成为文王的国师。李白在《梁父吟》中有"长啸梁父吟，何时见阳春？君不见朝歌屠叟辞棘津，八十西来钓渭滨。宁羞白发照清水，逢时吐气思经纶。广张三千六百钓，风期暗与文王亲。大贤虎变愚不测，当年颇似寻常人"之句，即借姜太公以自喻。

说明：本节涉及对仗中常用的颜色对、宫室对、花鸟虫鱼走兽对、草木对、文学对等。

终对始，疾对徐，短褐对华裾。六朝对三国，天禄对石渠。千字策，八行书，有若对相（xiāng）如。花残无戏蝶，藻密有潜鱼。落叶舞风高复下，小荷浮水卷还舒。爱见（xiàn）人长，共服宣尼休假（jiǎ）盖；恐彰己吝，谁知阮裕竟焚车（jū，鱼韵）。

注释：

（1）六朝：三国时的东吴、东晋，南北朝时南朝的宋、齐、梁、陈，先后在南京建都，史称六朝。

（2）三国：东汉末年的魏、蜀、吴三国。

（3）天禄：西汉刘向校书的地方，叫天禄阁。

（4）石渠：西汉官府藏书的地方，叫石渠。

（5）千字策：古代殿试策论，以千字为限。

（6）八行书：借指书信，古代信笺每页八行。

（7）有若：孔子弟子。

（8）相（xiāng）如：西汉辞赋家司马相如。

（9）爱见（xiàn）人长，共服宣尼休假（jiǎ）盖：见，显示，表现。宣尼，指孔子，孔子在汉代被追谥为褒成宣尼公。《孔子家语》里记载：有一天孔子要出门，正好天下雨了，学生们建议孔子向卜商借车盖。孔子说，我听说要想长久地与他人交好，就要表现他的长处而回避他的短处。卜商比较小气，我向他借车盖，如果他不愿借的话，就会使他小气的短处表现出来，所以我不向他借。《中庸》讲的"隐恶而扬善，执其两端，用其中于民"就是这个道理。

（10）恐彰己吝，谁知阮裕竟焚车（jū）：彰，彰显。焚车，晋代阮裕喜欢车子，他有一辆十分漂亮的车，但阮裕并不小气，不论谁向他借车用，他都会很爽快地答应。一次有个邻居的母亲去世了，想向阮裕借车用却最终没敢说出口。阮裕听说后说："我有好车却使人不敢借，这样要车还有什么用呢！"就把车烧了。

说明：本节涉及对仗中常用的衣饰对、数字对、花鸟虫鱼走兽对、草木对等。

麟对凤，鳌对鱼，内史对中书。犁锄对耒耜，畎浍对郊墟。犀角带，象牙梳，驷马对安车（jū，鱼韵）。青衣能报赦，黄耳解传书，庭畔有人持短剑，门前无客曳长裾。波浪拍船，（骇）舟人之水宿；峰峦绕舍，（乐）隐者之山居。

注释：

（1）麟：麒麟。传说中麒麟的形象是龙头、马身、鱼鳞、鸟翼。

（2）内史对中书：内史，官名，职责与"中书"相同，都负责起草、记载、翻译、缮写等。

（3）耒耜：上古木制翻土农具。耒，为木制曲柄；耜，为耒耜下端起土部分。

（4）畎浍：田间的小水沟。

（5）郊墟：郊外村落。

（6）犀角带：用犀牛角做装饰的腰带。

（7）青衣能报赦：青衣，穿着青衣的人。典出唐白居易的《白孔六帖》：前秦的符坚独自在房中起草赦免罪人的文书，有一只青蝇围着书桌飞来飞去，赶也赶不走。赦书尚未公布，外面的人都传开了。符坚追问来源，人们说有一个穿青衣的人在市场上大声呼喊此事。符坚说，这个人必是那只青蝇。

（8）黄耳解传书：晋人陆机在洛阳为官，而家在吴中，久不通音讯。他有一只爱犬名黄耳，能帮他传递书信。

（9）庭畔有人持短剑：短剑，这里指战国时燕太子丹派荆轲刺秦王用的匕首。

（10）门前无客曳长裾：长裾，后摆很长的衣服。典出《汉书·贾邹枚路传第二十一·邹阳》：西汉初期，各诸侯王都招聘贤人治国，齐人邹阳投于吴王刘濞麾下。吴王因不满西汉中央政府的政策，图谋造反。邹阳便上书劝阻，文中解释自己投奔吴王的原因时说，是因为"说（yuè）大王之义"（仰慕大王您的高义）才来投奔的，我如果用尽我的才智，则无论哪个地方都能求得一个不错职位。"何王之门不可曳长裾乎？"（哪个诸侯王门前不能让我拖着长袍走来走去呢？）此联是反用其义，说因为王不贤明，故门前没有贤人来投奔。曳，拖。

说明：本节涉及对仗中常用的衣饰对、数字对、花鸟虫鱼走兽对、草木对等。

教学拓展

管鲍之交

从前，齐国有一对很要好的朋友，一个叫管仲，另外一个叫鲍叔牙。管仲家里很穷，又要奉养母亲，鲍叔牙知道了，就找管仲一起投资做生意。做生意的时候，因为管仲没有钱，所以本钱几乎都是鲍叔牙拿出来的，可是，当赚了钱以后，管仲却拿得比鲍叔牙还多，鲍叔牙的仆人看了就说："这个管仲真奇怪，本钱拿得比我们主人少，分钱的时候却拿得比我们主人还多！"鲍叔牙却对仆人说："不可以这么说！管仲家里穷，又要奉养母亲，多拿一点没有关系的。"

有一次，管仲和鲍叔牙一起去打仗，每次进攻的时候，管仲都躲在最后面，大家就骂管仲说："管仲是一个贪生怕死的人！"鲍叔牙马上替管仲说话："你们误会管仲了，他不是怕死，他得留着他的命去照顾老母亲呀！"管仲听到之后说："生我的是父母，了解我的人可是鲍叔牙啊！"

后来，齐国的国王死掉了，大王子诸儿当上了国王，诸儿每天吃喝玩乐不做事，鲍叔牙预感齐国一定会发生内乱，就带着小王子小白逃到莒国，管仲则带着小王子纠逃到鲁国。不久之后，大王子诸儿被人杀死，齐国真的发生了内乱，管仲想杀掉小白，让纠能顺利当上国王，可惜管仲在暗算小白的时候，把箭射偏了，小白没死。后来，鲍叔牙和小白比管仲和纠还早回到齐国，小白就当上了齐国的国王。小白当上国王以后，决定封鲍叔牙为宰相，鲍叔牙却对小白说："管仲各方面都比我强，应该请他来当宰相才对呀！"小白一听："管仲要杀我，他是我的仇人，你居然叫我请他来当宰相！"鲍叔牙却说:"这不能怪他,他是为了帮他的主人纠才这么做的呀!况且如果你只想做一个齐国的国王,那么我就可以了;如果你想称霸天下,就非管仲不可了。"小白听了鲍叔牙的话,请管仲回来当宰相,管仲帮小白把齐国治理得非常好。一匡天下,九合诸侯,使齐国成为春秋五霸之一。

后来,大家在称赞朋友之间有很好的友谊时,就会说他们是"管鲍之交"。

阮裕焚车

阮裕住在剡(shàn)地的时候,曾有一辆很漂亮的车子。这辆车子的结构结实、造型美观,就连拉车的马的皮毛也是刷得平滑整洁。尽管阮裕把这辆车子视若珍宝,但无论谁来借用他的车子,他都十分爽快地答应。一次,阮裕一位邻居的母亲去世了,在为母亲送葬的时候,邻居很想跟阮裕借车子。但他转念一想,死人是很不吉利的事,最终就放弃了向阮裕借车子的想法。后来,这件事传到了阮裕的耳朵里。阮裕叹息着说:"我虽然有车子,却让人不敢借用,还要这车子干什么!"说罢,阮裕放火把心爱的车子烧掉了。所有知道这件事的人无不感叹,阮裕的确是一个品德高尚的人。

典出《世说新语·德行》:"阮裕在剡,曾有好车。借者无不皆给。有人葬母,意欲借而不敢言。阮后闻之,叹曰:'吾有车,而使人不敢借,何以车为?'遂焚之。"

阅读建议:《史记·管晏列传第二》《史记·廉颇蔺相如列传第二十一》《史记·刺客列传第二十六》

鱼韵本韵诗举例：

登兖州城楼　　杜甫

东郡趋庭日，南楼纵目初。浮云连海岱，平野入青徐。
孤嶂秦碑在，荒城鲁殿馀。从来多古意，临眺独踟蹰。

送李少府贬峡中王少府贬长沙　　高适

嗟君此别意何如，驻马衔杯问谪居。
巫峡啼猿数行泪，衡阳归雁几封书。
青枫江上秋帆远，白帝城边古木疏。
圣代即今多雨露，暂时分手莫踟蹰。

寄令狐郎中　　李商隐

嵩云秦树久离居，双鲤迢迢一纸书。
休问梁园旧宾客，茂陵秋雨病相如。

筹笔驿　　李商隐

猿鸟犹疑畏简书，风云常为护储胥。
徒令上将挥神笔，终见降王走传车。
管乐有才原不忝，关张无命欲何如？
他年锦里经祠庙，梁父吟成恨有余。

　　　　　　（令：旧读 líng；车：读 jū，鱼韵。）

对雨书怀走邀许主簿　　杜甫

东岳云峰起，溶溶满太虚。震雷翻幕燕，骤雨落河鱼。
座对贤人酒，门听长者车。相邀愧泥泞，骑马到阶除。

　　　　　　　　　　（车：读 jū，鱼韵。）

52

七　虞

金对玉，宝对珠，玉兔对金乌。孤舟对短棹，一雁对双

凫。横醉眼，捻吟须，李白对杨朱。秋霜多过雁，夜月

有啼乌。日暖园林花易赏，雪寒村舍酒难沽。人处岭

南，善探（tān）巨象口中齿；客居江右，偶夺骊龙颔

下珠。

注释：

（1）玉兔：传说月中有一只捣药的白兔，故以玉兔代指月亮。

（2）金乌：传说日中有一只三足乌，故以金乌代指太阳。

（3）凫：指野鸭。

（4）捻吟须：一边捻胡须一边吟诗句。形容反复推敲。唐卢延让诗："吟安一个字，拈断数茎须。"

（5）李白对杨朱：杨朱，老子弟子。杨朱与李白相对，既是人名

上
平
声

相对，又是一种借对，"杨"对"李"是植物相对，"朱"对"白"是颜色相对。

（6）岭南：五岭以南，指广西、广东一带。

（7）善探（tān）巨象口中齿：不露痕迹地换取大象埋藏的牙齿。据说象在牙齿脱落后仍然十分爱惜，掘地而藏，人如果想得到，要做假牙代替真牙，而且不能被象看见，象看见了以后牙齿就不再埋于此地。

（8）探：古音属下平声，覃韵，读 tān；今音读 tàn，属去声。古今读音平仄不同了。这里应从古音读 tān，若按今音读 tàn，则上下的平仄就不协调了。

（9）骊龙：黑龙。颔：下巴。《庄子·列御寇》：价值千金的宝珠，一定藏于深渊之中骊龙的颔下。

说明：本节涉及对仗中常用的金玉珠宝对、数字对、花鸟虫鱼走兽对、天文对、方位对、草木对等。

贤对圣，智对愚，傅粉对施朱。名缰对利锁，挈榼对提壶。鸠哺子，燕调雏，石帐对郇（xún）厨。烟轻笼（lóng）岸柳，风急撼庭梧。鹳眼一方端石砚，龙涎三炷博山炉。曲沼鱼多，可使渔人结网；平田兔少，漫（mán）劳耕者守株。

注释：

（1）傅粉：涂抹香粉。施朱，涂抹朱红。

（2）名缰：因名声太大实际上是对人的一种束缚，故称名缰。名，名声，名誉。

（3）利锁：过分地追求利益实际上是对人的一种限制，故称利锁。利，利益。

（4）榼：古代盛酒的器具。

（5）鸠哺子：据《诗经》和《尔雅》记载，鸠喂小鸟时，第一轮从体形大的喂到体形小的，第二轮则一定从体形小的喂到体形大的，以保持食物的平均分配。

（6）燕调雏：据说小燕子学飞时，母燕一定在旁边调教。雏，幼鸟，此处指小燕子。

（7）石帐：晋代巨富石崇做的锦丝步帐。后以"石帐"代表豪华的装饰。石崇的豪宅叫作金谷园，极尽奢华，石崇有妓叫绿珠，美艳绝伦，后石崇被杀，绿珠坠楼，金谷园繁华散尽。唐人杜牧有《金谷园》诗咏及此事："繁华事散逐香尘，流水无情草自春。日暮东风怨啼鸟，落花犹似坠楼人。"《晋书·石崇传》："崇有妓曰绿珠，美而艳，善吹笛。孙秀使人求之……崇勃然曰：'绿珠吾所爱，不可得也。'秀怒……矫诏收崇……崇正宴于楼上，介士到门。崇谓绿珠曰：'我今为尔得罪。'绿珠泣曰：'当效死于官前。'因自投于楼下而死。"

（8）郇（xún）厨：唐代韦陟封郇国公，他生活豪奢，厨房里的食物十分丰富。

（9）笼：东韵lóng，董韵lǒng，东韵董韵同。这里读lóng。

（10）鸲眼一方端石砚：端石砚，即端砚，一种珍贵的砚台，是用产于广东德庆端溪之石料制成，上面有"鸲眼"的最为珍贵。鸲，八哥。

（11）龙涎三炷博山炉：龙涎，香料名，即龙涎香，由抹香鲸的油脂提炼。

（12）博山炉：古香炉名。因炉盖上的造型似传闻中的海中名山博山而得名，后作为名贵香炉的代称。

（13）漫：寒韵 mán，翰韵 màn，寒韵翰韵同。岑参《逢入京使》："故园东望路漫漫，双袖龙钟泪不干。马上相逢无纸笔，凭君传语报平安"就是一首寒韵的诗，因此这里的"漫"应读平声 mán，而不能读去声 màn。

（14）守株：即守株待兔，典出《韩非子·五蠹》："宋人有耕田者。田中有株，兔走触株，折颈而死。因释其耒而守株，冀复得兔。兔不可复得，而身为宋国笑。"

说明：本节涉及对仗中常用的颜色对、数字对、花鸟虫鱼走兽对、草木对等。

秦对赵，越对吴，钓客对耕夫。箕裘对杖履，杞梓对桑榆。天欲晓，日将晡，狡兔对妖狐。读书甘刺股，煮粥惜焚须。韩信武能平四海，左思文足赋三都。嘉遁幽人，适志竹篱茅舍；胜游公子，玩（wàn）情柳陌花衢。

注释：

（1）箕裘对杖履：箕裘，《礼记·学记》："良冶之子，必学为裘，良弓之子，必学为箕。"孔颖达疏："积言善冶之家，其子弟见其父兄世业鉤铸金铁，使之柔合以补治破器，皆令全好，故此子弟仍能学为袍裘，补续兽皮，片片相合，以至完全也……善为弓之家，使干角挠屈，调和成其弓，故其子弟亦睹其父兄世业，仍学取柳和软挠之成箕也。"良冶、良弓，指善于冶金、造弓的人。意谓子弟由于耳濡目染，往往继承父兄之业。后因以"箕裘"比喻祖上的事业。这里的"箕裘"仅作名词用，同后面的"杖履"相对，是箕和裘的意思，箕指簸箕，裘指裘衣，即毛皮的衣服。

（2）杖履：手杖和鞋子。

（3）杞梓：两种材质较坚的木材。

（4）桑榆：农村常见的两种树木，即桑树和榆树。

（5）晡：本指申时（下午三点至五点），引申为傍晚，与"晓"早晨相对。

（6）读书甘刺股：指苏秦自刺大腿以清醒读书的故事。

（7）煮粥惜焚须：《新唐书·李勣传》："（勣）性友爱，其姊病，尝自为粥而燎其须，姊戒止。答曰：'姊多疾，而勣且老，虽欲数进粥，尚几何？'"

（8）韩信武能平四海：韩信，汉初名将，兴汉三杰之一，初封齐王，因参与反叛，被刘邦捉回洛阳，削封淮阴侯，后来被吕后勒死在未央宫。典出《史记·淮阴侯列传第三十二》。

（9）左思文足赋三都：左思，字太冲，西晋文学家，貌丑而有才华。他的名作《三都赋》，十年始就，洛阳因而纸贵。成语洛阳纸贵出此。《世说新语·容止》："潘岳妙有姿容，好神情。少时挟弹出洛阳道，妇人遇者，莫不连手共萦之。左太冲绝丑，亦复效岳遨游，于是群妪齐共乱唾之，委顿而返。"这是《世说新语》中记载的关于左思的一件逸事，世人多知东施效颦，而少知尚有左思效游也。

（10）嘉遁：适宜地退隐，与"胜游"（快乐地游玩）相对。

（11）适志：使自己的志向得以满足。

（12）玩（wàn）情：寄情山水。玩，古音属去声，翰韵，读wàn，今音读wán，属平声，古今读音平仄不同了。这里应读wàn，

57

若按今音读wán，则上下的平仄就不协调了。

（13）衢：四通八达的路。武汉有九省通衢之称。

说明：本节涉及对仗中常用的衣饰对、草木对、天文对、数字对、花鸟虫鱼走兽对等。

教学拓展

故事链接：

明修栈道　暗度陈仓

公元前206年秦朝被推翻后，项羽依仗强大的兵力，迫使先入秦都咸阳的刘邦退出，自己率兵进入，并称西楚霸王。接着，项羽封刘邦为汉王，让他统治偏远的汉中（今陕西南部）和巴蜀（今四川）地区。同时，为防止刘邦再入关中，项羽将富饶的关中让秦军的降将把守。刘邦自知兵力不如项羽，只得忍气吞声。在去封地的路上，他采用张良的计策，将长达好几百里的栈道全部烧掉，以示再无回关中之心，从而使项羽对其疏于戒备。同年八月，有人起兵反项。刘邦认为这是个出兵关中的好时机。大将韩信提出了明修栈道、暗度陈仓的计策，建议派人去修复栈道以迷惑敌方，刘邦采纳了他的建议，并开始修复栈道。守卫关中的秦降将章邯讥笑刘邦不知要修到何年何月。实际上，韩信暗地里正为攻打陈仓积极地作准备。不久，韩信迅速出兵，出其不意地攻下了陈仓。章邯得知后非常恐慌，但为时已晚。借道于陈仓，刘邦的军队很快就占领了关中地区，为以后建立汉朝奠定了基础。

韩信将兵　多多益善

韩信是秦末汉初著名军事家，淮阴（今江苏淮阴西南）人，曾被汉高祖刘邦拜为大将，为灭楚兴汉做出巨大贡献，与萧何、张良二人合称为"汉初三杰"。韩信率汉军平定齐地后，自封为齐王，引起了刘邦的猜忌。刘邦称帝后，有人密告韩信阴谋反叛。于是刘邦采用陈平的计策，假称游览云梦泽（沼泽名，楚之名胜，即今之洞庭湖，在今湖北境内），在韩信到陈地朝见他时，将韩信逮捕，回到洛阳后，刘邦宣布大赦，韩信被削去齐王封号，改封"淮阴侯"。后来，刘邦与韩信的关系稍有缓和。有一次，在宴席上，刘邦问韩信："依你看，像我这样的人能带多少兵马？"韩信答道："陛下可以带领十万兵马。"刘邦又问："那么你呢？"韩信毫不谦虚地说："臣多多而益善耳（我是越多越好）！"刘邦于是笑道："你既然如此善于带兵，怎么被我逮住了呢？"韩信回答说："陛下虽不善于率兵，但却善于驾驭将领，这就是原因所在。"

阅读建议：《史记·管晏列传第二》《史记·廉颇蔺相如列传第二十一》《史记·刺客列传第二十六》《史记·淮阴侯列传第三十二》

虞韵本韵诗举例：

终南山　　王维

太乙近天都，连山接海隅。白云回望合，青霭入看无。
分野中峰变，阴晴众壑殊。欲投人处宿，隔水问樵夫。

（看：读 kān，寒韵。）

早春呈水部张十八员外　　　韩愈

天街小雨润如酥，草色遥看近却无。
最是一年春好处，绝胜烟柳满皇都。

（看：读 kān，寒韵；胜，读 shēng。）

芙蓉楼送辛渐　　　王昌龄

寒雨连江夜入吴，平明送客楚山孤。
洛阳亲友如相问，一片冰心在玉壶。

近试上张水部　　　朱庆馀

洞房昨夜停红烛，待晓堂前拜舅姑。
妆罢低声问夫婿，画眉深浅入时无。

答客诮　　　鲁迅

无情未必真豪杰，怜子如何不丈夫？
知否兴风狂啸者，回眸时看小於菟。

（看：读 kàn，翰韵。）

八阵图　　　杜甫

功盖三分国，名成八阵图。江流石不转，遗恨失吞吴。

问刘十九　　　白居易

绿蚁新醅酒，红泥小火炉。晚来天欲雪，能饮一杯无？

八 齐

岩对岫，涧对溪，远岸对危堤。鹤长对凫短，水雁对山鸡。星拱北，月流西，汉露对汤霓。桃林牛已放，虞坂马长嘶。叔侄去官闻广受，弟兄让国有夷齐。三月春浓，芍药丛中蝴蝶舞；五更天晓，海棠枝上子规啼。

注释：

（1）岫：山峰，峰峦。

（2）凫：野鸭。《庄子·骈拇》："凫胫虽短，续之则忧；鹤胫虽长，断之则悲。"

（3）星拱北：北，北极星，北极星居其所而不动，众星环绕它。《论语·为政》子曰："为政以德，譬如北辰，居其所而众星拱之。"

（4）汉露：汉武帝造金茎玉盘以承露水。杜甫《秋兴八首其五》有"蓬莱宫阙对南山，承露金茎霄汉间"之句。

（5）汤霓：成汤征伐天下时，百姓盼望他如同大旱天盼望云霓。

（6）桃林牛已放：形容天下太平。《史记·周本纪第四》：周武王消灭商纣后，"纵马于华山之阳，放牛于桃林之墟，偃干戈，振兵释旅，示天下不复用也。"

（7）虞坂马长嘶：典出《战国策·楚策四·汗明见春申君》。千里马在其晚年拖着盐车上太行山，上坡中途已无力再前进，伯乐哭之，千里马仰天长嘶，以示遇到知己。

（8）叔侄去官闻广受：汉代疏广与侄儿疏受，疏广为太子太傅，侄儿疏受为太子少傅，叔侄俱显贵，后功成身退，一同辞官回乡。古人将他们看成明哲保身的典范。《汉书·隽疏于薛平彭传第四十一·疏广》："在位五年，皇太子年十二，通《论语》《孝经》。广谓受曰：'吾闻知足不辱，知止不殆，功遂身退，天之道也。今仕官至二千石，宦成名立，如此不去，惧有后悔，岂如父子相随出关，归老故乡，以寿命终，不亦善乎？'受即扣头曰：'从大人议。'"

（9）弟兄让国有夷齐：弟兄，其实是"兄弟"的倒装，"弟兄"是平平，才能与上句的"叔侄"相对，因为叔侄两字都是入声字，在平仄上是仄仄；而"兄弟"是仄仄，从平仄相对的角度讲，就不能与"叔侄"相对了。让国，指伯夷、叔齐兄弟互相推让君位。武王伐纣时伯夷、叔齐叩马首而谏，周朝建立后，二人义不食周粟，隐于首阳山，采薇而食，直至饿死。古人将他们看成道德高尚的典范。典出《史记·老子伯夷列传第一》。

（10）子规：杜鹃鸟，传说是蜀王杜宇的冤魂所化，鸣声凄苦。诗词中常用杜鹃的叫声表达凄苦之情，如："杜鹃啼血猿哀鸣""处处鹃啼血""更那堪、鹧鸪声住，杜鹃声切。"李白《宣城见杜鹃花》："蜀国曾闻子规鸟，宣城还见杜鹃花。一叫一回肠一断，三春三月忆三巴。"

说明：本节涉及对仗中常用的天文对、地理对、数字对、花鸟虫鱼走兽对、草木对等。

雷对电，水对泥，白璧对玄圭。献瓜对投李，禁鼓对征鼙。徐稚榻，鲁班梯，凤翥对鸾栖，有官清似水，无客醉如泥。截发惟闻陶侃母，断机只有乐羊妻。秋望佳人，目送楼头千里雁；早行远客，梦惊枕上五更鸡。

注释：

（1）璧：平圆而中有孔的玉。

（2）玄圭：玄，黑色；圭，古代帝王、诸侯举行典礼时拿的一种玉器，上圆下方或上尖下方。

（3）献瓜对投李：《诗经·木瓜》："投我以木瓜，报之以琼琚。匪报也，永以为好也！投我以木桃，报之以琼瑶。匪报也，永以为好也！投我以木李，报之以琼玖。匪报也，永以为好也！"

（4）禁鼓：古代夜间不准在外面行走，叫作宵禁。宵禁之前先鸣鼓以告知，曰禁鼓。禁鼓设置在谯楼上，有报时的作用。

（5）征鼙：出征的鼓声。鼙，军中用的鼓叫鼙。鼓鼙经常并用：卢纶《晚次鄂州》"旧业已随征战尽，更堪江上鼓鼙声"，白居易《长恨歌》"渔阳鼙鼓动地来，惊破霓裳羽衣曲。"

（6）徐稚榻：徐稚字孺子，东汉人，品行高尚，多次谢绝朝廷的征聘，隐居自耕为生。太守陈蕃从不延接宾客，但对徐稚却极为敬重，特为他设置一坐具，徐稚一离开，陈蕃便将此坐具挂起来。榻，一种狭长而矮的家具，可供坐卧。

（7）鲁班梯：春秋末期，鲁国的公输班为楚国造云梯以攻打宋国。

（8）翥：飞起。

（9）栖：停歇。

（10）有官清似水：汉哀帝时，郑崇为尚书仆射，曾多次向哀帝进谏。哀帝欲"诰封祖母傅太后从弟"，郑崇劝阻，因而得罪傅太后和哀帝。哀帝责问郑崇说："你门前来求见你的人多得像市场一样，你凭什么想要阻止我封赏外戚呢？"郑崇回答说："臣门如市，臣心如水。"典出《汉书·盖诸葛刘郑孙毋将何传第四十七·郑崇》："上责崇曰：'君门如市人，何以欲禁切主上？'崇对曰：'臣门如市，臣心如水。愿得考覆。'"

（11）无客醉如泥：晋山涛的儿子山简（字季伦）镇守襄阳时，每次到高阳池，总是喝得酩酊大醉而还。襄阳百姓唱道："山公时一醉，径造高阳池。日暮倒载归，酩酊无所知。"典出《世说新语·任诞》："山季伦为荆州，时出酣畅，人为之歌曰：'山公时一醉，径造高阳池，日暮倒载归，酩酊无所知。复能乘骏马，倒著白接篱，举手问葛强，何如并州儿？'高阳池在襄阳，强是其爱将，并州人也。"（并，读bīng。儿，在支韵里应读成ní。）

（12）截发惟闻陶侃母：陶侃是陶渊明的曾祖，东晋人，曾封长沙郡公，都督八州军事。贫贱时，有鄱阳孝廉范逵来拜访陶侃，寄宿于陶家。当时下大雪，陶侃的母亲湛氏抽出自己垫床的稻草，切碎来喂范逵的马，偷偷地剪下自己的长发卖给邻居，换来酒食招待客人。范逵事后才知道，说："非此母不生此子。"典出《晋书·列女传》。

（13）断机只有乐羊妻：典出《后汉书·列女传》。乐羊为乐羊子的简称，东汉人。他出门求学，一年后因思家辍学而归。其妻便以织布为喻，说所织之布一旦剪断，就前功尽弃，再也不能恢复。乐羊子被感动，又出门学习，七年未归，终成学业。

说明：本节涉及对仗中常用的天文对、地理对、器物对、金玉珠宝对、花鸟虫鱼走兽对、草木对等。

○ ● ● ○ ●● ○○ ◐○ ●● ●● ○

熊对虎，象对犀，霹雳对虹霓。杜鹃对孔雀，桂岭对梅

○ ○●● ●○○ ●● ○○ ◐○○●● ◐●●

溪。萧史凤，宋宗鸡，远近对高低。水寒鱼不跃，林茂

●○○ ◐●○○○ ○○●○○○ ◐●● ●○○

鸟频栖。杨柳和烟彭泽县，桃花流水武陵溪。公子追

○ ◐●●◐○○●● ○○●● ◐○○◐●●○○

欢，闲骤玉骢游绮陌；佳人倦绣，闷欹珊枕掩香闺。

注释：

（1）萧史凤：据《列仙传》记载，萧史为春秋时人，娶秦穆公的
女儿弄玉为妻。他善于吹箫，能吹出凤鸣之声。有一天在凤台上吹
箫，引来了凤凰，他便和弄玉一起乘凤升天成仙而去。

（2）宋宗鸡：宋宗，即宋处宗，晋人。据记载，宋处宗有一只长
鸣鸡，养在窗间，能和人交谈，见解十分玄妙。宋处宗经常和它讨论
各种问题，因而学业大进。

（3）彭泽县：在江西北部，陶渊明曾任彭泽县令。

（4）武陵溪：即陶渊明在《桃花源记》中写到的桃花源。

（5）欹：斜倚。

说明：本节涉及对仗中常用的天文对、地理对、金玉珠宝对、花
鸟虫鱼走兽对、草木对等。

教学拓展

故事链接：

不为五斗米折腰

公元405年秋，陶渊明为了养家糊口，来到离家乡不远的彭泽县当县令。这年冬天，到任八十一天的陶渊明，碰到派遣来检查公务的浔阳郡督邮刘云，刘云素以凶狠贪婪闻名远近，每年两次以巡视为名向辖县索要贿赂，每次都是满载而归，否则便栽赃陷害。刘云是个粗俗而又傲慢的人，他一到彭泽的旅舍，就差县吏去叫县令来见他。陶渊明平时蔑视功名富贵，不肯趋炎附势，对这种假借上司名义发号施令的人很瞧不起，但也不得不去见一见，于是他马上动身。不料县吏拦住陶渊明说："大人，参见督邮要穿官服，并且束上大带，不然有失体统，督邮要乘机大做文章，会对大人不利的！"这一下，陶渊明再也忍受不下去了。他长叹一声，道："我不能为五斗米向乡里小人折腰！"（意思是我怎能为了县令的五斗薪俸，就低声下气去向这些小人献殷勤。）说罢，索性取出官印，把它封好，并且马上写了一封辞职信，随即离开只当了八十多天县令的彭泽。后来还写了一篇《归去来兮辞》，表明他归隐的心迹和乐趣。

阅读建议：《汉书·隽疏于薛平彭传第四十一·疏广》《史记·老子伯夷列传第一》《汉书·盖诸葛刘郑孙毌将何传第四十七·郑崇》《世说新语·任诞》《后汉书·列女传》

齐韵本韵诗举例：

闻王昌龄左迁龙标遥有此寄　　　李白

杨花落尽子规啼，闻道龙标过五溪。

我寄愁心与明月，随风直到夜郎西。

魏王堤　　　白居易

花寒懒发鸟慵啼，信马闲行到日西。

何处未春先有思，柳条无力魏王堤。

（思：读 sì。）

金陵图　　　韦庄

江雨霏霏江草齐，六朝如梦鸟空啼。

无情最是台城柳，依旧烟笼十里堤。

（笼，读 lóng。）

春怨　　　金昌绪

打起黄莺儿，莫教枝上啼。啼时惊妾梦，不得到辽西。

（儿：读 ní。教，读 jiāo。）

暮归　　　杜甫

霜黄碧梧白鹤栖，城上击柝复乌啼。

客子入门月皎皎，谁家捣练风凄凄。

南渡桂水阙舟楫，北归秦川多鼓鼙。

年过半百不称意，明日看云还杖藜。

（看，读 kān。）

上平声

九　佳

河对海，汉对淮，赤岸对朱崖。鹭飞对鱼跃，宝钿对金钗。鱼圉圉，鸟喈喈，草履对芒鞋。古贤崇笃厚，时辈喜诙谐。孟训文公谈性善，颜师孔子问心斋。缓抚琴弦，（像）流莺而并语；斜排筝柱。（类）过雁之相挨。

注释：

（1）钿：用金片做成的花朵形的妇人鬓饰。钿，平声先韵读diān，去声霰韵读diàn，先韵霰韵同，此读diàn。

（2）钗：旧时妇女别在发髻上的一种首饰。

（3）圉圉：形容局促的样子。

（4）喈喈：禽鸟鸣叫的声音。

（5）草履对芒鞋：草履、芒鞋，都是草鞋的意思。辛弃疾《鹧鸪天》"携竹杖，更芒鞋，朱朱粉粉野蒿开。"

（6）笃厚：忠实厚道。

（7）诙谐：说话风趣。

（8）孟训文公谈性善：战国时孟子教滕文公人性善的道理。

（9）颜师孔子问心斋：据《庄子·人间世》中记述，春秋时颜回请教孔子使心境清净的办法。

说明：本节涉及对仗中常用的地理对、颜色对、金玉珠宝对、衣饰对、花鸟虫鱼走兽对等。

丰对俭，等对差，布袄对荆钗。雁行对鱼阵，榆塞对兰崖。挑（tiāo）荠女，采莲娃，菊径对苔阶。诗成六义备，乐奏八音谐。造律吏哀秦法酷，知音人说郑声哇。

天欲飞霜，塞上有鸿行（háng）已过；云将作雨，庭前多蚁阵先排。

注释：

（1）荆钗：用荆条做成的钗，形容十分俭朴。

（2）娃：年轻女子。

（3）六义：《诗经》中的风、雅、颂、赋、比、兴。

（4）八音：中国自古就是一个器乐艺术十分发达的国家。乐器按照各自使用的物质材料分为八种类别：即金、石、土、革、丝、木、匏、竹，称为八音。

（5）挑：萧韵读 tiāo，豪韵读 tiáo，篠韵读 tiǎo，此处读 tiāo，萧韵、豪韵、篠韵俱异。

（6）造律吏哀秦法酷：秦孝公任用商鞅变法，使秦国富强。但过度严酷苛刻的法律不仅让变法者得罪了很多人，也为秦民的反抗埋下了根源。后来商鞅失势而逃亡，住店时不敢出示身份证，店家不知道这个人就是商鞅，说没有身份证按照商君的法律我就不能让你住宿了。商鞅闻言长叹道："严刑酷法的弊端真是太大了！"典出《史记·商君列传第八》。

（7）知音人说郑声哇：郑声，春秋时郑国的歌谣。哇，指乐声靡曼。儒家认为春秋时郑国的地方音乐过分追求享乐，扰乱了正统的音乐。

说明：本节涉及对仗中常用的衣饰对、数字对、花鸟虫鱼走兽对、天文对、草木对等。

城对市，巷对街，破屋对空阶。桃枝对桂叶，砌蚓对墙蜗。梅可望，橘堪怀，季路对高柴。花藏沽酒市，竹映读书斋。马首不容孤竹扣，车轮终就洛阳埋。朝宰锦衣，贵束乌犀之带；宫人宝髻，宜簪白燕之钗。

注释：

（1）梅可望：曹操带部队行军，道缺水，士兵口渴走不动了。曹操就说：前边有一大片梅林，结了很多梅子，又甜又酸可以解渴。士兵听了以后，口里都流出了口水，由是不渴，顺利走出了缺水的地区。典出《世说新语·假谲》："魏武行役，失汲道，军皆渴，乃令曰：'前有大梅林，饶子甘酸，可以解渴。'士卒闻之，口皆出水，乘此得及前源。"

（2）橘堪怀：典出《三国志·吴志·陆绩传》：陆绩六岁到九江拜见袁术，袁术拿出橘子请陆绩吃。陆绩偷偷地在怀中藏了三个。告辞下拜时，橘子不小心滚出来掉在地上，袁术问他原因，陆绩说："我想带回去给母亲吃。"后来"怀橘"便成了孝敬父母亲的典故。

（3）季路对高柴：季路和高柴都是孔子的学生。

（4）马首不容孤竹扣：周武王起兵讨伐商纣王，孤竹国国君的两个儿子伯夷、叔齐拦在周武王的马前劝阻，他们认为这是以臣伐君，不合道义。而武王没有听从，最终伐纣，建立周朝。典出《史记·老子伯夷列传第一》："武王东伐纣，伯夷、叔齐叩马首而谏曰：'父死不葬，爰及干戈，可谓孝乎？以臣弑君，可谓仁乎？'左右欲兵之。太公曰：'此义人也。扶而去之。'武王已平殷乱，天下宗周，而伯夷、叔齐耻之，义不食周粟，隐于首阳山，采薇而食之。……遂饿死于首阳山。"

（5）车轮终就洛阳埋：东汉汉安元年，朝廷派遣八个人巡视天下吏治风俗，其他几人都是年高位重的大臣，只有张纲最年轻，官最小。别人接受任务后就都到了自己的巡视地，而张纲刚出洛阳，就把车轮拆下，埋在都亭的土里，说："豺狼当道，安问狐狸！后上书弹劾当时位高权重的大将军梁冀、河南尹不疑等人，朝野震动。典出《后汉书·张王种陈列传第四十六·张晧》："汉安元年，选遣八使徇行风俗，皆耆儒知名，多历显位，唯纲年少，官次最微。馀人受命之部，而纲独埋其车于洛阳都亭，曰：'豺狼当道，安问狐狸！'"

（6）乌犀之带：装饰着黑犀牛角的腰带。

（7）白燕之钗：传说汉武帝时神女进献了一支燕子形的宝钗，武帝将它赐给了赵婕妤。昭帝时有个宫女不小心把它打碎，此钗便化作白燕飞走了。

说明：本节涉及对仗中常用的宫室对、衣饰对、花鸟虫鱼走兽

71

对、颜色对、草木对等。

教学拓展

故事链接：

商鞅变法

战国初期，在各个诸侯国中，秦国是比较落后的。秦国的崛起始于商鞅变法。

商鞅（约前390—前338）本是卫国人，姓公孙，名鞅，秦孝公求贤，由卫入秦，起初秦人称之为卫鞅，后因他在秦国变法有功，封于商地，秦人便叫他商鞅。

当时的秦国，因远在西方，与齐、楚、燕、韩、赵、魏六国相比，比较落后，经常受到强国的欺负。公元前361年，秦孝公即位，为使秦国强盛起来，决心图强改革，便下令求贤，广聚"有能出奇计强秦者"。这时在卫国怀才不遇、有志难以施展的商鞅得到了这个消息，就来到秦国。他三次晋见秦孝公，对他说，"要使秦国富强起来，必须实行变法，一方面要奖励英勇善战的将士，同时还要制定新的法令，做到依法办事，赏罚分明"。秦孝公很赞成商鞅的主张，于是排除各种阻挠，任用商鞅变法。

商鞅为使变法得到广大民众的支持，先徙木以立信。他在秦国都城的南门外立一根三丈长的木杆，周围站满了看热闹的人。担任左庶长的商鞅当众宣布，谁能把这根木杆扛到北门去，就赏他10金（秦以一镒为一金，一镒合24两）。人们听了，议论纷纷，都不相信有这样的便宜事，也不相信商鞅能说话算数，谁也没去动它。商鞅又说，谁要是扛了，增加到五倍，赏他50金。这时，一个男子从人群中走出来，说"我来扛！"就不费力气地把木头扛到了北门。商鞅

立刻叫人赏他50金。围观的人都惊呆了，不由自主地说："左庶长说话是算数的。"商鞅于是公布变法之令。

新法令规定：官职大小和爵位高低，一律以战功的大小为标准，贵族没有军功就没有爵位。老百姓多生产粮食和布帛的，免除官差。凡因懒惰而贫穷的应入官府做奴婢。新法实行后，效果十分显著，农业生产发展了，军事力量也强大了，秦国很快摘掉了落后帽子。秦孝公更加信任商鞅，在公元前352年提升他为大良造（相当于丞相兼将军）。两年后，商鞅又开始了第二次变法，主要内容有：废井田，奖励垦荒；健全地方行政机构，由国家派官吏直接管理；规定刑罚无等级，不管普通百姓还是王公贵族，凡是违法者，一律依法治罪。并建议迁都咸阳，以便向东发展。商鞅实行新法触犯了王公贵族的利益，遭到他们的强烈反对。他们不敢公开抵制，便由太子驷的两个师傅唆使太子故意违犯新法。可是商鞅不畏权势，坚决维护新法。他狠狠地把太子批评了一顿，又给两个教唆犯治了重罪。这样，其他王公贵族再也不敢触犯新法了。

中国古代乐器

八音是中国古代对乐器的统称。《周礼·春官·大师》云："皆播之以八音，金、石、土、革、丝、木、匏、竹。"

金，古代称铜为金，指钲、钟、镈一类打击乐器。湖北出土的楚国曾侯乙墓编钟，由大小65个青铜钟组成，悬挂在曲尺形钟架上，连钟架在内重一万余斤。所谓编就是一组之意。钟体上刻有2800多字的篆体铭文，记载了中国先秦时期的乐学理论。

石，指石磬一类乐器。《正字通·石部》："石，乐器名，八音之一。"一般用石、玉制成，因大小厚薄不同，而发出高低不同的音响。湖北出土的楚国乐器编磬，大小共25个。

土，是指缶、埙一类乐器。用陶土烧制而成，既可当饮器，又可做乐器。歌唱时击缶为节奏。《史记》中有蔺相如逼迫秦王击缶的记载。

革，是指鼓类乐器。皮革可制鼓。鼓和钟大都用于祭祀、舞蹈、庆贺、战争等方面，所以钟鼓往往合称，《诗经》中就有"钟鼓乐之"的诗句。

丝，是指弦乐器，如琴、瑟、筝、琵琶等。因其弦多以丝为之，故称。

木是指木类乐器。最初有柷、敔、拍板等，后来有木鱼、梆子等。柷是一种祭祀用的启奏乐器，而敔是一种停止音乐的乐器，这两种乐器除了在孔庙以外，普通乐团不容易看到。形状像个方斗，上宽下窄，边上有个洞，可以把一支柄槌放进去。台南的孔庙里就放着一个。

匏，是指笙、簧一类乐器。匏是葫芦科植物的果实，晒干后作为笙、簧的垫子，可发出共鸣。

竹，是指箫、笛、竽、筑、篪、笳类乐器。

阅读建议：《汉书·隽疏于薛平彭传第四十一·疏广》《史记·老子伯夷列传第一》《汉书·盖诸葛刘郑孙毋将何传第四十七·郑崇》《世说新语·任诞》《后汉书·列女传》

佳韵本韵诗举例：

遣悲怀　　　元稹

谢公最小偏怜女，自嫁黔娄百事乖。
顾我无衣搜荩箧，泥他沽酒拔金钗。
野蔬充膳甘长藿，落叶添薪仰古槐。
今日俸钱过十万，与君营奠复营斋。

（泥，读 nì。　过，读 guō。）

74

十 灰

增对损，闭对开，碧草对苍苔。书签对笔架，两曜对三台。周召虎，宋桓魋，阆苑对蓬莱。薰风生殿阁，皓月照楼台。却马汉文思罢献，吞蝗唐太冀移灾。照耀八荒，赫赫丽天秋日；震惊百里，轰轰出地春雷。

注释：

（1）两曜：日、月、星都称为曜，两曜指日、月。

（2）三台：星宿名，共有六颗。在人为三公，在天为三台，上台司命，中台司中，下台司禄。后来也以位列三台借指朝中的重要大臣。

（3）周召虎：周厉王时大臣。宋桓魋，春秋时宋国人桓魋。孔子路过宋国时，他曾想杀孔子。

（4）阆苑对蓬莱：阆苑、蓬莱都是神话传说中的仙境，阆苑在昆仑山，蓬莱在东海。

（5）薰风：和风，又称南薰，指初夏时的东南风。传说是舜时的乐曲，其词有"南风之薰兮，可以解吾民之愠兮；南风之时兮，可以阜吾民之财兮。"

（6）却马汉文思罢献：汉文帝时期，有人要进献千里马，文帝考虑到会过分浪费民财，便阻止了这种行为。却，推辞，拒绝。

（7）吞蝗唐太冀移灾：唐太宗时，蝗虫肆虐成灾，唐太宗亲自吞食蝗虫，希望能以此免去蝗灾。冀，希望。

说明：本节涉及对仗中常用的颜色对、草木对、文具对、宫室对、花鸟虫鱼走兽对等。

沙对水，火对灰，雨雪对风雷。书淫对传癖，水浒对岩隈。歌旧曲，酿新醅，舞馆对歌台。春棠经雨放，秋菊傲霜开。作酒固难忘（wáng）曲蘖，调羹必要用盐梅。

月满庾楼，（据）胡床而可玩（wàn）；花开唐苑，（轰）羯鼓以奚催。

注释：

（1）书淫：指嗜书成瘾、好学不倦的人。

（2）传癖：晋朝的杜预喜读《左传》，人称传癖。

（3）浒：水边。

（4）隈：山或水弯曲的地方。

（5）醅：未经过滤的酒，也泛指酒。杜甫《客至》有"盘飧市远无兼味，樽酒家贫只旧醅。"白居易《问刘十九》有"绿蚁新醅酒，红泥小火炉。"

（6）作酒固难忘（wáng）曲蘖：忘，阳韵读 wáng，漾韵读 wàng，阳韵漾韵同。曲蘖，酿酒的酒曲子。

（7）调羹必要用盐梅：盐梅，调味的咸盐和酸梅。典出《尚书·说命》："若作酒醴，尔惟曲蘖；若作和羹，尔惟盐梅。"这是商王武丁向傅说求教时讲的话。

（8）月满庾楼：指晋代庾亮所居之楼。《晋书·庾亮传》载，庾亮镇守武昌时，常与部下登楼赏月。

（9）据胡床而可玩：胡床，一种可以折叠的轻便坐具。玩，古音属去声，翰韵，读 wàn，属仄声，今音读 wán，属平声，古今读音平仄不同了。这里应读 wàn，若按今音读 wán，则上下的平仄就不协调了。

（10）花开唐苑，轰羯鼓以奚催：唐苑，唐朝宫苑。羯鼓，我国古代的一种鼓，两面蒙皮，腰部细，据说来源于古羯族，类似现在的腰鼓。据《羯鼓录》载，杨贵妃于初春游园，此时花待开而未开，她便命人敲打羯鼓，于是催开了桃花杏花。武则天《腊日宣诏幸上苑》："明朝游上苑，火急报春知。花须连夜发，莫待晓风吹。"

说明：本节涉及对仗中常用的天文对、文学对、地理对、草木对、宫室对、花鸟虫鱼走兽对等。

○ ● ● ○ ●● ○○ ○○ ●● ●● ○
休对咎，福对灾，象箸对犀杯。宫花对御柳，峻阁对高

○ ○●● ●○○ ●● ○○ ◐○○●● ◐●
台。花蓓蕾，草根荄，剔藓对剜苔。雨前庭蚁闹，霜后

●○○ ◐○○○●● ○○○●●○○ ◐●○
阵鸿哀。元亮南窗今日傲，孙弘东阁几时开。平展青

○　●●○○●●　　○○●●　　○○○●●○○

茵，野外茸茸软草；高张翠幄，庭前郁郁凉槐。

注释：

（1）休：吉庆。

（2）咎：灾祸。

（3）象箸：象牙筷子。

（4）犀杯：犀牛角做的杯子。

（5）蓓蕾：泛指花蕾。

（6）根荄：泛指草根。

（7）元亮：陶渊明字元亮，他的《归去来兮辞》中有"倚南窗以寄傲，审容膝之易安。园日涉以成趣，门虽设而常关"之句。

（8）孙弘：指西汉的公孙弘，他任宰相时，曾开平津阁招揽人才。典出《汉书·公孙弘卜式兒宽传第二十八·公孙弘》："弘于是起客馆，开东阁以延贤人，与参谋议。"

（9）青茵：绿草地。茵，褥子或垫子。

（10）幄：帷幕。

说明：本节涉及对仗中常用的器物对、草木对、宫室对、花鸟虫鱼走兽对、天文对等。

教学拓展

故事链接：

崇尚节俭的汉文帝

汉文帝廉洁爱民的精神、励精图治的实践，造就了"文景之治"的盛世。

穿草鞋上殿办公。史载，汉文帝刘恒"履不藉以视朝"（汉代称

草鞋为"不藉")。汉文帝时，已经有了布鞋，草鞋沦为贫民的穿着。由于制作草鞋的材料以草和麻为主，非常经济，且取之不尽，用之不竭，草鞋可以节省物力，汉文帝刘恒穿草鞋上朝，做了节俭的表率。不仅是草鞋，就连他的龙袍，也叫"绨衣"，"绨"在当时是一种很粗糙的色彩暗淡的丝绸。就是这样的龙袍，汉文帝也一穿多年，破了，打个补丁再穿。后宫嫔妃也是朴素服饰，衣着不准有长的下摆拖地。帐子、帷子全没刺绣、不带花边。

不讲排场。古代皇帝住的宫殿，大都要修又大又漂亮的露台。汉文帝也想造一个露台，让工匠算算要花多少钱。工匠们说，不算多，一百斤金子就够了。汉文帝一惊，忙问："这一百斤金子，合多少户中等人家的财产？"答："十户。"汉文帝说："现在朝廷的钱很少，还是把这钱省下吧。"

《史记》载：文帝"即位三十年，宫室苑囿狗马服御无所增益"。"宫室"是宫殿建筑，"苑囿"就是皇家园林以及供皇室打猎游玩的场所，"狗马"指供皇帝娱乐使用的动物、设施等，"服御"即为皇帝服务的服饰车辆仪仗等。这些都是皇帝们讲排场、显威严、享乐游玩必不可少的，皇帝们大都十分重视。然而汉文帝在位二十三年，居然没有盖宫殿，没有修园林，没有增添车辆仪仗，甚至连狗马都没增添。他关心百姓的疾苦，刚当皇帝不久，就下令：由国家供养八十岁以上老人，每月发给他们米、肉和酒；对九十岁以上的老人，再增发一些麻布、绸缎和丝棉，给他们做衣服。

节俭安排自己的丧事。在文帝死前，最后安排了一次节俭活动——节俭办他的丧事。他在遗诏中痛斥了厚葬的陋俗，要求为自己简办丧事，对待自己的归宿"霸陵"，明确要求："皆以瓦器，不得以金银铜锡为饰，不治坟，欲为省，毋烦民。霸陵山川因其故，勿有所改。"即按照山川原来的样子因地制宜，建一座简陋的坟地，没有大兴土木，没有改变山川原来的模样。

像这样一生为民、俭朴勤政，并不断改进政策，为强国富民孜孜以求的皇帝，历史上实不多见。到了文帝晚年，国库里的钱多得数不清，串钱的绳子都烂了；粮仓的粮食一年年往上堆，都堆到粮仓外边了。汉文帝节俭爱民的精神、励精图治的实践，造就了"文景之治"的盛世。

阅读建议：《汉书·公孙弘卜式兒宽传第二十八·公孙弘》

灰韵本韵诗举例：

客至　　杜甫

舍南舍北皆春水，但见群鸥日日来。
花径不曾缘客扫，蓬门今始为君开。
盘飧市远无兼味，樽酒家贫只旧醅。
肯与邻翁相对饮，隔篱呼取尽余杯。

登高　　杜甫

风急天高猿啸哀，渚清沙白鸟飞回。
无边落木萧萧下，不尽长江滚滚来。
万里悲秋常作客，百年多病独登台。
艰难苦恨繁霜鬓，潦倒新停浊酒杯。

石头城　　刘禹锡

山围故国周遭在，潮打空城寂寞回。
淮水东边旧时月，夜深还过女墙来。

80

题菊花　　　　黄巢

飒飒西风满院栽，蕊寒香冷蝶难来。
他年我若为青帝，报与桃花一处开。

遣悲怀三首其二　　　　元稹

昔日戏言身后事，今朝都到眼前来。
衣裳已施行看尽，针线犹存未忍开。
尚想旧情怜婢仆，也曾因梦送钱财。
诚知此恨人人有，贫贱夫妻百事哀。

（施：真韵读 shì，支韵读 shī，真韵支韵异。这里是真韵，读
shì。看，读 kān。）

观书有感　　　　朱熹

半亩方塘一鉴开，天光云影共徘徊。
问渠那得清如许，为有源头活水来。

上
平
声

十一　真

○　●　●　○　●●　　　　　○○　○○　●●
邪对正，假对真，獬豸（xièzhì）对麒麟。韩卢对苏雁，

●●　○○　●　●●　　●●●　●●　○○　○●●●●
陆橘对庄椿。韩五鬼，李三人，北魏对西秦。蝉鸣哀暮

●●●　●●●○○　●●　　○●○○●　○○●●
夏，莺啭怨残春。野烧（shào）焰腾红烁烁，溪流波皱

●○○　　○○○　○○○　●○　●●　●●●　●
碧粼粼。行无踪，居无庐，颂成《酒德》；动有时，藏

●●　●●　○○
有节，论著《钱神》。

注释：

（1）獬豸（xièzhì）：古代传说中的一种异兽，马蹄牛耳，额上生独角，能辨曲直。

（2）麒麟：古代传说中的一种祥瑞之兽，头如鹿，尾似牛，全身生鳞甲。

（3）韩卢：战国时期韩国的一只犬。

（4）苏雁：苏武被匈奴扣留时用来传递书信的大雁。

（5）陆橘：详见"九佳"注释。

（6）庄椿：《庄子·逍遥游》中提到的一种特别长寿的大树，"上古有大椿者，以八千岁为春，八千岁为秋。"后来常以庄椿作长寿的代名词。

（7）韩五鬼：韩愈《送穷文》中把命穷、智穷、学穷、交穷、文穷称为"五穷鬼"。

（8）李三人：李白《月下独酌》中有"举杯邀明月，对影成三人"的句子，"我""影""月"为三人。

（9）烧：在啸韵里读shào，指野火，在萧韵里读shāo，指燃烧。啸韵萧韵异，这里应读shào。

（10）行无踪，居无庐，颂成《酒德》：晋人刘伶曾作《酒德颂》，其中有"行无辙迹，居无室庐"的句子。

（11）动有时，藏有节，论著《钱神》：晋人鲁褒曾作《钱神论》，其中有"动静有时，行藏有节"的句子。

说明：本节涉及对仗中常用的草木对、花鸟虫鱼走兽对、数字对、方位对等。

哀对乐，富对贫，好友对嘉宾。弹冠对结绶，白日对青春。金翡翠，玉麒麟，虎爪对龙麟。柳塘生细浪，花径起香尘。闲爱登山穿谢屐，醉思漉酒脱陶巾。雪冷霜严，倚槛松筠同傲岁；日迟风暖，满园花柳各争春。

注释：

（1）弹冠：原指十分高兴的样子，如弹冠相庆；这里指弹去帽子上的灰尘准备做官。

（2）结绶：做官。

（3）青春：明媚的春光。

（4）翡翠：翠鸟。

（5）谢屐：谢，指谢灵运，南朝山水诗人，东晋名将谢玄之孙，袭封康乐公，世称谢康乐。屐，木鞋。谢灵运喜好登山，他发明一种专门用于登山的木屐，上山时去掉前齿，下山时去掉后齿，这样不论上山还是下山，就都像行走在平地上一样了。李白在《梦游天姥吟留别》中有"脚著谢公屐，身登青云梯。半壁见海日，空中闻天鸡"之句。

（6）陶巾：陶渊明的葛巾。陶渊明嗜酒，当家酿酒熟时，就取下头上的葛巾滤酒。

（7）筼：读 yún，竹子。

说明：本节涉及对仗中常用的衣饰对、颜色对、金玉珠宝对、草木对、花鸟虫鱼走兽对、天文对等。

香对火，炭对薪，日观（guàn）对天津。禅心对道眼，

野妇对宫嫔。仁无敌，德有邻，万石（dàn）对千钧。

滔滔三峡水，冉冉一溪冰。充国功名当画阁，子张言

行（xìng，敬韵，庚韵异）贵书绅。笃志诗书，思入

圣贤绝域；忘（wáng，阳韵，漾韵同）情官爵，羞沾

名利纤尘。

注释：

（1）日观（guàn）：泰山一峰名，叫日观峰，峰顶是观看日出的地方。

（2）天津：隋唐时期洛阳南面洛水上的一座桥的名字，即天津桥。孟郊《洛桥晚望》诗云："天津桥下冰初结，洛阳陌上行人绝。榆柳萧疏楼阁闲，月明直见嵩山雪。"结、绝、雪三个字都是入声字，这是一首押入声韵的古绝。古绝不同于律绝，仄韵古绝的第三句一定是平收的，而律绝的第三句一定是仄收的。类似的古绝还有柳宗元的《江雪》："千山鸟飞绝，万径人踪灭。孤舟蓑笠翁，独钓寒江雪。"黄巢的《题菊花》："待到秋来九月八，我花开后百花杀。冲天香阵透长安，满城尽带黄金甲。"

（3）禅心：清静寂定的心境。

（4）道眼：判断真妄的眼力。

（5）野妇：山村的妇女。

（6）宫嫔：宫中的宫女。

（7）仁无敌：典出《孟子·梁惠王上》："仁者无敌。"意思是说用仁德治理百姓，就能够天下无敌了。

（8）德有邻：典出《论语·里仁》："德不孤，必有邻。"意思是说有高尚道德的人，一定不会感到孤独，一定有和他志同道合的人。

（9）万石对千钧：钧和石都是重量单位，三十斤为一钧，四钧为一石，即一石为一百二十斤。

（10）充国功名当画阁：充国，赵充国，西汉名将，他和霍光等十位功臣的画像悬挂在麒麟阁。典出《汉书·赵充国辛庆忌传第三

上平声

85

十九》。

（11）子张言行（xìng，敬韵，庚韵异）贵书绅：子张，孔子学生。行，读作 xìng，敬韵，品行；庚韵读作 xíng，行走；敬韵庚韵异。书绅，写在腰带上。绅，古代士大夫束在腰间的带子，后来也指地方上有势力的人，豪绅，乡绅。典出《论语·卫灵公》："子张问行（xìng）。子曰：'言忠信，行笃敬，虽蛮貊之邦，行矣。言不忠信，行不笃敬，虽州里，行乎哉？立则见其参于前也，在舆则见其倚于衡也，夫然后行。'子张书诸绅。"

（12）忘：阳韵 wáng，漾韵 wàng，阳韵漾韵同。这里读 wáng。

说明：本节涉及对仗中常用的宫室对、形体对、人事对、数字对等。

教学拓展

故事链接：

山水诗人谢灵运

谢灵运（袭封康乐公，世称谢康乐。）酷爱登山，而且喜欢攀登幽静险峻的山峰，高达数十丈的岩峰他也敢上，为了便利，他登山时常穿一双活齿木屐，上山取掉前掌的齿钉，下山取掉后掌的齿钉，便于蹬坡和在泥泞中行走，给出游带来极大方便。于是，上山下山十分省力稳当，据说当时的人们争相效仿，这就是著名的"谢公屐"。李白在《梦游天姥吟留别》中曾有这样的诗句："谢公宿处今尚在，渌水荡漾清猿啼。脚著谢公屐，身登青云梯。半壁见海日，空中闻天鸡。"可见其影响之广大。

谢灵运是永嘉山水知己。贵为一方父母官，到楠溪游玩不用轿抬，实属难得。谢灵运游山水，是一种神游。正如钱钟书所说："人于山水，如'好美色'；山水于人，如'惊知己'。"他与大自然结成朋友，才能写出真山真水真性灵的好诗篇。

贡禹弹冠

汉宣帝时，琅琊人王吉和贡禹是很好的朋友，贡禹多次被免职，王吉在官场也很不得志。汉元帝时，王吉被召去当谏议大夫，贡禹听到这个消息很高兴，就把自己的官帽取出，弹去灰尘，准备戴用。果然没多久贡禹也被任命为谏议大夫。

名将赵充国

赵充国（前137—前52），字翁孙，汉族，原为陇西上邽（今甘肃天水）人，后移居湟中（今青海西宁），西汉著名将领。为人有勇略，熟悉匈奴和氏羌的习性，汉武帝时，随贰师将军李广利出击匈奴，率领七百壮士突出匈奴的重围，被汉武帝拜为中郎，升任车骑将军长史。汉昭帝时，历任大将军（霍光）护军都尉、中郎将、水衡都尉、后将军，击败武都郡氏族的叛乱，出击匈奴，俘虏西祁王。汉昭帝死后，协助霍光尊立汉宣帝，封营平侯。后任蒲类将军、后将军、少府。神爵元年（前61），汉宣帝用他的计策，平定羌人的叛乱，并进行屯田。次年，诸羌投降。赵充国病逝后，谥号壮侯，与霍光等人一同画肖像于未央宫麒麟阁中，为"麒麟阁十一功臣"之一。

赵充国行军是以远出侦察为主，并随时作好战斗准备。宿营时加强营垒防御，稳扎稳打，计划不周全不作战。他爱护士卒，战则必胜。老病辞官在家以后，朝廷每讨论边防大事，或常请他参与谋略，或向他咨问办法。

阅读建议：《庄子·逍遥游》《孟子·梁惠王上》《汉书·赵充国辛庆忌传第三十九》

真韵本韵诗举例:

酬乐天扬州初逢席上见赠　　　刘禹锡

巴山楚水凄凉地，二十三年弃置身。
怀旧空吟闻笛赋，到乡翻似烂柯人。
沉舟侧畔千帆过，病树前头万木春。
今日听君歌一曲，暂凭杯酒长精神。

送杜少府之任蜀州　　　王勃

城阙辅三秦，风烟望五津。与君离别意，同是宦游人。
海内存知己，天涯若比邻。无为在歧路，儿女共沾巾。

饯别王十一南游　　　刘长卿

望君烟水阔，挥手泪沾巾。飞鸟没何处，青山空向人。
长江一帆远，落日五湖春。谁见汀洲上，相思愁白蘋。

喜外弟卢纶见宿　　　司空曙

静夜四无邻，荒居旧业贫。雨中黄叶树，灯下白头人。
以我独沉久，愧君相见频。平生自有分，况是蔡家亲。

金谷园　　　杜牧

繁华事散逐香尘，流水无情草自春。
日暮东风怨啼鸟，落花犹似坠楼人。

马嵬坡　　郑畋

玄宗回马杨妃死，云雨难忘日月新。

终是圣明天子事，景阳宫井又何人。

（忘，读 wáng）

渡汉江　　宋之问

岭外音书绝，经冬复历春。近乡情更怯，不敢问来人。

上平声

十二 文

家对国，武对文，四辅对三军。九经对三史，菊馥对兰芬。歌北鄙，咏南薰，迩听（tìng，径韵，青韵同）对遥闻。召公周太保，李广汉将军。闻化蜀民皆草偃，争权晋土已瓜分。巫峡夜深，猿啸苦哀巴地月；衡峰秋早，雁飞高贴楚天云。

注释：

（1）四辅：官职名，指天子身边的四个辅佐官。

（2）三军：古指中军、上军、下军或中军、左军、右军，后成为军队的通称。毛泽东《七律·长征》有"更喜岷山千里雪，三军过后尽开颜"之句。

（3）九经：儒家奉为经典的九种著作。一般指《周易》《尚书》《诗经》《周礼》《仪礼》《礼记》《左传》《论语》《孟子》。

（4）三史：一般指《史记》《汉书》《后汉书》。

（5）馥：香气。

（6）北鄙：北鄙原指北部边境地区，这里的音乐大多充满杀伐之声，所以用北鄙代指北部边境地区音乐。

（7）南薰：南风，传说是舜创作的乐曲，词有"南风之薰兮，可以解吾民之愠兮；南风之时兮，可以阜吾民之财兮"之句。

（8）听：径韵读 tìng，青韵读 tīng，径韵青韵同。

（9）召公周太保：召公，名奭，周代人，官至太保。

（10）闻化蜀民皆草偃：西汉景帝末年，文翁为蜀地太守。当时的蜀地，各个方面都比中原落后，文翁特别注重发展教育。他挑选品质优秀的小吏到京城学习，学成归来，就按照他们各自的能力水平，安排适当的职务。他还提高文士的地位，在当地开办学校，选贤良子弟入学，入学者免除其徭役，优秀者还可以出任地方官。结果蜀地百姓都闻风而化，民风大变。文翁逝于蜀，百姓怀之，为立祠堂，岁时祭祀不绝。草偃，像草一样随风而倒伏。典出《汉书·循吏传》。

（11）争权晋土已瓜分：在争权夺利中，春秋末晋国的疆土已经被瓜分。指晋国被韩、赵、魏三家瓜分。史称三家分晋，战国自此始矣。

（12）巴：古国名，在今四川省东部，为楚所灭。

（13）衡峰：南岳衡山的回雁峰。相传南飞的大雁飞到这里就停下了。范仲淹的《渔家傲·秋思》词有"塞下秋来风景异，衡阳雁去无留意"之句。

（14）楚：春秋战国时期的楚国，是地方千里的大国，南岳衡山在其境内。巴楚相邻，往往并称，如"巴山楚水凄凉地"。

说明：本节涉及对仗中常用的数字对、文学对、花鸟虫鱼走兽对、天文对等。

○　●　●　○　●●　○○　○○　●●　●●　◐

欹对正，见对闻，偃武对修文。羊车对鹤驾，朝旭对晚

○　○●●　●○○　●●　○○　○○○●●　●●

曛。花有艳，竹成文，马燧对羊欣。山中梁宰相，树下

●○○　◐◐◐○○●●　○○◐●●

汉将军。施帐解围嘉道韫，当垆沽酒叹（tàn，翰韵，

○○　●●◐○　●●◐○○●●　○○◐

寒韵同）文君。好景有期，北岭几枝梅似雪；丰年先

●　○○◐●●●○○

兆，西郊千顷稼如云。

注释：

（1）欹：倾斜。

（2）偃：停止。

（3）修：加强，从事。

（4）羊车：晋武帝每晚与妃子相会时乘坐的用羊拉的车。史载晋帝武嫔妃太多，每天晚上拿不定主意去哪，就乘坐羊车，随其所至。于是宫女们就在门前插上竹子，在地上洒上盐水，来引诱这些拉车的羊。

（5）鹤驾：指太子的车驾。传说周灵王的太子晋，在缑（gōu）山（今河南偃师附近）乘白鹤仙去。

（6）朝旭：早晨初出的阳光。

（7）晚曛：傍晚落日的余晖。

（8）马燧对羊欣：马燧，唐德宗时宰相；羊欣，南朝宋人，曾任新安太守。

（9）山中梁宰相：指陶弘景。他不愿做官而隐居茅山中，但梁武

帝每有国家大事，常去山中向他咨询，时人称之为"山中宰相"。

（10）树下汉将军：指东汉的冯异。冯异文韬武略，屡建奇功。每当行军休息闲坐时，别的将军们就互相夸耀自己的战功，而冯异却独自倚在大树下，沉默不语。典出《后汉书·冯岑贾列传第七·冯异传》："异为人谦退不伐，行与诸将相逢，辄引车避道。进止皆有表识，军中号为整齐。每所止舍，诸将并坐论功，异常独屏树下，军中号曰'大树将军'。"

（11）施帐解围嘉道韫：晋代的王献之与客人辩论要输的时候，谢道韫就在帷帐之后阐述王献之的观点，替他解围。谢道韫，东晋时女诗人，宰相谢安的侄女，安西将军谢奕的女儿，也是著名书法家右将军王羲之的儿子左将军王凝之的妻子，王献之的嫂子。《世说新语·言语》记载了一个有关谢道韫"咏絮之才"的故事："谢太傅寒雪日内集，与儿女讲论文义。俄而雪骤，公欣然曰：'白雪纷纷何所似？'兄子胡儿曰：'撒盐空中差可拟。'兄女曰：'未若柳絮因风起。'公大笑乐。即公大兄无奕女，左将军王凝之妻也。"

（12）当垆沽酒叹文君：垆，酒店内安放酒瓮的土台子，这里指酒店。文君，蜀中富商卓王孙之女卓文君，她年轻而寡居，后来爱慕才子司马相如并同其私奔，因生活困顿，便和丈夫开了一家酒店，文君当垆卖酒，相如做酒保忙前跑后。叹，翰韵读tàn，寒韵读tān，翰韵寒韵同。这里读tàn。

说明：本节涉及对仗中常用的器物对、方位对、花鸟虫鱼走兽对、天文对等。

尧对舜，夏对殷，蔡茂对刘赟。山明对水秀，五典对三坟。唐李杜，晋机云，事父对忠君。雨晴鸠唤妇，霜冷

93

●○○　　●●○○○●●　　　　　○○○●●●○○　　　●
雁呼群。酒量洪深周仆射（yè），诗才俊逸鲍参军。鸟

●○○　　⊖○　　　　⊖○●　　○○●●　　　●●　　　　●
翼长随，凤兮（洵）众禽长；狐威不假，虎也（真）百

●○
兽尊。

注释：

（1）蔡惠：东汉人蔡惠曾梦见自己得到一个大禾穗，却又失去了，有人替他解梦："禾失为秩，虽曰失之，乃所以禄之。"后来蔡惠果然做了官。

（2）刘蕡：字去华，昌平人，大和二年（828）应贤良方正直言极谏科考试，在对策中痛陈宦官专权的弊害，遭忌被黜。后授秘书郎，被宦官诬陷，贬柳州司户参军，约于会昌初年病死。

（3）五典：传说中我国上古时期的典籍。

（4）三坟：指伏羲的《连山》，神农的《归藏》，黄帝的《乾坤》。

（5）唐李杜：唐朝诗人李白杜甫。

（6）晋机云：晋代文学家陆机、陆云兄弟。

（7）酒量洪深周仆射（yè）：晋人周伯仁名气很大，但却并没有多大的才能，做了尚书仆射之后，好酒成性，经常一醉就是三日，时人称之为"三日仆射"。典出《世说新语·任诞》。

（8）诗才俊逸鲍参军：指南朝宋的诗人鲍照，他诗才敏捷，尤长于七言歌行体，因曾任临海王刘子顼手下的前军参军，后世称之为"鲍参军"。

说明：本节涉及对仗中常用的地理对、文学对、官职对、数字对、花鸟虫鱼走兽对等。

故事链接：

山中宰相

陶弘景（456—536）字通明，自号华阳居士，谥"贞白先生"。丹阳秣陵（今江苏南京）人，南朝齐、梁时期的道教思想家、医药家、炼丹家、文学家、书法家，更是一位卓越的政治家。史书称，陶弘景"幼有异操"，年四五岁乃好书，"恒以荻为笔，画灰中学书"。九岁即能读《礼记》《尚书》《周易》《春秋》《孝经》《毛诗》《论语》等儒家经典。陶弘景也曾入仕为官，但既不是中央政府中的尚书一类大官，也不是治理一县一地的实权官职，所以他常怏怏不得志。到了三十六岁那年，决意辞官归隐，来到茅山修道。

梁武帝萧衍未曾做皇帝前，就和陶弘景是好朋友，做了皇帝后对陶弘景更是恩礼愈笃、敬重有加。史书上称当时武帝对陶弘景"书问不绝，冠盖相望"（书信、问候不停传递，使者车辆在途中一辆接一辆，可以相互远远地望见）。武帝知道陶弘景是个奇才，几次想请他出山做官，但陶坚辞不出。皇帝的诏书催得急了，他就画了两头牛让人带去呈给武帝。画中一牛散放在水草间，一牛则被加上了金笼，有人执着鞭子在驱赶它。武帝一看，明白了意思，笑着说道："这人没有什么荣华富贵的欲念，看来是打算仿效在泥淖中拖着尾巴自由爬行的乌龟，哪有招来的办法？"但梁武帝每有军国大事，都要征求他意见，他身在方外，却俨然是朝政决策人物，所以当时人都称他为"山中宰相"。

现在选入初中课本的陶弘景的《答谢中书书》是一篇山水佳作："山川之美，古来共谈。高峰入云，清流见底。两岸石壁，五色交辉；青林翠竹，四时俱备。晓雾将歇，猿鸟乱鸣；夕日欲颓，沉鳞竞跃。实是欲界之仙都。自康乐以来，未复有能与其奇者。"

卓文君和司马相如

景帝中元六年，司马相如回到蜀地，恰巧那里的富豪卓王孙准备了宴席请客。县令王吉和司马相如一起参加了宴会。客人被司马相如的堂堂仪表和潇洒的风度所吸引，正当酒酣耳熟的时候，王吉请司马相如弹一曲助兴。司马相如精湛的琴艺，博得众人的喝彩，更使那隔帘听曲的卓文君倾倒。卓文君是富豪卓王孙的女儿，因丈夫刚死，才回到娘家守寡，她听到司马相如的琴声，如痴如醉，又见他相貌堂堂，更是心醉神迷。此后，他们两人经常来往，便产生了爱慕之情。一天夜里，卓文君没有告诉父亲，就私自去找司马相如。他们一起回到成都，结了婚。正当司马相如和卓文君沉浸在甜蜜的新婚日子里，卓王孙却暴跳如雷，发誓不给文君钱财。这样一来，文君和相如穷得没法过日子。他们只得回到临邛，在街上开了一家酒店，文君坐柜台打酒，相如穿上围裙，端酒送菜，洗碗刷碟子。日子虽然清苦，但两口子相敬如宾，过得和和气气，过了一些日子，卓王孙在朋友的相劝下，才消了怒气，给了文君一些钱财和奴仆。

司马相如是西汉时期很重要的一位作家，他和卓文君的爱情故事，尤其令人津津乐道。不过，据说当他在长安，被封为中郎将时，由于自己觉得身份不凡，曾经起了休妻的念头。有一天，他派人送给卓文君一封信，信上写着"一二三四五六七八九十百千万"十三个大字，并要卓文君立刻回信。卓文君看了信，知道丈夫有意为难自己，十分伤心。想起自己如此深爱对方，对方竟然忘了昔日的甜蜜往事，就提笔写道：

一别之后，二地悬念，只说是三四月，又谁知五六年，七弦琴无心弹，八行书无可传，九连环从中折断，十里长亭望眼欲穿，百

思想，千系念，万般无奈把郎怨；万言千语说不尽，百无聊赖十依栏，重九登高看孤雁，八月中秋月不圆，七月半烧香秉烛问苍天，六月伏天人人摇扇我心寒，五月石榴如火，偏遇阵阵冷雨浇花端，四月枇杷未黄，我欲对镜心意乱，急匆匆三月桃花随水转，飘零零二月风筝线几断，郎呀郎，巴不得下一世你为女来我做男。

　　司马相如收信后惊叹不已，夫人的才思敏捷和对自己的一往情深，都使他心弦受到很大的震撼，于是很快地打消了休妻的念头。

　　阅读建议：《汉书·循吏传》《后汉书·冯岑贾列传第七》《世说新语·言语》《世说新语·任诞》

文韵本韵诗举例：

赠孟浩然　　　李白

吾爱孟夫子，风流天下闻。红颜弃轩冕，白首卧松云。
醉月频中圣，迷花不事君。高山安可仰，徒此揖清芬。

夜泊牛渚怀古　　　李白

牛渚西江夜，青天无片云。登舟望秋月，空忆谢将军。
余亦能高咏，斯人不可闻。明朝挂帆去，枫叶落纷纷。

别房太尉墓　　　杜甫

他乡复行役，驻马别孤坟。近泪无干土，低空有断云。
对棋陪谢傅，把剑觅徐君。唯见林花落，莺啼送客闻。

97

江南逢李龟年　　　杜甫

岐王宅里寻常见，崔九堂前几度闻。

正是江南好风景，落花时节又逢君。

十三　元

○　●　●　○　　●●　○○　　○○　　●●　　●●　○
幽对显，寂对喧，柳岸对桃源。莺朋对燕友，早暮对寒

○　○●●　　●○○　　●●　　○○　　○○○　○●●　　●●
喧。鱼跃沼，鹤乘轩，醉胆对吟魂。轻尘生范甑，积雪

●　　　　　　○○　　●●○○　　○○●　●●○
拥（yǒng，肿韵）袁门。缕缕轻烟芳草渡，丝丝微雨杏花

○　●●○○　　　◐○◐●●　　◐○●●　○
村。诣阙王通，（献）太平十二策；出关老子，（著）道

●●●○○
德五千言。

注释:

（1）鹤乘轩：春秋时期卫懿公特别喜欢鹤，常让鹤坐在车上，甚至有的鹤还有俸禄。当外邦入侵时，士兵们都不愿作战，说让鹤去打仗吧，鹤还有禄位呢。卫懿公于是就亡国了。典出《左传·闵公二年》："冬十二月，狄人伐卫。卫懿公好鹤，鹤有乘轩者，将战，国人受甲者皆曰：'使鹤，鹤实有禄位，余焉能战！'……卫师败绩，遂灭卫。"

（2）轻尘生范甑：东汉时的范冉因反对宦官专权，被宦官迫害逃离京城，生活极为困顿，蒸饭的甑中都积满了灰尘，但范冉怡然自得，不以为意。典出《后汉书·独行传》。

（3）积雪拥（yǒng 肿韵）袁门：袁，指袁安，汝南汝阳人，为人严重有威，见重于州里。为楚郡太守时察理冤案，使得出者四百余家。直切敢谏，忠心为国，名重朝廷。袁安后世子孙昌隆，三国时期的袁绍、袁术，皆其后也。"积雪拥袁门"之事，《后汉书·袁张韩周列传第三十五·袁安传》并无记载。《汝南先贤传》记载说：有一次洛阳下大雪，雪深达丈余。洛阳县令早晨出门巡视灾情，看见别人家都有出门求食的脚印，唯独袁安家门口无脚印。洛阳县令以为袁安已经冻死，推开门一看，见袁安冻得僵直地躺在床上，问他何以不出门求食，袁安答道："大雪天别人都粮食困难，不应当再去麻烦人家。"拥，古音属上声，肿韵，读 yǒng，今属平声，读 yōng，古音今音平仄不同。这里应读 yǒng，否则上下句平仄就不协调了。

（4）诣阙王通，献太平十二策：诣，拜访；阙，帝王的宫殿；王通，隋代哲学家，他曾向隋文帝上《太平策》十二篇，但没有被采用。

（5）出关老子，著道德五千言：老子，名李耳，春秋时期思想家，道家学派创始人，曾为周室的守藏室之史，见周道衰微，便骑青牛西出函谷关，守关尹喜知其为真人，强请为著书，遂得《道德经》五千言。

说明：本节涉及对仗中常用的草木对、花鸟虫鱼走兽对、器物对、宫室对、数字对等。

○　●　●　○　●●　○○　○○　●●　●●　○
儿对女，子对孙，药圃对花村。高楼对邃阁，赤豹对玄

○　○●●　◐○○　●●　○○　○○○●●　●●
猿。妃子骑，夫人轩，旷野对平原。匏巴能鼓瑟，伯氏

100

善吹埙。馥馥早梅思驿使，萋萋芳草怨王孙。秋夕月

明，苏子黄冈游赤壁；春朝花发，石家金谷启芳园。

注释：

（1）赤：红色。

（2）玄：黑色。杜甫诗"殊方日落玄猿哭，旧国霜前白雁来"，玄表示黑色，与白相对。

（3）妃子骑：专为妃子（杨贵妃）送新荔枝的人马。杨贵妃喜食荔枝，驿站专门从四川经子午道送至长安。杜牧《过华清宫》："长安回望绣成堆，山顶千门次第开。一骑红尘妃子笑，无人知是荔枝来。"

（4）夫人轩：又叫鱼皮轩，一种用鱼皮装饰的供贵妇人乘坐的车子。

（5）匏巴能鼓瑟：楚人匏巴善弹琴（引得鱼儿出水听）。匏巴，应为瓠巴，一种草本植物的果子，有的地方叫"蒲瓜"，这里用作人名。鼓，演奏，与下句"吹"相对。瑟，古代弦乐器，形状像琴。

（6）伯氏善吹埙：伯仲兄弟吹埙（天上人间共欣赏）。伯氏，《诗经》中"伯氏吹埙"下句为"仲氏吹篪"。伯氏、仲氏指的是兄弟俩，而不是姓氏。埙，古代土制乐器，椭圆形，有六孔。

（7）馥馥早梅思驿使：馥馥，香气很浓。驿使，古代传递政府文书的人。

（8）萋萋芳草怨王孙：萋萋，草长得非常茂盛。崔颢《黄鹤楼》有"芳草萋萋鹦鹉洲"之句。王孙，古代泛指贵族子弟，是对对方的称谓。王维《山中送别》有"山中相送罢，日暮掩柴扉。春草明年绿，王孙归不归"之句。怨，思念，这里与上句"思"同义。

（9）秋夕月明，苏子黄冈游赤壁：苏子，即苏轼。黄冈，即今湖北黄冈。此句说的是宋人苏轼月夜游赤壁的事。

上平声

（10）春朝花发，石家金谷启芳园：石家金谷，晋代巨富石崇家的金谷园。春暖花开时节石崇常在园中宴请宾客。详见七虞"石帐"之注。

说明：本节涉及对仗中常用的草木对、宫室对、花鸟虫鱼走兽对、器物对、数字对等。

歌对舞，德对恩，犬马对鸡豚。龙池对凤沼，雨骤对云屯。刘向阁，李膺门，唳鹤对啼猿。柳摇春白昼，梅弄月黄昏，岁冷松筠皆有节，春喧桃李本无言。噪晚齐蝉，岁岁秋来泣恨；啼宵蜀鸟，年年春去伤魂。

注释：

（1）豚：小猪，泛指猪。

（2）雨骤对云屯：屯，聚集。骤，急速。

（3）刘向阁：西汉学者刘向校书的天禄阁。

（4）李膺门：李膺（字元礼），东汉人，桓帝时任司隶校尉。当时宦官专权，李膺与太学生首领郭泰联合起来反对，名气极大，太学生称"天下楷模李元礼"，以得到其接见为极光荣的事。

（5）唳：这里指鹤的叫声。

（6）梅弄月黄昏：林逋《山园小梅》有"疏影横斜水清浅，暗香浮动月黄昏"之句。

（7）春喧桃李本无言：《史记·李将军列传》载："谚曰：'桃李不言，下自成蹊。'"意思是说，桃树李树自己不说话，但由于其花美、其果甜，下边自然会有因人来往而形成的小路。

（8）齐蝉：晋崔豹《古今注》下卷《问答释义》载：齐国的王后因与齐王斗气而死，死后变成蝉，飞到庭树上哀鸣，齐王听到后悔恨不已，故后人称蝉为齐女。

（9）蜀鸟：相传战国时蜀王名杜宇，号望帝。后自以为德薄而禅位于其相开明，逃隐而化为杜鹃鸟，古人有"杜鹃啼血"的说法，认为杜鹃鸟啼叫到口中流血，便化为杜鹃花。

说明：本节涉及对仗中常用的花鸟虫鱼走兽对、天文对、宫室对、草木对、颜色对等。

教学拓展

故事链接：

石崇斗富

司马炎所建立的西晋政权，代表着大地主大豪族的利益，那些豪门大族在政权的保护下，占有大量的土地和佃户，不纳租税，又有世代做大官的特权，生活极端腐化，以挥霍浪费为乐事，把人民用血汗所创造的财富，白白地糟蹋掉。

晋武帝本人就出身于世家大族，他当皇帝后过着穷奢极欲的生活，又荒淫无度，后宫嫔妃近万人，为了选拔美女充实后宫，在全国进行强征，天下鸡犬不宁。皇帝如此，自然上行下效，整个豪族地主阶级，竞相仿效，无不以豪华奢侈为荣。这种竞尚奢华的社会风气，已经成了西晋贵族的一大特征。石崇和王恺斗富的丑剧，就是其中的典型事例之一。

石崇是当时的大官僚，掠夺了农民大量上等好地，占为己有，家中使用的奴仆就有八百多人，房屋数百间，金银财宝更无法计算，

上平声

富于王室，过着腐朽糜烂的生活。他曾和晋武帝的舅父王恺斗富，王恺家里用麦糖刷锅，石崇家里做饭用蜡烛当柴烧；王恺在道路两旁用紫纱布做成步障四十里，以遮蔽其他行人，防护自己，石崇就用锦缎做成步障五十里。

有一次，晋武帝赐给他舅父王恺一株二尺多高的红珊瑚树，这种珊瑚树生于海底，颜色透明，是当时极珍贵的装饰品，为一般人所罕见。王恺自以为得意，就兴致勃勃地拿给石崇看，以为这次石崇必然要被斗败，不料石崇看了一眼，便一下子把它敲得粉碎。王恺非常气愤，而石崇却笑着说："你不用生气，我马上还给你。"说罢，就叫家人搬出他所藏的又高又大的珊瑚树五六棵，光彩夺目。王恺见了，也不由得目瞪口呆。

石崇除挥霍和糟蹋劳动人民所创造的大量财富外，他还是一个非常残暴的家伙。有一次，他和一些客人饮酒作乐，石崇命很多侍女劝酒，如果客人不高兴或不喝，就把侍女杀死。其中有一个客人故意刁难不喝，石崇就一连杀死三个侍女。

石崇还在京师洛阳附近修建金谷别墅，当时称为金谷园。别墅依山傍水，凿池修台，园内水流潺潺，绿树成荫，楼台亭阁，金碧辉煌。石崇在交趾郡（治所在今越南河内市西北）做官时，以自己搜刮来的大量珍珠，买来歌女绿珠。交趾是出产珍珠的地方，当地人民视为珍宝，生下女孩叫珠娘，生下男孩叫珠儿，绿珠的名字就是从这儿来的。绿珠能歌善舞，笛子吹得更好听。石崇在金谷园内，特地为她修建一座高楼，叫绿珠楼。

后来石崇在八王之乱中被杀，绿珠坠楼而亡。

（关于石崇的故事，可参见"七虞"注释）

阅读建议：《后汉书·独行传》、《后汉书·袁张韩周列传第三十五·袁安传》、《史记·李将军列传》

元韵本韵诗举例:

咏怀古迹五首之三　　　杜甫

群山万壑赴荆门，生长明妃尚有村。
一去紫台连朔漠，独留青冢向黄昏。
画图省识春风面，环佩空归夜月魂。
千载琵琶作胡语，分明怨恨曲中论。

（论，元韵，读lún）

春怨　　　刘方平

纱窗日落渐黄昏，金屋无人见泪痕。
寂寞空庭春欲晚，梨花满地不开门。

宫词　　　朱庆馀

寂寂花时闭院门，美人相并立琼轩。
含情欲说宫中事，鹦鹉前头不敢言。

山园小梅　　　林逋

众芳摇落独暄妍，占尽风情向小园。
疏影横斜水清浅，暗香浮动月黄昏。
霜禽欲下先偷眼，粉蝶如知合断魂。
幸有微吟可相狎，不须檀板共金尊。

105

林黛玉咏白海棠（限门盆魂痕昏）　　　曹雪芹

半卷湘帘半掩门，碾冰为土玉为盆。

偷来梨蕊三分白，借得梅花一缕魂。

月窟仙人缝缟袂，秋闺怨女试啼痕。

娇羞默默同谁诉，倦倚西风夜已昏。

狱中题壁　　　谭嗣同

望门投止思张俭，忍死须臾待杜根。

我自横刀向天笑，去留肝胆两昆仑。

十四 寒

○　●　　●　○　　●●　　　　　○○　○○　　●●　●
多对少，易对难，虎踞（jù）对龙蟠。龙舟对凤辇，白

●　○○　○●●　　●●○　　●●　○○　○○○●
鹤对青鸾。风淅淅，露泙泙，绣毂对雕鞍。鱼游荷叶

●　　●　○　●●●○　　●　●○①○○　○○●⊖○○●
沼，鹭立蓼花滩。有酒阮貂奚用解，无鱼冯铗必须弹。

●●○○　　○●●○①○○　　○○●●　○○○●●
丁固梦松，柯叶忽然生腹上；文同画竹，枝梢倏尔长

○○
毫端。

注释:

　　（1）虎踞（jù）对龙蟠：虎踞、龙蟠，都是指古代金陵（今南京）形势险要。三国时期诸葛亮看到吴国都城建业（今南京）的地势时说："钟山龙盘，石头虎踞，此帝王之宅也。"

　　（2）露泙泙：形容露珠晶莹的样子。《诗经·郑风·野有蔓草》有"野有蔓草，零露泙兮。有美一人，清扬婉兮。邂逅相遇，适我愿兮。野有蔓草，零露瀼瀼。有美一人，婉如清扬。邂逅相遇，与子

上平声

偕臧。"

（3）绣毂：刻有花纹的车辐。

（4）有酒阮貂奚用解：阮孚好喝酒，曾用所戴的金貂换酒喝。

（5）无鱼冯铗必须弹：战国时期谋士冯谖投靠孟尝君，吃饭时桌上没有鱼，他就一边弹剑一边唱歌："长铗归来兮，食无鱼。"

（6）丁固梦松，柯叶忽然生腹上：梦松，三国时东吴人丁固，梦见肚子上生了松树，对他人说："松字，十八公也。后十八岁吾其为公乎。"十八年后果然被封为公。

（7）文同画竹，枝梢倏尔长毫端：文同，北宋画家，字与可，善画竹，苏轼称其是胸有成竹。倏尔，一会儿。毫端，毛笔的尖端。

说明：本节涉及对仗中常用的花鸟虫鱼走兽对、天文对、草木对、器物对、颜色对等。

寒对暑，湿对干，鲁隐对齐桓。寒毡对暖席，夜饮对晨餐。叔子带，仲由冠，郏鄏对邯郸。嘉禾忧夏旱，衰柳耐秋寒。杨柳绿遮元亮宅，杏花红映仲尼坛。江水流长，环绕（似）青罗带；海蟾轮满，澄明（如）白玉盘。

注释：

（1）鲁隐对齐桓：鲁隐，即鲁隐公，春秋时期鲁国的国君，他是被其同父异母的弟弟鲁桓公杀掉。齐桓，即齐桓公，春秋时期齐国的国君，名小白，在争夺、巩固王位的斗争中，曾威逼鲁国杀死了其弟弟公子纠。

（2）叔子带：晋代羊祜轻裘缓带的装束。羊祜字叔子，任荆州都督，在军营常身不披甲，非常随和。

（3）仲由冠：孔子学生子路初见孔子时所戴的雄鸡冠。据《史记·仲尼弟子列传》记载：子路性格鄙野直爽，喜欢斗力，头戴雄鸡形状的帽子，身佩有公猪图案的饰物。雄鸡公猪都是好斗之物，所以子路喜欢佩戴。

（4）郏鄏：周朝王城，在今河南洛阳，周成王定国之地。

（5）邯郸：战国时赵国都城。

（6）元亮宅：元亮为晋诗人陶渊明的字，陶渊明在《五柳先生传》中说，他家宅旁有五棵大柳树，所以自号为"五柳先生"。

（7）仲尼坛：仲尼为孔子之字。《庄子·渔父》说，孔子曾经在缁帷之林游玩，休息时坐在杏坛之上，弟子们在旁读书，孔子则弹琴歌唱。后人便在山东曲阜孔庙的大成殿前筑坛栽杏、建亭立碑，此指处孔子讲学的杏坛。

（8）海蟾：指月亮。

（9）白玉盘：白玉做成的盘子，这里指月亮。李白有诗："小时不识月，呼作白玉盘。"

说明：本节涉及对仗中常用的花鸟虫鱼走兽对、天文对、宫室对、草木对、器物对、颜色对等。

横对竖，窄对宽，黑志对弹丸。朱帘对画栋，彩槛对雕栏。春既老，夜将阑，百辟对千官。怀仁称足足，抱义美般般。好（hào）马君王曾市骨，食猪处士仅思肝。

109

●●○○　　●●○○●●　　○○●●　　○○●●

世仰双仙，元礼舟中携郭泰，人称连璧，夏侯车上并

○○

潘安。

注释：

（1）黑志对弹丸：黑志，即黑痣。与"弹丸"相对。庾信《哀江南赋》："地唯黑子，城犹弹丸。"黑子，即黑痣。以黑子、弹丸形容梁元帝土地之小。

（2）春既老，夜将阑：阑，尽。老，也是残、尽之意。

（3）百辟：这里指诸侯。辟，原是天子、诸侯国君的统称。

（4）怀仁称足足：足足，传说中凤凰的鸣叫声，此处代指凤凰。

（5）抱义美般般：般般，同斑斑，斑斑有文彩。这里指麒麟。

（6）好（hào）马君王曾市骨：《战国策·燕策一》中有"千金买马首"的故事。讲一个国君为了得到千里马，先买了死千里马的头，以此表明其求千里马的真心，不久以后，果然有人把千里马送上门来。

（7）食猪处士仅思肝：指东汉白衣处士闵仲叔。处士，没有当官的读书人，也称白衣或白身。仅，只。闵仲叔尚节，家贫，无钱买肉，只每日买一片猪肝。安邑的地方官派人每天给闵仲叔送猪肝，闵仲叔说："闵仲叔岂以口腹累安邑邪！"于是远走他乡。

（8）世仰双仙，元礼舟中携郭泰：出自《后汉书·郭泰传》。郭泰，东汉人，字林宗，学问渊博，善于言谈。他到洛阳拜会当时的大名士、河南尹李膺（字元礼），交谈之后成为至交。后来他回故乡时，京城中来送他的读书人有几千辆车之多，他和李膺同船而渡，送行的人都认为他们是一对神仙。

（9）人称连璧，夏侯车上并潘安：出自《世说新语·容止》。潘岳（字安仁）和夏侯湛都很俊美帅气，喜欢一起出游，当时人称之为

110

"连璧"。连璧，连在一起两块宝玉，此处比喻这两个俊美帅气的人。

说明：本节涉及对仗中常用的花鸟虫鱼走兽对、形体对、草木对、器物对、颜色对等。

◈教◈学◈拓◈展◈

故事链接：

冯谖弹铗

齐国有位名叫冯谖的人，贫穷不能养活自己，他让人捎口信给孟尝君说，愿意到孟尝君门下充当食客。孟尝君问他爱好什么，他回答说没什么爱好。又问他有何才干，他回答说没什么才干。孟尝君淡然一笑，接受了他，说你就留下吧。

手下办事的人以为孟尝君瞧不起他，便给他吃粗劣的饭菜。过了不久，冯谖靠着柱子，用手指弹着他的佩剑唱道："长剑回去吧！在这儿没鱼吃。"手下的人把这事告诉了孟尝君。孟尝君说："给他鱼吃，照门下一般客人看待。"过了不久，冯谖又靠着柱子弹剑唱道："长剑回去吧！在这儿没有车。"左右的人都笑他，又把这话告诉了孟尝君。孟尝君说："给他准备车马，照门下出门可以乘车的门客对待。"于是冯谖坐着他的车子，高举宝剑，去拜访他的朋友，得意地说："孟尝君把我作门客看待了！"后来又过了不久，冯谖又弹起他的剑唱道："长剑回去吧！在这儿无法养家。"手下办事的人都厌恶他，认为这人贪心不足。孟尝君知道后就问："冯先生有亲属吗？"冯谖回答说："有位老母。"孟尝君就派人供应她的饮食、用度，不使她感到缺乏。于是，冯谖就不再唱了。

上平声

千金买骨

公元前314年，燕国发生了内乱，邻近的齐国乘机出兵，侵占了燕国的部分领土。

燕昭王当了国君以后，他消除了内乱，决心招纳天下有才能的人，振兴燕国，夺回失去的土地。虽然燕昭王有这样的号召，但并没有多少人投奔他。于是，燕昭王就去向一个叫郭隗的人请教，怎样才能得到贤良的人。郭隗给燕昭王讲了一个故事：

从前有一位国君，愿意用千金买一匹千里马。可是3年过去了，千里马也没有买到。这位国君手下有一位不出名的人，自告奋勇请求去买千里马，国君同意了。这个人用了3个月的时间，打听到某处人家有一匹良马。可是，等他赶到这一家时，马已经死了。于是，他就用500金买了马的骨头，回去献给国君。国君看了用很贵的价钱买的马骨头，很不高兴。买马骨的人却说，我这样做，是为了让天下人都知道，大王您是真心实意地想出高价钱买马，并不是欺骗别人。果然，不到一年时间，就有人送来了3匹千里马。

郭隗讲完上面的故事，又对燕昭王说："大王要是真心想得人才，也要像买千里马的国君那样，让天下人知道你是真心求贤。你可以先从我开始，人们看到像我这样的人都能得到重用，比我更有才能的人就会来投奔你。"燕昭王认为有理，就拜郭隗为师，还给他优厚的俸禄，并让他修筑了"黄金台"，作为招纳天下贤士人才的地方。消息传出去不久，就有一些有才干的名人贤士纷纷前来，表示愿意帮助燕昭王治理国家。经过20多年的努力，燕国终于强盛起来，终于打败了齐国，夺回了被占领的土地。

黄金台又称幽州台，唐朝诗人陈子昂有《登幽州台歌》："前不见古人，后不见来者，念天地之悠悠，独怆然而涕下。"即借燕昭王筑黄金台求贤一事发怀古之幽思。

阅读建议:《战国策·燕策一》《后汉书·郭泰传》《世说新语·容止》

寒韵本韵诗举例:

宿府　　　杜甫

清秋幕府井梧寒,独宿江城蜡炬残。
永夜角声悲自语,中天月色好谁看。
风尘荏苒音书绝,关塞萧条行路难。
已忍伶俜十年事,强移栖息一枝安。

（看,读kān。）

月夜　　　杜甫

今夜鄜州月,闺中只独看。遥怜小儿女,未解忆长安。
香雾云鬟湿,清辉玉臂寒。何时倚虚幌,双照泪痕干。

（看,读kān。）

早寒有怀　　　孟浩然

木落雁南度,北风江上寒。我家襄水曲,遥隔楚云端。
乡泪客中尽,孤帆天际看。迷津欲有问,平海夕漫漫。

（看,读kān。漫,读mán。）

和贾至舍人早朝大明宫之作　　　岑参

鸡鸣紫陌曙光寒,莺啭皇州春色阑。
金阙晓钟开万户,玉阶仙仗拥千官。

花迎剑佩星初落，柳拂旌旗露未干。

独有凤凰池上客，阳春一曲和皆难。

（拂，读 yǒng。）

无题　　李商隐

相见时难别亦难，东风无力百花残。

春蚕到死丝方尽，蜡炬成灰泪始干。

晓镜但愁云鬓改，夜吟应觉月光寒。

蓬山此去无多路，青鸟殷勤为探看。

（看，读 kān。）

十五　删

○　●　●　○　●●　○○　○○　●●　●●　○
兴对废，附对攀，露草对霜菅。歌廉对借寇，习孔对希

○　○●●　●○○　●●　○　○　◐
颜。山垒垒，水潺潺，奉璧对探（tān，覃韵）环。礼

○○●●　◐●○○　○●○●●●　○○◐●●
由公旦作，诗本仲尼删。驴困客方经灞水，鸡鸣人已出

○○　●●○○　●●○○●●　◐●●●　○○◐
函关。几夜霜飞，已有苍鸿辞北塞；数朝雾暗，岂无玄

●●○○
豹隐南山。

注释：

（1）露草：被露水打过的草。

（2）霜菅：被霜打过的菅。菅，茅草。

（3）歌廉：歌颂东汉蜀郡太守范廉（字叔度），他注重手工业，
百姓歌赞道："廉叔度，来何暮。不禁火，民安堵。昔无襦，今
五裤。"

（4）借寇：借寇恂再任职一年。东汉寇恂为颍川太守，百姓安

上
平
声

康，后来调走，盗贼蜂起，百姓向皇帝请命借寇君一年获准。后来以"借寇"表示挽留地方官员。

（5）习孔：学习孔子的儒学。

（6）希颜：效法颜回。颜回是孔子最为称道的学生。希，仰慕、企求，这里是希望达到的意思。

（7）奉璧：指蔺相如完璧归赵之事。此处只是借其字面意思和"探环"构成对仗。

（8）探环：晋代羊祜五岁时从邻居树洞中探手而得金环。邻居李氏说："这是我们夭折孩子的玩物。"有人因此说羊祜是邻居李家孩子转生的。探：古音属下平声，覃韵，读 tān；今音读 tàn，属去声。古今读音平仄不同了。这里应从古音读 tān，若按今音读 tàn，则上下的平仄就不协调了。

（9）礼由公旦作：礼乐是周公旦所制作。周成王年幼时，周公旦摄政，建立了周朝的典章制度。

（10）诗本仲尼删：相传远古的诗有三千多篇，孔子删为305篇，成为流传到现在的《诗经》。

（11）驴困客方经灞水：孟浩然骑驴寻诗，行经灞水时小毛驴已经疲乏了。困，疲乏的意思。

（12）鸡鸣人已出函关：孟尝君一帮人逃出秦国都城，到函谷关正是深夜，不能通行，幸好随行门客中有善学鸡叫的，于是骗开关门而出。

（13）玄豹：黑豹。出自西汉刘向《列女传·陶苔子妻》。陶苔子经营陶器，凭借贪盗致富。他的妻子劝阻他说："我听说南山有一只玄色的豹子，隐息在浓雾之中，七天不吃东西，想要使它的皮毛润泽，形成漂亮的花纹。至于猪狗之类的畜生，不加选择地见东西就吞食，飞快地长肥，就被人吃掉了。"陶苔子不听劝阻，其妻便带着孩子离开了他。后来陶苔子果真罪行暴露被杀。

说明：本节涉及对仗中常用的花鸟虫鱼走兽对、天文对、草木对、颜色对等。

犹对尚，侈对悭，雾鬓对烟鬟。莺啼对鹊噪，独鹤对双

鹇。黄牛峡，金马山，结草对衔环。昆山惟玉集，合浦

有珠还。阮籍旧能为眼白，老莱新爱着衣斑。栖迟避世

人，草衣木食；窈窕倾城女，云鬓花颜。

注释：

（1）犹对尚：犹和尚作副词用，都有还、尚且的意思。

（2）侈：浪费，夸大。

（3）悭：吝啬，欠缺。

（4）鹇：鸟名。

（5）黄牛峡：在湖北宜昌西，又名黄牛山。字面上与"金马山"相对。

（6）金马山：在云南昆明市东。

（7）结草：意为受人大恩，死后也要报答。晋国大夫魏武子病重时命其子魏颗将其妾改嫁。临死前弥留之际又命其子魏颗将其妾殉葬。武子死后，魏颗将此妾改嫁他人，并且说："人临死的弥留之际，思维是紊乱的，我听从父亲清醒时候的话。"后来晋秦交战，魏颗和秦国力士杜回搏斗，见一老人将地上的草结成绳子，绊倒了杜回，魏颗才得以俘虏了他。魏颗晚上便做了个梦，梦见那个老人对他说："我就是你将其改嫁的那个妾的父亲，你听从你父亲清醒时候的遗命，我因此来报答你。"

（8）衔环：意为报恩。事见南朝梁吴均《续齐谐记》。汉杨宝九岁时，见到一只受伤的黄雀，杨宝将其带回家，精心治疗喂养，过了一百多天，才伤好飞去。当天晚上来了个穿黄衣的童子，说自己便是那只黄雀，是西王母的使者，感谢他的救命之恩，并送给他白玉环四枚，说："佩上这玉环，能让您的子孙品质高洁，像这白玉环一样，做到三公这样位置的高官。"汉朝名臣杨震即杨宝之后。

（9）昆山：昆仑山，古代产玉之地。

（10）合浦：在广西南部，北部湾北岸，盛产珍珠。东汉时太守贪敛搜刮，蚌珠因而迁移，后来换了清廉的孟尝当太守，迁移的蚌珠又回来了。

（11）眼白：晋代阮籍能为青白眼，遇俗人即以白眼看之。

（12）衣斑：周代老莱子事亲至孝，年近七十，仍着五色衣戏舞以娱亲。

（13）栖迟：漂泊失意。

（14）窈窕：文静而美好。

说明：本节涉及对仗中常用的花鸟虫鱼走兽对、草木对、器物对、颜色对等。

姚对宋，柳对颜，赏善对惩奸。愁中对梦里，巧慧对痴顽。孔北海，谢东山，使越对征蛮，淫声闻濮上，离曲听（tìng，径韵，青韵同）阳关。骁将袍披仁贵白，小儿衣着老莱斑。茅舍无人，难却尘埃生榻上；竹亭有

118

●　◐○◐●●○○
客，尚留风**月**在窗间。

注释：

（1）姚、宋：初唐时期的名相姚崇与宋璟。

（2）柳、颜：唐代著名书法家柳公权和颜真卿。

（3）孔北海：指东汉学者孔融，字文举，孔子二十世孙，官至北海相。

（4）谢东山：东晋宰相谢安。他曾隐居东山，号东山。

（5）使越：出使南方，与"征蛮"（征伐南方叛乱的各族）相对。越、蛮，是我国古代对南方属国或民族的代称。

（6）濮上：濮水之滨。春秋时濮上以靡靡之音闻名于世，故后来用作侈靡风俗流行之地的代称。濮水，流经春秋时卫国（今河南省北部）。

（7）听：径韵读 tìng，青韵读 tīng，径韵青韵同。这里读 tìng。

（8）阳关：古关名，在今甘肃敦煌西南。唐王维《送元二使安西》诗："劝君更尽一杯酒，西出阳关无故人。"因此诗情境颇为动人，后来被收入乐府，反复吟唱，被称为"阳关三叠"，作为送别专用曲子。

（9）骁将袍披仁贵白：薛仁贵战斗时总爱披白袍，号白袍将军。

说明：本节涉及对仗中常用的草木对、器物对、颜色对等。

教学拓展

故事链接：

鸡鸣狗盗

战国时期齐国的孟尝君，是四大公子之一，他养了食客三千多人，个个都有特殊的才能。一旦孟尝君遭遇困难，食客们一定全力相助，帮他解决困难。

秦昭襄王一向很仰慕孟尝君的才能，因此就派人请他到秦国作客。孟尝君为了报答秦王的赏识，于是就送上一件名贵的纯白狐裘，作为见面礼。孟尝君与秦昭襄王二人一见如故，秦王对于孟尝君的才华也是非常敬佩，因此就想拜他为宰相。但是秦王对孟尝君的宠幸，引起了秦国大臣的嫉妒，于是有许多大臣就在秦王面前说孟尝君的坏话。起先秦王并不理会，但是大臣们一而再，再而三地向秦王进谗言，最后孟尝君终于被软禁起来了。孟尝君遭到软禁后，就派人去求秦王的宠妾帮忙。但是宠妾却说："如果孟尝君送我一件和秦王一样的白狐裘，我就替他想办法。"孟尝君听了燕妃的话，不禁暗暗叫苦："白狐裘就这么一件，现在要到哪里再去找一件白狐裘呢？"就在这时候，有一位食客自告奋勇地对孟尝君说："我有办法，明天前我一定可以弄回一件白狐裘来。"这天晚上，这位食客就偷偷进入皇宫，学着狗叫把卫士引开，顺利地偷回当初献给秦王的那件白狐裘。孟尝君利用白狐裘收买了宠妾，宠妾果然替孟尝君说了不少好话，过了没多久，秦王就释放了孟尝君。

孟尝君害怕秦王临时反悔，因此一被释放，就马上乔装改扮，连夜逃到了秦国的边界———函谷关。只要通过了这道关口，秦王就奈何不了他了。可是现在是深夜，城门紧闭，根本没有办法出关。城门必须等到鸡鸣才会开放，但是如果等到天亮，又怕秦王发现他们逃走了，而派人追赶，孟尝君万分着急。就在这时候，忽然有位食客拉开嗓子模仿鸡叫，一时之间，全城的鸡都跟着一起鸣叫。守城门的将兵一听到这么多鸡在叫，以为天亮了，于是就按照规定把城门打开了。孟尝君一行人就这样通过了函谷关，离开秦国，回到了齐国。

阅读建议：《史记·廉颇蔺相如列传第二十一》《史记·孟尝君列传第十五》

删韵本韵诗举例：

咏怀古迹五首之一　　杜甫

支离东北风尘际，漂泊西南天地间。
三峡楼台淹日月，五溪衣服共云山。
羯胡事主终无赖，词客哀时且未还。
庾信平生最萧瑟，暮年诗赋动江关。

秋兴八首之五　　杜甫

蓬莱宫阙对南山，承露金茎霄汉间。
西望瑶池降王母，东来紫气满函关。
云移雉尾开宫扇，日绕龙鳞识圣颜。
一卧沧江惊岁晚，几回青琐点朝班。

归嵩山作　　王维

清川带长薄，车马去闲闲。流水如有意，暮禽相与还。
荒城临古渡，落日满秋山。迢递嵩高下，归来且闭关。

送人东游　　温庭筠

荒戍落黄叶，浩然离故关。高风汉阳渡，初日郢门山。
江上几人在，天涯孤棹还。何当重相见，尊酒慰离颜。

出塞　　　王昌龄

秦时明月汉时关，万里长征人未还。
但使龙城飞将在，不教胡马度阴山。

（教，读 jiāo，萧韵。）

凉州词　　　王之涣

黄河远上白云间，一片孤城万仞山。
羌笛何须怨杨柳，春风不度玉门关。

下江陵　　　李白

朝辞白帝彩云间，千里江陵一日还。
两岸猿声啼不住，轻舟已过万重山。

征人怨　　　柳中庸

岁岁金河复玉关，朝朝马策与刀环。
三春白雪归青冢，万里黄河绕黑山。

泊船瓜洲　　　王安石

京口瓜洲一水间，钟山只隔数重山。
春风又绿江南岸，明月何时照我还？

春愁　　　丘逢甲

春愁难遣强看山，往事惊心泪欲潸。
四万万人同一哭，去年今日割台湾。

（看，读 kān，寒韵。）

122

书愤　　　陆游

早岁那知世事艰，中原北望气如山。
楼船夜雪瓜洲渡，铁马秋风大散关。
塞上长城空自许，镜中衰鬓已先斑。
出师一表真名世，千载谁堪伯仲间。

（那，读 nuó。）

上平声

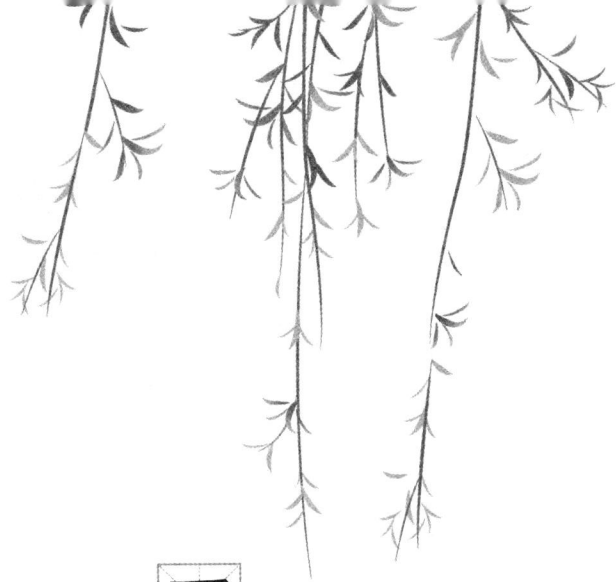

下平声

一　先

○　●　●　○　⊖●　○○　○○　●●　●●　○
晴对雨，地对天，天地对山川。山川对草木，赤壁对青

○　⊖●●　○○○　●●　○○○○　●●
田。郏鄏鼎，武城弦，木笔对苔钱。金城三月柳，玉井

●○○　○●○○○○　○○⊖●○○　⊖●○
九秋莲。何处春朝风景好，谁家秋夜月华圆。珠缀花

○　⊖●○○○●●　⊖○○○　⊖⊖●○○
梢，千点蔷薇香露；练横树杪，几丝杨柳残烟。

注释：

（1）青田：地名，在浙江省。赤壁：地名，在湖北省。

（2）郏鄏鼎：周成王在郏鄏定鼎建都。郏鄏，见本书卷上"十四寒"注释。鼎，本是古代煮东西用的器物，三足两耳，常用来比喻王位、帝业。

（3）武城弦：孔子弟子子游任鲁国武城宰时重视以礼乐教化民众，孔子到武城听到弦歌声很高兴。

（4）木笔：即辛夷树，因花苞形状像毛笔尖而得名。

（5）苔钱：青苔散布地上像铜钱。

（6）金城：比喻防守坚固之城。

（7）玉井：古代神话传说太华峰顶有玉井，产莲花，花开十丈，藕如船。

（8）练：白绢，此处指像白绢一样的白色雾气。

（9）树杪：树梢。

说明：本节涉及到对仗中常用的天文对、地理对、器物对、草木对、数字对、颜色对等。

前对后，后对先，众丑对孤妍。莺簧对蝶板，虎穴对龙渊。击石磬，观韦编，鼠目对鸢肩。春园花柳地，秋沼芰荷天。白羽频挥闲客坐，乌纱半坠醉翁眠。野店几家，羊角风摇沽酒旆；长川一带，鸭头波泛卖鱼船。

注释：

（1）莺簧对蝶板：黄莺鸣叫像吹簧一样，蝴蝶展翅像拍板一样。

（2）磬：古代石制的乐器。

（3）韦编：指书籍，在纸出现以前，文字都写在竹简上，并用牛皮编连起来，叫作韦编。

（4）鼠目：形容人相貌猥琐可憎。

（5）鸢肩：形容人双肩上耸，像鹰一样凶狠。

（6）乌纱半坠：晋代的阮籍因醉酒而睡在美貌的邻妇身旁，连乌纱帽也半偏而欲坠。

（7）羊角风：即旋风。

（8）鸭头：指鸭头绿，是古代的一种绿色染料，这里形容水绿。

说明：本节涉及对仗中常用的方位对、器物对、花鸟虫鱼走兽对、草木对、形体对、节令对、数字对、颜色对等。

离对坎，震对乾，一日对千年，尧天对舜日，蜀水对秦川。苏武节，郑虔毡，涧壑对林泉。挥戈能退日，持管莫窥天。寒食芳辰花烂熳，中秋佳节月婵娟。梦里荣华，飘忽枕中之客，壶中日月，安闲市上之仙。

注释：

（1）离对坎，震对乾：离、坎、震、乾都是《易经》八卦的卦名。八卦的符号、名称、代表的物象分别为：☰乾代表天，☷坤代表地，☶艮代表山，☱兑代表泽，☵坎代表水，☲离代表火，☳震代表雷，☴巽代表风。八卦互相重叠，可排列组合成六十四卦。

（2）苏武节：苏武被俘匈奴，手持汉节，心怀汉室，历尽艰辛而不肯投降。详见"三江"注释。

（3）郑虔毡：郑虔，字广文，生活困顿，没有供人坐的毡席。

（4）壑：水沟。

（5）挥戈能退日：挥舞长戈使太阳退避。战国时楚国鲁阳公与韩国交战，日暮时分鲁阳公挥戈，使太阳退避三舍。三十里为一舍。

（6）持管莫窥天：不可以拿竹管看天。典出《庄子·秋水》：魏牟嘲笑名家公孙龙说，以名家的思想讨论庄子的玄学，就如同从细小的竹管中去窥视广阔的天空，根本就不可能探测出其中的奥秘。

（7）寒食：即寒食节，在农历清明节之前的一日。在寒食节要禁烟火，吃冷食。民间传说这是为了纪念春秋时期晋国的介之推，介之推于这一天被烧死在介山上，故而后人于这个节令以禁生烟火的形式来纪念他。

（8）婵娟：常指月亮，这里是美好的样子。

说明：本节涉及对仗中常用的数字对、器物对、地理对、国属对、人名对、花鸟虫鱼走兽对、节令对、草木对、颜色对等。

教学拓展

故事链接：

韦编三绝

出自《史记·孔子世家》："读《易》，韦编三绝。"韦，熟牛皮。古时用竹简写书，竹简用牛皮带编联起来，称"韦编"。三绝，多次断开。后用来形容读书刻苦勤奋。

孔子是春秋末期的思想家、政治家、儒家学派的创始人。他名丘，字仲尼，鲁国陬邑（今山东曲阜东南）人，先世系宋国贵族，多才多艺，学识渊博。

孔子曾说过他的学问都是通过刻苦钻研得来的。孔子幼年丧父，家境贫寒，没能受到良好的教育，只能通过自学来获得知识。他从十五岁开始发奋读书，因为没有人教，在学习上碰到难题就多方请教。他不耻下问，请教过做官的人，也请教过普通老百姓，请教过白发苍苍的老人，也请教过头上梳着小辫儿的儿童。孔子虚心好学，学无常师，三十岁时便成为当地较有名气的学者。

那时还没有纸张，制作书籍的材料主要是竹子。一般是把竹子削成一片一片的竹签，刮去上面的青皮，用火烘干后在上面刻字，称为"竹简"。竹简有一定的长度和宽度，一根竹简只能写一行字，多则几十个，少则八九个。写成一部书要许多竹简，书的内容全部写上去以后，要用牢固的牛皮绳子把这些竹片按顺序编联起来，就可以阅读了，这就叫作"韦编"。由于一片竹简只能写很少的字，所以如果一部书的字数很多的话，那就需要几十斤甚至上百斤的竹片。像《易经》这样的书，当然是由许许多多竹简编联起来的，因此相当沉重。

孔子到了晚年才开始学《易经》，行则在囊，居则在侧。《易经》是很难读懂的一部古书，孔子下了很大的功夫，才把它全部读了一遍，还只是基本上了解了它的内容。接着，他又读了第二遍，掌握了它的基本要点。然后，他又读第三遍，对其中的精神、实质有了比较透彻的理解。此后，为了深入研究这部书，同时也为了给弟子们讲解，他不知翻阅了多少遍《易经》，这样读来读去，把串联竹简的牛皮带子也给磨断了好几次，不得不换上新的再读。即使读到了这样的地步，孔子还谦虚地说："假如我能多活几年，我就可以多理解些《易经》的文字与内容了。"

孔子一生中还编著了不少书籍，其中有《诗》《书》等几部书，还有根据鲁国的历史材料编成的史书《春秋》。这对古代文化的保存和发展，起到了积极的作用。

阅读建议：《庄子·秋水》《史记·晋世家第九》《史记·孔子世家》

先韵本的诗举例：

次北固山下　　　　王湾

客路青山外，行舟绿水前。潮平两岸阔，风正一帆悬。

海日生残夜，江春入旧年。乡书何处达？归雁洛阳边。

辋川闲居赠裴秀才迪　　　　王维

寒山转苍翠，秋水日潺湲。倚杖柴门外，临风听（径韵 tìng）暮蝉。
渡头馀落日，墟里上孤烟。复值接舆醉，狂歌五柳前。

蜀先主庙　　　　刘禹锡

天地英雄气，千秋尚凛然。势分三足鼎，业复五铢钱。
得相能开国，生儿不象贤。凄凉蜀故妓，来舞魏宫前。

风雨　　　　李商隐

凄凉宝剑篇，羁泊欲穷年。黄叶仍风雨，青楼自管弦。
新知遭薄俗，旧好隔良缘。心断新丰酒，销愁又几千。

春思　　　　皇甫冉

莺啼燕语报新年，马邑龙堆路几千。
家住层城临汉苑，心随明月到胡天。
机中锦字论（lún）长恨，楼上花枝笑独眠。
为问元戎窦车骑，何时返旆勒燕然。

苏武庙　　　　温庭筠

苏武魂销汉使前，古祠高树两茫然。
云边雁断胡天月，陇上羊归塞草烟。
回日楼台非甲帐，去时冠剑是丁年。
茂陵不见封侯印，空向秋波哭逝川。

锦瑟　　　李商隐

锦瑟无端五十弦，一弦一柱思（sì）华年。

庄生晓梦迷蝴蝶，望帝春心托杜鹃。

沧海月明珠有泪，蓝田日暖玉生烟。

此情可待成追忆，只是当时已惘然。

论诗　　　赵翼

李杜诗篇万古传，至今已觉不新鲜。

江山代有才人出，各领风骚数百年。

七律·登庐山　　　毛泽东

一山飞峙大江边，跃上葱茏四百旋。

冷眼向洋看世界，热风吹雨洒江天。

云横九派浮黄鹤，浪下三吴起白烟。

陶令不知何处去，桃花源里可耕田？

（看，读 kān。）

左迁至蓝关示侄孙湘　　　韩愈

一封朝奏九重天，夕贬潮州路八千。

欲为圣明除弊事，肯将衰朽惜残年！

云横秦岭家何在？雪拥蓝关马不前。

知汝远来应有意，好收吾骨瘴江边。

（拥：读 yǒng。）

下平声

133

二 萧

○ ● ● ○ ●● ○○ ○○ ●● ●● ○
恭对慢，吝对骄，水远对山遥。松轩对竹槛，雪赋对风

○ ○●● ●○○ ●● ○○ ○○○ ●● ●●
谣。乘五马，贯双雕，烛灭对香消。明蟾常彻夜，骤雨

●○○ 半○● ○○○○ ●● ○○●● ●● 半
不终朝。楼阁天凉风飒飒，关河地隔雨潇潇。几点鹭

○ ●● 半○○ ● ●● 半○半 ○○半 ● ●●○○
鸶，日暮常飞红蓼岸；一双鸂鶒，春朝频泛绿杨桥。

注释：

（1）慢：傲慢。

（2）骄：骄奢。

（3）雪赋：泛指咏雪的文学作品。

（4）风谣：泛指写风的歌谣。

（5）乘五马：乘坐五匹马拉的车。

（6）烛灭对香消：烛灭和香消都指人死去。烛灭泛指男女的死，香消则专指女人的死。

（7）明蟾：即明月。传说月宫中有只蟾蜍，后来就用蟾代指月亮了。

（8）骤雨不终朝：《老子》有"飘风不终朝，骤雨不终日"之句。

（9）鸂鶒：类似鸳鸯的一种水鸟。

说明：本节涉及对仗中常用的情感对、地理对、数字对、文学对、花鸟虫鱼走兽对、草木对、颜色对等。

开对落，暗对昭，赵瑟对虞韶。辎车对驿骑，锦绣对琼瑶。羞攘（阳韵ráng）臂，懒折腰，范甑对颜瓢。寒天鸳帐酒，夜月凤台箫。舞女腰肢杨柳软，佳人颜貌海棠娇。豪客寻春，南陌草青香阵阵；闲人避暑，东堂蕉绿影摇摇。

注释：

（1）赵瑟：赵王之瑟。战国时期赵惠文王与秦昭襄王会于渑池，赵王为秦王鼓瑟。

（2）虞韶：传说虞舜所作的乐曲。

（3）辎车：小车。

（4）驿骑：驿站传递公文和消息的马。

（5）攘臂：伸臂。攘，阳韵读ráng，养韵读rǎng，阳韵养韵异。这里读ráng。

（6）折腰：弯腰。

（7）范甑：范冉的甑。东汉时的范冉因反对宦官专权，被宦官迫害逃离京城，生活极为困顿，蒸饭的甑中都积满了灰尘，但范冉怡然自得，不以为意。典出《后汉书·独行传》。

（8）颜瓢：颜回的瓢。《论语·雍也》："子曰：贤哉回也！一箪食，一瓢饮，在陋巷，人不堪其忧，回也不改其乐，贤哉回也！"

（9）寒天鸳帐酒：指夫妇在帐中一道饮酒。人们常用鸳鸯比喻夫妇。

（10）夜月凤台箫：据《列仙传》记载，萧史为春秋时人，娶秦穆公的女儿弄玉为妻。他善于吹箫，能吹出凤鸣之声。有一天在凤台上吹箫，引来了凤凰，他便和弄玉一起乘凤升天成仙而去。

（11）陌：田间小路，南北向为阡，东西向为陌，泛指道路。

说明：本节涉及对仗中常用的形体对、姓氏对、器物对、天文对、草木对、颜色对等。

班对马，董对晁，夏昼对春宵。雷声对电影，麦穗对禾苗。八千路，廿四桥，总角对垂髫。露桃匀嫩脸，风柳舞纤腰。贾谊（yì，真韵）赋成伤鹏鸟，周公诗就托鸱鸮。幽寺寻僧，逸兴岂知俄尔尽；长亭送客，离魂不觉黯然消。

注释：

（1）班对马：指班固和司马迁，两人都很有文采。班固撰写《汉书》，司马迁撰写《史记》。

（2）董对晁：指董仲舒和晁错，两人都博通经籍。

（3）廿四桥：扬州瘦西湖有二十四桥。杜牧《寄扬州韩绰判官》诗："青山隐隐水迢迢，秋尽江南草未凋。二十四桥明月夜，玉人何处教吹箫？"

（4）八千路：指很遥远的路。韩愈《左迁至蓝关示侄孙湘》诗有"一封朝奏九重天，夕贬潮州路八千"之句。岳飞《满江红》词有"三十功名尘与土，八千里路云和月"之句。

（5）总角：指少年。古代未成年男女头发束成髻，状如角，故名。

（6）垂髫：指幼年。古代小孩子不束发，头发下垂。

（7）贾谊（yì，真韵）赋成伤鵩鸟：鵩鸟，指猫头鹰。贾谊在担任长沙王太傅时，有一只猫头鹰落在他家的屋檐上，按照长沙人的说法，猫头鹰所落之家，其主人死。贾谊于是为排遣忧伤而作《鵩鸟赋》。谊，古属去声，真韵，读yì；今读yí，属平声；古今读音的平仄不同，这里应按古音读yì，若按今音读yí，则上下的平仄就不协调了。

（8）周公诗就托鸱鸮：鸱鸮，猫头鹰。武王死后成王继位，成王年幼，由周公摄政，周公因摄政而遭到管叔和蔡叔等人的猜忌诽谤，周公于是作《鸱鸮》诗晓喻成王，以明其忠洁之志。

（9）黯然：因离别而情绪低落的样子。江淹《别赋》有："黯然销魂者，唯别而已矣。"

说明：本节涉及对仗中常用的姓氏对、人名对、节令对、天文对、形体对、花鸟虫鱼走兽对、草木对、数字对等。

下平声

教学拓展

忠勤为国的周公

周公名旦，周文王第四子，周武王姬发的同母弟。史称周公。

周公在周灭商之战中，时刻伴随周武王左右，帮他出谋划策，立下汗马功劳。灭商二年后，武王病死，其子成王年纪尚幼，于是周公摄政。武王的另外两个弟弟管叔和蔡叔心中不服。他们散布流言蜚语，说周公有野心，有可能谋害成王，篡夺王位。

周公听说后，便对太公望和召公奭说："我所以不顾个人得失而承担摄政重任，是怕天下不稳。如果江山变乱，生民涂炭，我怎么能对得起列祖列宗和武王对我的重托呢？"周公又对将要袭其爵而到鲁国封地居住的儿子伯禽说："我是文王之子、武王之弟、成王之叔父，论身份地位，在国中是很高的了。但是我时刻注意勤奋俭朴，谦诚待士，唯恐失去天下的贤人。你到鲁国去，千万不要骄狂无忌。"

不久，管叔、蔡叔、霍叔勾结纣王的儿子武庚，并联合东夷部族反叛周朝，史称三监之乱。周公奉成王命，率师东征，经过三年的艰苦作战，叛乱平定，征服了东方诸国，又收降了大批商朝贵族，还斩杀了管叔、武庚，放逐了蔡叔，巩固了周朝的统治。

周公平叛以后，为了加强对东方的控制，建议成王把国都迁到洛邑（今洛阳）。同时把在战争中俘获的大批商朝贵族即"殷顽民"迁居洛邑，派召公奭在洛邑驻兵八师，加强对他们的监督。

另外，周公封小弟康叔为卫君，让他驻守商墟，以管理那里的商代遗民。他告诫年幼的康叔："商代之所以灭亡，是由于纣王酗于酒，淫于妇，以至于朝纲混乱，诸侯举义。"他嘱咐说："你到殷墟后，首先要求访那里的贤人长者，向他们讨教商代前兴后亡的原因；其次务必要爱民。"周公又把上述嘱言，写成《康诰》《酒诰》《梓材》三篇，作为法则送给康叔。康叔到殷墟后，牢记周公的叮嘱，生活俭朴，爱护百姓，使当地吏民安居乐业。

建都洛邑后，周公开始实行封邦建国的方针。他先后建置七十一个封国，把武王十五个兄弟和十六个功臣，封到封国去做诸侯，以作为捍卫王室的屏藩。另外在封国内普遍推行井田制，统一规划土地，巩固并加强了周代的经济基础。为了进一步巩固周朝政权，周公还"制礼作乐"，制定和推行了一套维护君臣宗法和上下等级的典章制度。

周公唯恐失去天下贤人，他曾"握发吐哺"来迎接贤士。周公对成王的关怀无微不至，有一次，成王病得厉害，周公很焦急，就剪了自己的指甲沉到河里，对河神祈祷说："现在成王还不懂事，所有的过错都是我造成的。如果要死，也是让我死啊。"成王竟病好了。周公摄政六年，成王已经长大，他决定还政于成王。在还政前，周公作《无逸》，以殷商的灭亡为前车之鉴，告诫成王要"先知稼穑之艰难"，不要纵情于声色、安逸、游玩和田猎。然后还政成王，北面就臣位。

后来，有人在成王面前进谗言，周公有些害怕，就逃到楚地躲避。不久，成王翻阅库府中收藏的文书，发现在自己生病时周公的祷辞，为周公忠勤为国的赤诚之心感动得流下眼泪，立即派人将周公迎回来。周公回周以后，仍忠心为王朝操劳。

名臣贾谊

贾谊（前200—前168），西汉时期洛阳人，曾做过长沙王太傅，所以世人也称呼贾谊为贾太傅，贾长沙。贾谊是汉朝著名的思想家、文学家。他的著作《过秦论》《治安策》等在历史上有着崇高的地位。贾谊从小就刻苦读书，诸子百家，无所不读，无所不通。他曾经给《左传》作注，可惜早已失传。

公元前180年，也就是汉高后八年，吴公被任命为廷尉（最高司法长官）后，便向汉文帝推荐了自己的得意门生贾谊，贾谊被任命为博士，从此走上仕途。贾谊在任博士期间，受到了汉文帝的重用，其他人都很敬佩他的才能。

文帝二年，贾谊提出的《论积贮疏》得到了汉文帝的认可。同时贾谊还协助汉文帝修改了许多的政策和国家法令，这样一来，贾谊得罪了不少的功臣元老。汉文帝有个宠信的官员邓通，虽然他没有多大的才能本事，但却是汉文帝的心腹。他和贾谊相看两厌，在邓通屡进谗言的情况下，汉文帝疏远了贾谊，贾谊被贬出京师，出任长沙王太傅。

有一天，一只猫头鹰落在了贾谊家的屋檐上，按照长沙人的说法，猫头鹰所落之家，其主不吉。贾谊于是为排遣忧伤作了一篇《鹏鸟赋》，在汉文帝十二年（前168），贾谊因为过度忧伤而英年早逝，年仅三十三岁。贾谊的一生始终关注着国家的时策和大政，他将国家的兴衰视作己任，贾谊的思想和主张对大汉王朝的长治久安发挥了巨大的作用。

历代诗人题咏贾谊和贾谊故宅者甚多，最脍炙人口的莫过于唐人刘长卿的《过长沙贾谊宅》：

> 三年谪宦此栖迟，万古惟留楚客悲。
> 秋草独寻人去后，寒林空见日斜时。
> 汉文有道恩犹薄，湘水无情吊岂知。
> 寂寂江山摇落处，怜君何事到天涯。

（涯：读 yí。）

其次为戴叔伦的《过贾谊宅旧居》：

> 楚乡卑湿叹殊方，鹏赋人非宅已荒。

谩有长书忧汉室，空将哀些吊沅湘。

雨余古井生秋草，叶尽疏林见夕阳。

过客不须频太息，咸阳宫殿亦凄凉。

阅读建议：《诗经·豳风·鸱鸮》《史记·廉颇蔺相如列传》《史记·屈原贾生列传》

萧韵本韵诗举例：

为有　　　李商隐

为有云屏无限娇，凤城寒尽怕春宵。
无端嫁得金龟婿，辜负香衾事早朝。

寄扬州韩绰判官　　　杜牧

青山隐隐水迢迢，秋尽江南草未凋。
二十四桥明月夜，玉人何处教吹箫？

（教，读 jiào。）

赤壁　　　杜牧

折戟沉沙铁未销，自将磨洗认前朝。
东风不与周郎便，铜雀春深锁二乔。

阁夜　　　杜甫

岁暮阴阳催短景，天涯霜雪霁寒宵。
五更鼓角声悲壮，三峡星河影动摇。
野哭几家闻战伐，夷歌数处起渔樵。

下平声

卧龙跃马终黄土，人事音书漫寂寥。

野望　　杜甫

西山白雪三城戍，南浦清江万里桥。

海内风尘诸弟隔，天涯涕泪一身遥。

惟将迟暮供多病，未有涓埃答圣朝。

跨马出郊时极目，不堪人事日萧条。

秋日赴阙题潼关驿楼　　许浑

红叶晚萧萧，长亭酒一瓢。残云归太华，疏雨过中条。

树色随山迥，河声入海遥。帝乡明日到，犹自梦渔樵。

春雨　　苏曼殊

春雨楼头尺八箫，何时归看浙江潮。

芒鞋破钵无人识，踏过樱花第几桥？

七律·送瘟神二首其二　　毛泽东

春风杨柳万千条，六亿神州尽舜尧。

红雨随心翻作浪，青山着意化为桥。

天连五岭银锄落，地动三河铁臂摇。

借问瘟君欲何往，纸船明烛照天烧。

三　肴

风对雅，象对爻，巨蟒对长蛟。天文对地理，蟋蟀对螵蛸。龙夭（yǎo，筱韵，萧韵异）矫，虎咆哮（xiāo，肴韵，效韵同），北学对东胶。筑台须垒土，成屋必诛茅。潘岳不忘（wáng，阳韵，漾韵同）秋兴赋，边韶常被昼眠嘲。抚养群黎，已见国家隆治；滋生万物，方知天地泰交。

注释：

（1）风对雅：《诗经》按内容分为风、雅、颂，按表现手法分为赋、比、兴，总称诗之六义。风指反映各地风土民情的歌谣，雅指周代王畿的音乐。

（2）象对爻：象指《周易》中的卦象。爻指构成卦的基本符号，有阳爻和阴爻两种，三爻为一卦，即构成八个基本卦象，也就是通常所说的八卦。

（3）螵蛸：螳螂的卵块，这里指螳螂。

（4）夭（yǎo）矫：屈伸而有气势的样子。夭，筱韵读yǎo，萧韵读yāo，筱韵萧韵异。这里读yǎo。

（5）咆哮（xiāo）：哮，肴韵读xiāo，效韵读xiào，肴韵效韵同。这里读xiāo。

（6）北学对东胶：北学，古代学校名。东胶，周朝太学名。

（7）诛茅：割草（用来盖茅屋）。

（8）忘：阳韵读wáng，漾韵读wàng，阳韵漾韵同。这里读wáng。

（9）秋兴赋：西晋文学家潘岳曾作《秋兴赋》，说自己年老，鬓角都白了。

（10）边韶常被昼眠嘲：东汉经学家，因在白天睡觉而被嘲笑。

（11）泰交：交泰之倒装，倒装是为了协调平仄。因为交泰是仄仄，而泰交则是平平。《周易》有泰卦，体天地交泰之意。

说明：本节涉及对仗中常用的文学对、方位对、人名对、花鸟虫鱼走兽对、数字对等。

蛇对虺，蜃对蛟，麟薮对鹊巢。风声对月色，麦穗对桑苞。何妥难，子云嘲，楚甸对商郊。五音惟耳听（tìng，径韵，青韵同），万虑在心包。葛被汤征因仇饷，楚遭齐伐责包茅。高矣若天，洵是圣人大道；淡而如水，实

144

○◐●○○
为君子神交。

注释：

（1）虺：音 huǐ，古书上说的一种毒蛇。

（2）蜃：传说中一种能吐气成海市蜃楼的蛟龙。

（3）麟薮：薮，音 sǒu，人或物聚集的地方。麟薮则指麒麟聚集之地。

（4）桑苞：桑树的根部。

（5）何妥难：隋朝文学家何妥，曾以《春秋》的疑难问题向经学家元善提问，很多问题元善不能回答，因此二人结下嫌隙。

（6）子云嘲：汉朝学者扬雄作《解嘲》一文。杜甫《堂成》诗中有"旁人错比扬雄宅，懒惰无心作解嘲"之句。

（7）听：径韵读 tìng，青韵读 tīng，径韵青韵同。这里读 tìng。

（8）葛被汤征因仇饷：出自《孟子·滕文公上》。据说葛国（诸侯国）与商汤（天子）为邻，葛国以没有祭祀用品为借口而不祭祀祖先。商汤供给它祭祀用的牛羊，葛国国君将其吃掉，仍然不祭祀。商汤派人来质问，葛伯说："我们没有祭祀的五谷。"于是商汤就派人来给他们种地，派老幼给种地的人送饭。葛伯就抢了这些送饭的人送来的酒菜和饭，还杀了一个小孩（《尚书》上称之为"葛伯仇饷"）。后来商汤因而征伐了葛国。饷，馈赠别人的食物。

（9）楚遭齐伐责包茅：春秋时楚国不向周王室进贡，齐国就攻打楚国。包茅，古代祭祀时用来过滤酒的青茅草。典出《左传·僖公四年》。

（10）高矣若天，洵是圣人大道：出自《孟子·尽心上》。孟子列举了圣人教导别人的五种方法，其学生公孙丑提出疑问说："这个办法很高明，很完美，但要求太高，像登天那样，好像不能做到。"孟子就说："圣人不能因为学习者做不到就改变自己的原则。圣人只提出最好的方法，能够做到的就跟着来做。"洵，确实，实在。

（11）淡而如水，实为君子神交：出自《庄子·山木》，原文为"君子之交淡若水，小人之交甘若醴"，意思是君子相交为道义之交，平淡得像水一样，毫无杂质，能够长久保持纯洁；小人相交为利益之交，甘美得像美酒一样，但利益是其基础，利尽交疏，故利益不存在时交情也就消失了。神交，以精神道义为基础的交往。

说明：本节涉及对仗中常用的数字对、天文对、草木对、国属对、花鸟虫鱼走兽对等。

○　●　　●　　○　　●●　○○　　○○　　●●　○
牛对马，犬对猫，旨酒对嘉肴。桃红对柳绿，竹叶对松

○　○●●　●○○　●●　○○　○○○●●　○○
梢，藜杖叟，布衣樵，北野对东郊。白驹形皎皎，黄鸟

●○○　○○●●○○　○○●●●●○○　●●○
语交交。花圃春残无客到，柴门夜永有僧敲。墙畔佳

○　○○○●●○○●　○○○●●　●●○○●●○
人，飘扬竞把秋千舞；楼前公子，笑语争将蹴鞠抛。

注释：

（1）旨酒：美酒。旨，滋味美。

（2）藜杖叟：拄着藜杖的老人。藜，一年生草本植物，初生时可食，茎老时可杖。叟，年老的男子。

（3）蹴鞠：古代的一种踢球游戏。蹴，踩，踢。鞠，古时用皮革做的足踢的球。

说明：本节涉及对仗中常用的花鸟虫鱼走兽对、草木对、方位对、器物对、颜色对等。

教学拓展

故事链接:

边韶昼眠

边韶字孝先,陈留人,以文章出名,教了数百个学生,有口碑。他曾经白天装睡,他的学生私底下嘲笑他说:"边孝先,肚子肥肥的,不愿意读书,就想着睡觉。"他默默听说这件事后回道:"我这个人呀,肚子肥大,里面装的全是知识。想着睡觉,其实是在想书中的道理。在梦中和周公讨论问题,静下来的时候和孔子所想的一样。哪本书上说,学生可以嘲笑老师的呢?"嘲笑的人大为惭愧。

典出《后汉书·文苑列传·边韶传》:边韶字孝先,陈留浚仪人也。以文章知名,教授数百人。韶口辩,曾昼日假卧,弟子私嘲之曰:"边孝先,腹便便。懒读书,但欲眠。"韶闻之,应时对曰:"边为姓、孝为字。腹便便,五经笥。但欲眠,思经事。寐与周公通梦,静与孔子同意。师而可嘲,出何典记?"嘲者大惭,韶之捷才皆此类也。

贾岛作诗细推敲

唐朝的贾岛是著名的苦吟派诗人,为了一句诗或是诗中的一个字,不惜花费工夫反复推敲。

有一次,贾岛骑着毛驴在长安朱雀大街上走。那时正是深秋时分,秋风吹过,落叶飘飘,那景色十分迷人。贾岛一高兴,吟出一句"落叶满长安"来。但一琢磨,这是下一句,还得有个上句才行。他就苦思冥想了起来,一边骑驴往前走,一边念念叨叨。对面有个官员过来,不住地鸣锣开道。那锣敲得山响,贾岛愣是没听见。那官员不是别人,正是京兆尹,用今天的职务来说就是北京市市长。

147

下平声

他叫刘栖楚，见贾岛闯了过来，非常生气。贾岛忽然来了灵感，大叫一声："秋风吹渭水。"刘栖楚吓了一跳，以为他是个疯子，叫人把他抓了起来，关了一夜。贾岛虽然吃了点苦头，却吟成了一首《忆江上吴处士》：

闽国扬帆去，蟾蜍亏复圆。秋风吹渭水，落叶满长安。

此处聚会夕，当时雷雨寒。兰桡殊未返，消息海云端。

贾岛吃了一回亏，还是不长记性。没过多久，他又一次骑驴闯了官道。他正琢磨着一句诗，全诗如下：

闲居少邻并，草径入荒园。鸟宿池边树，僧推月下门。

过桥分野色，移石动云根。暂去还来此，幽期不负言。

对"僧推月下门"一句，他觉着"推"不太合适，不如"敲"好。嘴里就推敲推敲地念叨着。不知不觉地，就骑着驴闯进了大官韩愈的仪仗队里。韩愈比刘栖楚有涵养，他问贾岛为什么乱闯。贾岛就把自己做了一首诗，但是其中一句拿不定主意是用"推"好，还是用"敲"好的事说了一遍。韩愈听了，哈哈大笑，对贾岛说："我看还是用'敲'好，万一门是关着的，推怎么能推开呢？再者去别人家，又是晚上，还是敲门有礼貌呀！而且一个'敲'字，使夜静更深之时，多了几分声响。静中有动，岂不活泼？"贾岛听了连连点头。他这回不但没受处罚，还和韩愈交上了朋友。

"推敲"从此也就成了脍炙人口的常用词，用来比喻做文章或做事时，反复琢磨，反复斟酌。

阅读建议：

蝶恋花　　　苏轼

花褪残红青杏小。

燕子飞时，绿水人家绕。

枝上柳绵吹又少，

天涯何处无芳草？

墙里秋千墙外道。

墙外行人，墙里佳人笑。

笑渐不闻声渐悄，

多情却被无情恼。

肴韵本韵诗举例：

堂成 　　杜甫

背郭堂成荫白茅，缘江路熟俯青郊。

桤林碍日吟风叶，笼竹和烟滴露梢。

暂止飞乌将数子，频来语燕定新巢。

旁人错比扬雄宅，懒惰无心作解嘲。

（三肴韵是险韵，所以诗人大多避用此韵，故而用三肴韵的诗作非常少见。）

四　豪

○　●　●　○　●●　○○　○○　●●　●●　○○
琴对瑟，剑对刀，地迥对天高。峨冠对博带，紫绶对绯袍。

○　●●　●○○　●●　○○　◐○○●
煎异茗（mǐng 迥韵），酌香醪，虎兕对猿猱。武夫攻骑

●　●　●●●○○　◐●●◐○○●　●　○○●●●
射，野妇务蚕缫。秋雨一川淇澳（yù）竹，春风两岸武

○○　◐●●○○　◐●◐○●●　◐○●●　○○◐●
陵桃。螺髻青浓，楼外晚山千仞；鸭头绿腻，溪中春水

◐○
半篙。

注释：

（1）迥：远。

（2）峨冠：高高的帽子。

（3）博带：宽大的衣带。

（4）紫绶：紫色的绶带。

（5）绯袍：红色的长袍。

（6）茗：古音属上声，迥韵，读 mǐng；今属平声，读 míng，古

音今音平仄不同。这里读míng，否则上下句平仄就不协调了。

（7）醪：酒。

（8）兕：犀牛。

（9）猱：一种体型较小的猿猴，善攀缘飞跃。

（10）缫：即缫丝，把蚕茧浸在热水中抽出丝来。

（11）淇澳（yù）：淇，指淇水，黄河的一条支流，在河南卫辉县注入黄河。澳，同隩，河水或山脉弯曲的地方。《诗经·卫风·淇澳》有"瞻彼淇澳，绿竹猗猗（yī）。有匪君子，如切如磋，如琢如磨。"

（12）武陵桃：指陶渊明《桃花源记》武陵人发现的桃花源。

（13）螺髻：挽成螺壳状的发髻。这里指形如螺髻的山峦。

（14）仞：古代八尺为一仞。

（15）鸭头绿腻：绿色浓郁。鸭头绿，古代织染用的一种绿色染料。

说明：本节涉及对仗中常用的器物对、衣饰对、花鸟虫鱼走兽对、草木对、节食对、数字对、颜色对等。

○ ● ● ○ ●● ○○ ○○ ●● ●● ○
刑对赏，贬对褒，破斧对征袍。梧桐对橘柚，枳棘对蓬

○ ○●● ●○○ ●○ ○○ ◒○ ●● ●●
蒿。雷焕剑，吕虔刀，橄榄对葡萄。一椽书舍小，百尺

●○○ ●●●○○ ○○○●○ ●●○
酒楼高。李白能诗时秉笔，刘伶爱酒每哺糟。礼别尊

○ ●●◒ ○ ○○ ◒○ ●● ○○ ●●● ○○
卑，拱北众星常灿灿；势分高下，朝东万水自滔滔。

注释:

（1）枳棘：泛指有刺的小灌木。

（2）雷焕剑：出自《晋书·张华传》。雷焕为晋豫章（今江西）人，精通纬象。晋武帝司马炎时，他看到二十八宿的斗宿和牛宿之间有紫气，便知道江西丰城有宝剑。他将此事告诉张华，张华任命他为丰城县县令，后果真在丰城监狱下挖到龙泉、太阿两把宝剑。雷焕自留一把，送张华一把，张华被诛，其剑不知所终。雷焕死后，其子佩其剑过延平津，剑忽然从腰间跃出跳入水中。其后派人下水搜寻，只见水中有两条龙在戏水。

（3）吕虔刀：出自《晋书·王览传》。三国时的魏人吕虔为刺史，他有一把佩刀，曾有精通相术的人说过，这把刀"三公可佩"，吕虔认为王祥有三公之相，便将此刀送给了王祥。王祥在魏为司空，转太尉，封睢陵侯，到晋武帝司马炎时被任命为太保，晋爵号为公。王祥临终，将此刀送给了其弟王览，王览后来做了司徒。三公指辅佐天子掌握国家大权的最高官员，各朝名称不同，通常以太尉、司徒、司空为三公。

（4）一椽书舍小：椽，椽子，旧时砖结构的房屋，在梁木之间架着屋面板和瓦的木条。一椽书舍，是说书屋很小。

（5）刘伶：晋代人，好饮酒，曾作《酒德颂》。《世说新语·任诞篇》记载："刘伶恒纵酒放达，或脱衣裸形在屋中。人见讥之。伶曰：'我以天地为栋宇，屋室为裈衣，诸君何为入我裈中？'"（天地是我的房屋，室内是我的衣裤，你们为什么要钻进我的裤裆里来？）

（6）哺糟：吃酒糟。哺，古属去声遇韵，读bù，今读上声bǔ。

（7）拱北众星常灿灿：环绕北极星的众星，常常明亮耀眼。

说明：本节涉及对仗中常用的器物对、花鸟虫鱼走兽对、宫室对、人名对、草木对、方位对、数字对等。

○ ● ● ○ ●● ○○ ○○ ●● ●● ○
瓜对果，李对桃，犬子对羊羔。春分对夏至，谷水对山

○ ○●● ●○○ ●● ○○ ◐○○●● ●●
涛。双凤翼，九牛毛，主逸对臣劳。水流无限阔，山耸

●○○ ●●○○○●● ○○○◐●○○ ●●○
有余高。雨打村童新牧笠，尘生边将旧征袍。俊士居

○ ●◐○○○●● ○○○●● ◐○●●●○○
官，荣引鹓鸿之序；忠臣报国，誓殚犬马之劳。

注释：

（1）双凤翼：一对凤凰展开的翅膀。常用来比喻两心相印，灵性相通。李商隐有"身无彩凤双飞翼，心有灵犀一点通"之句。

（2）九牛毛：九条牛身上的一根毛，比喻太少而微不足道。

（3）荣引鹓鸿之序：鹓鸿群飞井然有序。这里形容官员上朝时排列有序，跟鹓鸿群飞一样。

（4）殚：尽。

说明：本节涉及对仗中常用的花鸟虫鱼走兽对、节令对、地理对、草木对、数字对、衣饰对等。

教学拓展

故事链接：

刘伶醉酒

刘伶，字伯伦，江苏沛人。《世说新语·容止篇》说他身材矮小，而且容貌极其丑陋。但是他的性情豪迈，胸襟开阔，不拘小节。

平常不滥与人交往，沉默寡言，对人情世事一点都不关心，只和阮籍、嵇康很投机，遇上了便有说有笑，因此也加入了七贤的行列。他曾担任建威参军。据说在泰始年间，他初上意见书，主张无为而化，却被斥为无益之策，并因此被罢了官。罢官以后的刘伶，更是日日"醉乡路稳宜频到"，反而在那文人动辄被杀的乱世得以苟全性命而寿终，也可谓不幸中之大幸了。他以酒为名，虽然家里穷困，但他并不以为意，反而嗜酒如命。《晋书》本传记载说，他经常乘鹿车，手里抱着一壶酒，命仆人提着锄头跟在车子的后面跑，并说道："如果我醉死了，便就地把我埋葬了。"他嗜酒如命，放浪形骸由此可见。

有一次，他喝醉了酒跟乡邻吵架，对方生气地卷起袖子，挥拳就要打他，刘伶却从容镇定地说："我这像鸡肋般细瘦的身体，哪有地方可以安放老兄的拳头。"对方听了，笑了起来，终于把拳头放了下来。

《世说新语·任诞篇》说，有一次，刘伶的酒瘾又发作了，要求妻子拿酒，他的妻子哭着把剩余的酒洒在地上，又摔破了酒瓶子，涕泗纵横地劝他说："你酒喝得太多了，这不是养生之道，请你一定要戒了吧！"刘伶回答说："好呀！可是靠我自己的力量是没法戒酒的，必须在神明前发誓，才能戒掉。就烦你准备酒肉祭神吧。"他的妻子信以为真，听从了他的吩咐。于是刘伶把酒肉供在神桌前，跪下来祝告说："天生刘伶，以酒为名；一饮一斛，五斗解酲（chéng）。妇人之言，慎不可听。"说完，取过酒肉，结果又喝了个大醉。从这骗取酒肉的事件中，我们可以看到他滑稽多智、放荡不羁的一面，不但是世俗之人，就连鬼神他也不放在眼中。生活在污浊的乱世，却又无力挽救当时的社会，刘伶只好放浪形骸，同时更借酒醉的言辞行动，来表示他对虚伪的道德礼教的憎恨，以及自己内心对自然、纯真的追求。

阅读建议:《晋书·张华传》《晋书·王览传》《世说新语·任诞篇》

豪韵本韵诗举例:

春宫怨　　王昌龄

昨夜风开露井桃,未央前殿月轮高。
平阳歌舞新承宠,帘外春寒赐锦袍。

哥舒歌　　西鄙人

北斗七星高,哥舒夜带刀。至今窥胡马,不敢过临洮。

咏怀古迹五首之五　　杜甫

诸葛大名垂宇宙,宗臣遗像肃清高。
三分割据纡筹策,万古云霄一羽毛。
伯仲之间见伊吕,指挥若定失萧曹。
运移汉祚终难复,志决身歼军务劳。

奉和贾至舍人早朝大明宫　　杜甫

五夜漏声催晓箭,九重春色醉仙桃。
旌旗日暖龙蛇动,宫殿风微燕雀高。
朝罢香烟携满袖,诗成珠玉在挥毫。
欲知世掌丝纶美,池上于今有凤毛。

下平声

五　歌

○　●　●　○　●●　○○　○○　●●　●●　○
山对水，海对河，雪竹对烟萝。新欢对旧恨，痛饮对高

○　○●●　●○○　●●　○○　○○●●　●●
歌。琴再抚，剑重磨，媚柳对枯荷。荷盘从雨洗，柳线

●○○　●●○○●●　○○●●○○　●●○
任风搓。饮酒岂知歌醉帽，观棋不觉烂樵柯。山寺清

○　●●○○○●●　○○○●　○○●●○○
幽，直踞千寻云岭；江楼宏敞，遥临万顷烟波。

注释：

（1）烟萝：像轻烟一样飘动着的松萝。萝，松萝，一种经常寄生在松树上的地衣类植物，外形呈丝状，蔓延下垂，随风飘荡。

（2）荷盘：形容荷叶像盘子。

（3）柳线任风搓：像线一样的柳条任风搓弄。

（4）饮酒岂知歌醉帽：醉帽，出自《晋书·阮籍传》。阮籍天性率真，其邻家有个漂亮的少妇当垆卖酒，阮籍经常去她家喝酒，喝了酒便毫不避嫌地斜卧其侧，其丈夫也不以为怪。

（5）观棋不觉烂樵柯：烂樵柯，出自南朝梁国人任昉的《述异记》。（见"故事链接"）柯指斧柄。唐代诗人刘禹锡在《酬乐天扬州

初逢席上见赠》中有"怀旧空吟闻笛赋，到乡翻似烂柯人"之句，就引用了这个典故。诗人用王质自比，表达了他遭贬离开京城二十多年后，人事的沧桑巨变所带给他的恍如隔世的感觉。全诗见上平声"十一真"之真韵本韵诗举例。

（6）千寻：形容非常之高。寻，古代长度单位，八尺为一寻。

说明：本节涉及对仗中常用的地理对、器物对、花鸟虫鱼走兽对、草木对、宫室对、数字对等。

〇 ● ● 〇 ●● 〇〇 ⊖〇 ●● ⊖● 〇
繁对简，少对多，里咏对途歌。宦情对旅况，银鹿对铜

〇 ⊖●● 〇〇 ●● 〇〇 ⊖〇〇● ●● ●●
驼。刺史鸭，将军鹅，玉律对金科。古堤垂弹柳，曲沼

●〇〇 ●●⊖〇〇 〇〇●●●〇〇 〇 ⊖●●
长新荷。命驾吕因思叔夜，引车蔺为避廉颇。千尺水

〇 ●●⊖ 〇● ●● ⊖〇〇 〇〇●●●〇〇
帘，今古无人能手卷；一轮月镜，乾坤何匠用功磨。

注释：

（1）刺史鸭：唐代诗人韦应物任苏州刺史时养了很多鸭。

（2）将军鹅：晋代右将军王羲之喜欢鹅。

（3）玉律对金科：旧时指完善的法令，现在指不可变更的规定。

（4）弹（duǒ）柳：老柳。

（5）命驾吕因思叔夜：吕安想到嵇叔夜，连夜命人驾车去请。吕，指晋代吕安。嵇叔夜，嵇康字叔夜，因曾作过中散大夫，后人又称其为嵇中散。

（6）引车蔺为避廉颇：引车，调转车头离去。蔺，指战国时赵国上卿蔺相（xiāng）如。

（7）水帘：水从高崖流下，望过去像竹帘。

说明：本节涉及对仗中常用的花鸟虫鱼走兽对、天文对、官职对、草木对、数字对等。

霜对露，浪对波，径菊对池荷。酒阑对歌罢，日暖对风和。梁父咏，楚狂歌，放鹤对观鹅。史才推永叔，刀笔仰萧何。种橘犹嫌千树少，寄梅谁信一枝多。林下风生，黄发村童推牧笠；江头日出，皓眉溪叟晒渔蓑。

注释：

（1）梁父：即古代乐曲《梁父吟》。汉末诸葛亮出山辅佐刘备前，常吟咏此曲。

（2）楚狂：春秋末期楚国狂人陆通，字接舆。

（3）放鹤：宋代张天骥驯养了两只白鹤，朝出暮归，张天骥便在江苏铜山南的云龙山下筑亭，苏轼为之作《放鹤亭记》。

（4）观鹅：晋代书法家王羲之爱鹅成癖，他听说会稽（今浙江绍兴一带）有一老太太善养鹅，所养鹅中有只鹅叫声特别好听，千方求购，老太太不知购主是王羲之，始终不答应。于是王羲之特地驾上马车去老太太家看鹅。老太太听说著名的书法家王羲之要来她家，特地选了那只会叫的鹅做成菜款待他，王羲之知道后不禁叹惋终日。典出《晋书·王羲之传》。

（5）史才推永叔：北宋欧阳修，字永叔。他曾与宋祁合著《新唐书》，自撰《新五代史》，选材精到，观点明确，以史才见长。

（6）刀笔仰萧何：制定法律仰仗萧何。刀笔，封建时代指为官府掌管文书的官吏。

（7）种橘：东汉丹阳太守李衡晚年暗中买地种橘千棵，临终交代给儿子。

（8）寄梅：南朝时期宋的陆凯，身在南方，却给在北方做官的友人范晔寄去一枝梅花，并题诗："折花逢驿使，寄与陇头人。江南无所有，聊赠一枝春。"

说明：本节涉及对仗中常用的天文对、花鸟虫鱼走兽对、国属对、草木对、人名对、数字对、颜色对等。

教 学 拓 展

故事链接：

王质烂柯

关于王质烂柯的故事，有两个大致相同的说法。一是据《列仙全传》记载：晋朝时有一位叫王质的人，有一天他到信安郡的石室山（今浙江省衢州）去打柴。看到两位老者正在溪边大石上下围棋，于是把砍柴用的斧子放在地上，驻足观看。老者把一个形状像枣核一样的东西给王质，他吞下了那东西以后，竟然不觉得饥饿了。看了多时，老者提醒他该回家了，王质起身去拿斧子时，才发现斧柄（柯）已经腐朽了，磨得锋利的斧头也锈得凸凹不平了。王质非常奇怪。回到家里后，发现家乡大变，已经无人认得他。提起往事，几位老者都说是上百年前的事了。原来王质石室山打柴误入仙境，遇到了神仙，仙界一日，人间百年。

另一个说法是据南朝梁国人任昉的《述异记》记载：晋代新安郡（今浙江衢州）人王质上石室山砍柴，看到几位童子，有的在下

下平声

棋，有的在唱歌，王质就到近前去听。童子把一个形状像枣核一样的东西给王质，他吞下了那东西以后，竟然不觉得饥饿了。过了一会儿，童子对他说："你为什么还不走呢？"王质这才起身，当他俯身要拾起自己的斧子时，那木头的斧柄已经完全腐烂了，斧头也锈迹斑斑了。等他回到村子，时间已过百年，与他同时代的人都已经不在了。

王质烂柯的典故，常被用来表示人事的沧桑巨变所带给人的恍如隔世的感觉。刘禹锡《酬乐天扬州初逢席上见赠》诗有"怀旧空吟闻笛赋，到乡翻似烂柯人"之句。

阅读建议：《晋书·阮籍传》《史记·廉颇蔺相如列传》《世说新语·任诞篇》

歌韵本韵诗举例：

春宿左省　　　杜甫

花隐掖垣暮，啾啾栖鸟过。星临万户动，月傍九霄多。
不寝听金钥，因风想玉珂。明朝有封事，数问夜如何？

（过，属歌韵，读 guō）

天末怀李白　　　杜甫

凉风起天末，君子意如何。鸿雁几时到，江湖秋水多。
文章憎命达，魑魅喜人过。应共冤魂语，投诗赠汨罗。

（过，属歌韵，读 guō）

送魏万之京　　李颀

朝闻游子唱离歌，昨夜微霜初渡河。

鸿雁不堪愁里听，云山况是客中过。

关城曙色催寒近，御苑砧声向晚多。

莫是长安行乐处，空令岁月易蹉跎。

（听，读 tìng，径韵；过，读 guō，歌韵；令，读 līng，庚韵。）

曲江　　李商隐

望断平时翠辇过，空闻子夜鬼悲歌。

金舆不返倾城色，玉殿犹分下苑波。

死忆华亭闻唳鹤，老忧王室泣铜驼。

天荒地变心虽折，若比伤春意未多。

（过，读 guō，属歌韵。）

江州重别薛六柳八二员外　　刘长卿

生涯岂料承优诏，世事空知学醉歌。

江上月明胡雁过，淮南木落楚山多。

寄身且喜沧洲近，顾影无如白发何。

今日龙钟人共老，愧君犹遣慎风波。

七律·送瘟神二首其一　　毛泽东

绿水青山枉自多，华佗无奈小虫何。

千村薜荔人遗矢，万户萧疏鬼唱歌。

坐地日行八万里，巡天遥看一千河。

牛郎欲问瘟神事，一样悲欢逐逝波。

下平声

六　麻

松对柏，缕对麻，蚁阵对蜂衙。赪（chēng）鳞对白鹭，冻雀对昏鸦，白堕酒，碧沉茶，品笛对吹笳。秋凉梧堕叶，春暖杏开花。雨长（zhǎng）苔痕侵壁砌，月移梅影上窗纱。飒飒秋风，（度）城头之筚篥；迟迟晚照，（动）江上之琵琶。

注释：

（1）蜂衙：衙，指排列成行。蜂衙，指蜜蜂聚集在一起，如同旧时官吏到上司衙门排班相见。

（2）赪鳞：红色鳞的鱼。赪，红色。

（3）白堕：人名，姓刘，南北朝时北魏河东（今山西）人，善酿酒，其酒醇美异常，远近闻名，高官贵族都以之为馈赠佳品。

（4）碧沉：茶名。

（5）茄：即胡茄，我国古代北方少数民族的一种类似笛子的乐器。

（6）砌：台阶。

（7）箪篥：汉代从西域传入我国的一种管乐器。胡人用以警马。

说明：本节涉及对仗中常用的器物对、花鸟虫鱼走兽对、草木对、颜色对等。

优对劣，凸对凹（wā），翠竹对黄花。松杉对杞梓，菽麦对桑麻。山不断，水无涯，煮酒对烹茶。鱼游池面水，鹭立岸头沙。百亩风翻陶令秫，一畦雨熟邵平瓜。

闲捧竹根，（饮）李白一壶之酒；偶擎桐叶，（啜）卢仝七碗之茶。

注释：

（1）凹（wā）：低陷之处。

（2）菽：豆类的总称。

（3）百亩风翻陶令秫：陶渊明曾种高粱用以酿酒。秫，高粱。

（4）一畦雨熟邵平瓜：秦时东陵侯邵平在秦亡以后，在长安城东种瓜，其瓜呈五色，人称"邵平瓜"。

（5）竹根：这里指用竹根做的酒杯，与下句的"桐叶"（茶杯）相对。

（6）啜卢仝七碗之茶：卢仝，范阳人，隐少室山，自号玉川子。

征谏议不受。韩愈为河南令，爱其诗，厚礼之。卢仝好茶成癖，诗风浪漫，他的《走笔谢孟谏议寄新茶》（又称七碗茶歌）诗广为传唱：

日高丈五睡正浓，军将打门惊周公。口云谏议送书信，白绢斜封三道印。

开缄宛见谏议面，手阅月团三百片。闻道新年入山里，蛰虫惊动春风起。

天子须尝阳羡茶，百草不敢先开花。仁风暗结珠蓓蕾，先春抽出黄金芽。

摘鲜焙芳旋封裹，至精至好且不奢。至尊之馀合王公，何事便到山人家。

柴门反关无俗客，纱帽笼头自煎吃。碧云引风吹不断，白花浮光凝碗面。

一碗喉吻润，两碗破孤闷。三碗搜枯肠，唯有文字五千卷。

四碗发轻汗，平生不平事，尽向毛孔散。

五碗肌骨清，

六碗通仙灵。七碗吃不得也，唯觉两腋习习清风生。

蓬莱山，在何处？玉川子，乘此清风欲归去。

山上群仙司下土，地位清高隔风雨。

安得知百万亿苍生命，堕在巅崖受辛苦。

便为谏议问苍生，到头还得苏息否？

说明：本节涉及对仗中常用的花鸟虫鱼走兽对、草木对、地理对、数字对、颜色对等。

吴对楚，蜀对巴，落日对流霞。酒钱对诗债，柏叶对松

花。驰驿骑，泛仙槎，碧玉对丹砂。设桥偏送笋，开道

竟还瓜。楚国大夫沉汨水，洛阳才子谪长沙。书箧琴

囊，（乃）士流活计；药炉茶鼎，（实）闲客生涯。

注释：

（1）诗债：别人求诗或索取和诗，而自己尚未酬答，如同欠他人之债。

（2）驰驿骑：奔驰着（传递公文的）快马，和"泛仙槎"（漂浮着竹筏）相对。

（3）设桥偏送笋：南朝时宋的郭原平见人偷笋，竹园边的沟壑难以通过，就砍树为桥，以方便偷笋的人。偷笋者感到惭愧，就送回了所偷的笋。

（4）开道竟还瓜：晋代人桑虞见偷瓜人难以越过刺篱笆，就开了个口子为其提供方便，偷瓜者因羞愧而还瓜谢罪。

（5）楚国大夫沉汨水：战国末期楚国大夫屈原，晚年见楚国连年丧师失地，最后悲愤自投汨罗江而死。

（6）洛阳才子谪长沙：西汉洛阳才子贾谊，被贬为长沙王太傅。谪，贬职。

（7）书箧：放书的箱子。

（8）琴囊：装琴的袋子。

（9）乃士流活计：是读书人的活儿。

（10）茶鼎：煮茶的炉子。

（11）实闲客生涯：是闲暇人过的生活。

说明：本节涉及对仗中常用的国属对、天文对、器物对、颜色对、花鸟虫鱼走兽对、草木对等。

教学拓展

刘白堕和"擒奸酒"

北魏杨衒之《洛阳伽蓝记·法云寺》记载："河东人刘白堕，善酿酒，季夏六月，时暑赫晞，以罂贮酒，暴于日中，经一旬，其酒味不动，饮之香美，醉而经月不醒，京师朝贵，多出郡登藩，远相饷馈，逾于千里。以其至远，号曰鹤觞，亦名骑驴酒。永熙年中，青州刺史毛鸿宾，赍酒之蕃，路逢盗贼，盗饮之即醉，皆被擒获，因复名'擒奸酒'。时人语曰：不畏张弓拔刀，唯畏白堕春醪。"后人就以"白堕"作为酒的代称。苏辙《次韵子瞻病中大雪》诗云"殷勤赋黄竹，自劝饮白堕。"

东陵侯种瓜

邵平为秦东陵侯。秦朝灭亡后，他成了一个普通百姓，隐居在长安城东面的一个村子里，以种瓜为生。刘邦建立汉朝以后，听说邵平是个人才，多次派人请他出来做官，但邵平不肯，刘邦因此十分恼火，想惩治邵平。萧何知道后，劝刘邦说："陛下，人各有志。邵平虽在秦为侯，但他现在不愿做官，愿意种瓜为生，陛下就不要勉强他。如果陛下以此惩治邵平，那么，那些在秦朝做过官的人会纷纷逃离，人心就会不安定了。"刘邦听了萧何的话，才放弃了惩治邵平的念头。

从此，邵平便安心在长安东门外种瓜。由于他学识渊博，懂得农艺，因此种出来的瓜个大，色泽青翠鲜亮，味道极甜。人们知道这种瓜的老头做过东陵侯，便把他的瓜称作东陵瓜。每当瓜熟季节，邵平把瓜挑到长安市上，往往不一会儿便被争购一空。

邵平知道自己能太太平平地以种瓜为生，是萧何帮了他的忙，便寻找机会报答他。一次，他听说韩信被杀以后，刘邦拜萧何为相国，增封五千户食邑，并给他五百名卫队，便来到相府，对萧何说："恩人，你要大祸临头了！""什么事会这么严重，请先生告诉我。"萧何问。邵平说："皇上在战场上餐风露宿，出生入死，您只是留守京城，毫无刀枪剑矢的风险。然而韩信刚死，皇上却赐你重赏，还派大队人马保护你，这不是宠你，而是怀疑您、防备您呀！"萧何听了，觉得邵平讲得很有道理，说："那我该怎么办呢？"邵平说："您应该立即辞谢封赏，并把所有家财贡献出来，资助皇上的军队，并且派遣子弟到皇上身边参军服役，那皇上一定会很高兴。"萧何对邵平深为感谢，并按照他的话去做了。果然，刘邦十分高兴，收回了封赏，并接受了萧何贡献的家财，以后对萧何也不怀疑了。

阅读建议：《史记·萧相国世家》《史记·屈原贾生列传》

麻韵本韵诗举例：

秋兴八首之二　　　　杜甫

夔府孤城落日斜，每依北斗望京华。
听猿实下三声泪，奉使虚随八月槎。
画省香炉违伏枕，山楼粉堞隐悲笳。
请看石上藤萝月，已映洲前芦荻花。

（看，读 kān。）

奉和圣制从蓬莱向兴庆阁道中留春雨中春望之作应制　　　　王维

渭水自萦秦塞曲，黄山旧绕汉宫斜。

下平声

167

銮舆迥出千门柳，阁道回看上苑花。

云里帝城双凤阙，雨中春树万人家。

为乘阳气行时令，不是宸游玩物华。

（看，kān，寒韵；玩，wàn，翰韵。）

隋宫　　李商隐

紫泉宫殿锁烟霞，欲取芜城作帝家。

玉玺不缘归日角，锦帆应是到天涯。

于今腐草无萤火，终古垂杨有暮鸦。

地下若逢陈后主，岂宜重问后庭花。

山行　　杜牧

远上寒山石径斜，白云生处有人家。

停车坐爱枫林晚，霜叶红于二月花。

与史郎中饮听黄鹤楼上吹笛　　李白

一为迁客去长沙，西望长安不见家。

黄鹤楼中吹玉笛，江城五月落梅花。

过故人庄　　孟浩然

故人具鸡黍，邀我至田家。绿树村边合，青山郭外斜。

开轩面场圃，把酒话桑麻。待到重阳日，还来就菊花。

乌衣巷　　刘禹锡

朱雀桥边野草花，乌衣巷口夕阳斜。

旧时王谢堂前燕，飞入寻常百姓家。

168

七　阳

高对下，短对长，柳影对花香。词人对赋客，五帝对三王。深院落，小池塘，晚眺对晨妆。绛霄唐帝殿，绿野晋公堂。寒集谢庄衣上雪，秋添潘岳鬓边霜。人浴兰汤，（事）不忘（wáng，阳韵，漾韵同）于端午；客斟菊酒，（兴）常记于重阳。

注释：

（1）赋：一种文体，盛行于汉魏六朝时期，讲究对仗和押韵，是韵文和散文的综合体。

（2）五帝：传说指黄帝、颛顼、帝喾、尧、舜。

（3）三王：指夏禹、商汤、周文王。

（4）绛霄唐帝殿：指唐玄宗时的绛霄殿。

（5）绿野晋公堂：指唐朝晋公裴度的绿野堂。

下平声

（6）寒集谢庄衣上雪：《宋书·符瑞志》记载，南朝宋的大明五年正月初一，天降大雪，右卫将军谢庄下殿巡查，雪花厚积在他的衣服上。他上殿报告孝武帝刘骏，皇帝认为这是天降吉祥。

（7）秋添潘岳鬓边霜：潘岳虽貌美，但年轻早衰，三十多岁就鬓发如霜，秋天来了，似乎更添其白。潘岳在《秋兴赋》中说"余春秋三十有二，始见二毛。"即说自己才三十多岁就鬓发斑白了。

（8）人浴兰汤：指端午节用兰花汤洗浴的习俗。

（9）忘：阳韵读 wáng，漾韵读 wàng，阳韵漾韵同。这里读 wáng。

（10）客斟菊酒：九月九日重阳节有登高、插茱萸、饮菊花酒的习俗。

说明：本节涉及对仗中常用的花鸟虫鱼走兽对、节令对、草木对、数字对、颜色对等。

尧对舜，禹对汤，晋宋对隋唐。奇花对异卉，夏日对秋霜。八叉手，九回肠，地久对天长。一堤杨柳绿，三径菊花黄。闻鼓塞兵方战斗，听钟宫女正梳妆。春饮方归，纱帽半淹邻舍酒；早朝初退，衮衣微惹御炉香。

注释：

（1）卉：各种供观赏的草的总称。

（2）八叉手：指唐代诗人温庭筠。宋人孙光宪《北梦琐言》说，唐朝的温庭筠才思敏捷，考试作赋，双手互相交叉八次就写好了，时人称之为"温八叉"。后人便以此作为才思敏捷的代称。

（3）九回肠：因极度忧愁而肠子多次为之回转。司马迁在《报任安书》中说，自己因替李陵辩护而遭受宫刑，忧伤难已，"是以肠一日而九回"。九，虚数，形容其多。

（4）三径：《三辅决录》卷一："蒋诩归乡里，荆棘塞门。舍中有三径，不出，惟求仲、羊仲从之游。"蒋诩（前69—前17），字元卿，杜陵（今陕西西安）人，东汉兖州刺史，以廉直著称，后因不满王莽的专权而辞官隐退故里，闭门不出。在家门前开辟三条小路，唯与高逸之士求仲、羊仲往来。后来人们用"三径"意指隐士的家园。陶渊明《归去来兮辞》有"三径就荒，松菊犹存"之句。辛弃疾在《沁园春·带湖新居将成》中有"三径初成，鹤怨猿惊，稼轩未来"之句。径，小路。

（5）听钟宫女正梳妆：南朝齐武帝时，在宫中的景阳楼设钟，钟鸣则宫女们都起床梳妆。

（6）春饮方归，纱帽半淹邻舍酒：晋朝阮籍曾因醉酒，睡在美貌的邻妇身旁，连乌纱帽也半坠。

（7）早朝初退，衮衣微惹御炉香：唐贾至《早朝大明宫》："剑佩身随玉墀步，衣冠犹惹御炉香。"衮衣，古代帝王及王公绣龙的礼服，此处指官员上朝时所穿的官服。

说明：本节涉及对仗中常用的国属对、数字对、器物对、花鸟虫鱼走兽对、节令对、草木对、颜色对等。

○ ● ● ○ ●● ○○ ○○ ●● ●● ○
荀对孟，老对庄，弹柳对垂杨。仙宫对梵宇，小阁对长

○ ○●● ●○○ ●● ○○ ○○○●● ○●
廊。风月窟，水云乡，蟋蟀对螳螂。暖烟香霭霭，寒烛

171

影煌煌。伍子欲酬渔父（fǔ）剑，韩生尝窃贾公香。三

月韶光，常忆花明柳暗；一年好景，难忘（wáng，阳

韵，漾韵同）橘绿橙黄。

注释：

（1）荀对孟：荀子和孟子。两人都是战国时期儒家学派的代表人物。

（2）老对庄：老子和庄子。两人都是春秋时期道家学派的代表人物。

（3）仙宫对梵宇：仙宫指道观，梵宇指佛寺。

（4）霭霭：云雾密集的样子。霭，云气。

（5）煌煌：明亮的样子。

（6）伍子欲酬渔父（fǔ）剑：出自《史记·伍子胥列传》。伍子指伍子胥。伍子胥，春秋时楚国人，其父伍奢、其兄伍尚都被楚平王杀害，他亦遭追杀。伍子胥逃至江边，追兵已至，江上有一渔父渡他过江，得以逃脱。伍子胥解下宝剑相送。渔父说："楚国悬赏追捕你，赏金为五万石粮食，还授予执圭的爵位，难道还抵不过这价值百金的剑吗？"没有接受他的宝剑。酬，报答。

（7）韩生尝窃贾公香：晋武帝曾赏赐异香给贾充，贾充的女儿与韩寿私通，所以偷香给韩寿。贾充发觉后，便将女儿嫁给了韩寿。

（8）三月韶光，常忆花明柳暗：陆游《游山西村》诗有"山重水复疑无路，柳暗花明又一村"之句。

（9）一年好景，难忘橘绿橙黄：一年中最美好的时节在秋天。苏轼《赠刘景文》诗有"一年好景君须记，最是橙黄橘绿时"之句。

172

忘：阳韵读 wáng，漾韵读 wàng，阳韵漾韵同。这里读 wáng。

说明：本节涉及对仗中常用的姓名对、数字对、器物对、人名对、花鸟虫鱼走兽对、节令对、草木对、宫室对、颜色对等。

教学拓展

故事链接：

伍子胥过昭关

战国时期，楚国是地方千里的大国，但到了楚庄王的孙子楚平王即位之后，楚国渐渐衰落了。公元前522年，楚平王要把原来的太子建废掉。这时候，太子建和他的老师伍奢正在城父（在河南襄城西）镇守。楚平王怕伍奢不同意，先把伍奢叫来，诬说太子建正在谋反。伍奢说什么也不承认，就被关进了监狱。楚平王一面派人去杀太子建，一面又逼伍奢写信给他的两个儿子伍尚和伍子胥，叫他们回来，以便一起除掉。大儿子伍尚回到郢都，就跟父亲伍奢一起，被楚平王杀害了。太子建事先得到风声，带着儿子公子胜逃到了宋国。伍奢的另一个儿子伍子胥，也从楚国逃出来，他赶到宋国，找到了太子建。不巧宋国发生内乱，伍子胥又带着太子建、公子胜逃到郑国，想请郑国帮他们报仇。可是郑国国君郑定公没有同意。太子建报仇心切，竟勾结郑国的一些大臣想夺郑定公的权，被郑定公杀了。伍子胥只好带着公子胜逃出郑国，投奔吴国（都城在今江苏苏州）。楚平王早就下令悬赏捉拿伍子胥，叫人画了伍子胥的像，挂在楚国各地的城门口，嘱咐各地官吏盘查。伍子胥带着公子胜逃出郑国后，白天躲藏，晚上赶路，来到吴楚两国交界的昭关（在今安徽含山县北）。关上的官吏盘查得很紧。伍子胥愁得一连几夜睡不着觉，头发和胡须都愁白了。幸亏他们遇到了一个好心人东皋公，

下平声

同情伍子胥，把他接到自己家里。东皋公有个朋友，模样有点像伍子胥。东皋公让他冒充伍子胥过关。守关的逮住了这个假伍子胥，而那个真伍子胥因为须发全白，面貌变了，守关的没认出来，伍子胥就这样混出了昭关。

阅读建议：《史记·伍子胥列传》

阳韵本韵诗举例：

闻官军收河南河北　　　杜甫

剑外**忽**传收蓟**北**，初闻涕泪满衣裳。
却看妻子愁何在，漫卷诗书喜**欲**狂。
白日放歌须纵酒，青春**作**伴好还乡。
即从巴**峡**穿巫**峡**，便下襄阳向**洛**阳。

（看，读 kān。）

无题　　　李商隐

重帏深下**莫**愁堂，卧后清宵细细长。
神女生涯原是梦，小姑居处本无郎。
风波**不**信菱枝弱，**月**露谁教桂叶香？
直道相思了无益，未妨惆怅是清狂。

（教，读 jiāo。）

过贾谊宅旧居　　　戴叔伦

楚乡卑**湿**叹殊方，**鵩**赋人非**宅**已荒。
谩有长书忧汉室，空将哀些吊沅湘。

雨余古井生秋草，叶尽疏林见夕阳。

过客不须频太息，咸阳宫殿亦凄凉。

（些，读 suò。）

受降城闻笛　　　李益

回乐峰前沙似雪，受降城下月如霜。

不知何处吹芦管，一夜征人尽望乡。

七律·人民解放军占领南京　　　毛泽东

钟山风雨起苍皇，百万雄师过大江。

虎踞龙盘今胜昔，天翻地覆慨而慷。

宜将剩勇追穷寇，不可沽名学霸王。

天若有情天亦老，人间正道是沧桑。

（这首诗用的是中华新韵。如果按照平水韵衡量，则是跨韵的，韵脚"江"字属上平声"三江"韵，其他韵脚"皇、慷、王、桑"都是下平声"七阳"韵。）

七律·和柳亚子先生　　　毛泽东

饮茶粤海未能忘，索句渝州叶正黄。

三十一年还旧国，落花时节读华章。

牢骚太盛防肠断，风物长宜放眼量。

莫道昆明池水浅，观鱼胜过富春江。

（这首诗用的是中华新韵。如果按照平水韵衡量，也是跨韵的，韵脚"江"字属上平声"三江"韵，其他韵脚"忘、黄、章、量"都是下平声"七阳"韵。忘：阳韵读 wáng。）

八 庚

○ ● ● ○ ●● ○○ ○○ ●● ●● ○
深对浅，重对轻，有影对无声。蜂腰对蝶翅，宿醉对余

○ ○ ●● ● ● ●● ○○○● ●● ○
醒。天北缺，日东升，独卧对同行。寒冰三尺厚，秋月

●○○ ●●○○○ ●● ◐●●●○○ ○○
十分明。万卷书容闲客览，一樽酒待故人倾。心侈唐

○ ●● ○○○● ◐●○◐● ◐○●○●○○
玄，厌看（kàn）霓裳之曲；意骄陈主，饱闻玉树之赓。

注释：

（1）宿醉：经夜之醉。

（2）余酲（chéng）：酒醒之后的疲乏。酲，病酒，醉酒后头脑昏沉、身体倦乏的状态。

（3）天北缺：《淮南子·天文训》说，天由四座大山在东、南、西、北四个方向支撑起来，西北方支天的山叫作不周山。共工与颛顼争夺天帝之位失败，怒而触垮了不周山，西北方没有了不周山的支撑，于是天倾西北，地不满东南，日月星辰移焉。

（4）心侈唐玄，厌看（kàn）霓裳之曲：因骄奢怠政而招致国家动乱的唐玄宗，连他最喜爱的《霓裳羽衣舞》也懒得观看了。

（5）意骄陈主，饱闻玉树之赓：骄奢淫逸的陈后主，连他最喜欢的《玉树后庭花》也听够了。关于陈后主与《玉树后庭花》的故事可见"二冬"注。

说明：本节涉及对仗中常用的天文对、数字对、花鸟虫鱼走兽对、人名对、方位对等。

○ ● ● ○ ●● ○○ ◐○ ●● ●● ○
虚对实，送对迎，后甲对先庚。鼓琴对舍瑟，搏虎对骑

○ ○ ●● ●○○ ●● ○○ ○○○ ●●
鲸。金蹛匝，玉玎珰，玉宇对金茎。花间双粉蝶，柳内

●○○ ◐●●○○●● ◐○●●
几黄莺。贫里每甘藜藿味，醉中厌听（tìng，径韵，青

●○○ ◐●●○○ ◐●●
韵同）管弦声。肠断秋闺，凉吹（chuì，寘韵，支韵异）

◐○○●● ◐○○●● ○○○◐●●○○
已侵重被冷；梦惊晓枕，残蟾犹照半窗明。

注释：

（1）后甲对先庚：后甲、先庚都是《易经》中的卦辞，后甲是甲日后的三日，先庚是庚日前的三日，都是吉日。

（2）蹛匝：环绕的样子，这里指马笼头。

（3）玎珰：玉石撞击声，这里指玉佩。

（4）玉宇：用玉砌成的殿宇。

（5）金茎：汉武帝时托承露盘的铜柱。杜甫在《秋兴八首》中有"蓬莱宫阙对南山，承露金茎霄汉间"之句。

（6）贫里每甘藜藿味：藜，一年生草本植物，嫩叶可食，也叫灰

菜。藿，豆类作物的叶子。藜藿，指粗劣的饭菜。全句是说贫穷时连粗劣的饭菜吃起来也觉得很甜美。

（7）醉中厌听管弦声：酒肉鲜肥，就是优美的音乐也不愿听了。听，径韵读 tìng，青韵读 tīng，径韵青韵同。这里读 tìng。

（8）残蟾：残月，指拂晓时的月亮。

（9）吹：寘韵 chuì，支韵 chuī，寘韵支韵异。这里属寘韵，读chuì。

说明：本节涉及对仗中常用的器物对、花鸟虫鱼走兽对、数字对等。

渔对猎，钓对耕，玉振对金声。雉城对雁塞，柳袅对葵倾。吹（chuī，支韵，寘韵异）玉笛，弄银笙，阮杖对桓筝。墨呼松处士，纸号楮先生。露浥好花潘岳县，风搓细柳亚夫营。抚动琴弦，遽觉座中风雨至；哦成诗句，应知窗外鬼神惊。

注释：

（1）雉城：即城墙。雉是一种鸟，又名野鸡，飞不过三丈，所以古代将高一丈、长三丈算作一雉。

（2）雁塞：泛指北方边塞。

（3）柳袅：柳枝细长柔软而随风摇摆，与"葵倾"（葵花向日而倾）相对。

（4）阮杖：晋代阮修常在杖头系百钱以沽酒。

（5）桓筝：晋代桓伊善弹筝。

（6）墨呼松处士：松处士，墨的雅称。因为古代的墨大都以松烟制成。

（7）纸号楮先生：楮先生，纸的雅称。古代制纸多以楮树为原料。唐代韩愈《毛颖传》曾将纸张戏称"会稽楮先生"。

（8）露浥好花潘岳县：晋代潘岳为河阳县令时，下令广植桃李，人称"河阳一县花"。浥，沾湿，浸润。

（9）风搓细柳亚夫营：汉代大将周亚夫驻兵细柳营，军纪甚严。

（10）抚动琴弦，遽觉座中风雨至：出自《韩非子·十过》。春秋时，卫灵公去会见晋平公，平公在施夷之台宴请他。两人谈论关于音乐的事情，平公便令晋国最有名的乐工师旷演奏声调最凄悲的清角之声。师旷不肯演奏，平公再三要求，于是"师旷不得已而鼓之"。弹了一曲，便有黑云从西北方涌出；弹第二曲，"大风至，大雨随之"，吹裂了帷幕，吹破了盛食物的器皿，吹毁了房上的瓦片，宾客都跑散了，平公也吓得趴在地上。遽，突然，一下子。

（11）哦成诗句，应知窗外鬼神惊：杜甫《寄李十二白二十韵》有"笔落惊风雨，诗成泣鬼神"的句子。

说明：本节涉及对仗中常用的器物对、花鸟虫鱼走兽对、文具对、天文对、草木对等。

教学拓展

故事链接：

安史之乱

安史之乱是唐玄宗、肃宗时边镇守将安禄山、史思明掀起的反唐叛乱，也是唐朝由盛而衰的转折点。

开元后期，由于安定繁荣的日子已久，唐玄宗逐渐丧失了以前那种励精图治的精神。改元天宝后，他纵情享乐，宠爱杨贵妃，信任宦官高力士，把朝政全交给宰相李林甫处理。李林甫对玄宗事事逢迎，私下却利用职权，专横独断。李林甫死后，杨贵妃的堂兄杨国忠继任宰相，更是排斥异己，贪污受贿，使朝政日益败坏。加上当时土地兼并剧烈，贫富悬殊严重，政治、经济、社会渐呈衰败之象。而唐玄宗因对外开拓，在边境驻以重兵，设立十大兵镇，以节度使为最高军事长官。节度使领若干州，权力很大，初时由中央派大臣充任，立功后往往入朝拜相。天宝以后，李林甫为了巩固自身权位、堵塞边帅入相的路径，借口文官不懂军事，多用胡人担任节度使。结果给了胡人节度使安禄山起兵反唐的机会。

安禄山貌似忠诚，生性狡诈。由于得到玄宗和杨贵妃的欢心，身兼范阳、河东、平卢三镇节度使。安禄山见唐室政治腐败，武备废弛，便于公元755年，以讨杨国忠为名，自范阳率兵南下，很快就攻占了洛阳，自称大燕皇帝。第二年，唐军在潼关溃败，安禄山便长驱直入长安。唐玄宗匆忙南逃，走到马嵬驿（今陕西兴平），随行的将士在愤怒中杀死了杨国忠，又逼玄宗绞杀杨贵妃，才肯继续起行。同时，太子李亨逃往灵武（在今宁夏境内），在郭子仪、李光弼等一班西北将领的支持下，即皇帝位，是为唐肃宗。

后来叛军内部发生分裂，安禄山被儿子安庆绪所杀。唐军联合回纥援兵乘机反攻，收复了长安和洛阳。不久安禄山部将史思明杀安庆绪，重新攻陷洛阳，也称大燕皇帝，不久又被儿子史朝义杀死。于是唐朝再借回纥兵，收复洛阳，史朝义自杀，这场持续了八年的"安史之乱"才告结束。

女娲补天

女娲补天这个神话传说的最初原型，可能是华夏先民烧瓦覆盖房顶以防漏雨的措施，反映的是女娲氏发明瓦的事迹。

有这样一种猜想，女娲氏时代是陶器被发明并被广泛使用的时代。陶器的发明源于房屋建造中的涂泥技术，首先被用来防止透风，后来人们又逐渐发现涂泥还具有防火、防漏等重要作用，在大量使用葫芦的伏羲氏时代后期，先民们把这一技术应用到葫芦上，在葫芦底部涂泥防漏，并防止葫芦被火烧毁，以便烧煮食物，结果泥层被烧结成坚硬如石的陶质，因而发明了陶器。经过烧制的陶器完全不会漏水，屋顶漏雨时，聪明的女娲因此想到用破碎的陶片盖住屋顶破损处，并由此得到启发，烧制专门用来覆盖屋顶的陶片，以彻底解决屋顶漏雨问题，从而发明了瓦。"瓦"字与"娲"字读音相同，都是模拟陶器摩擦时发出的"嘎嘎"声，其实至今在一些地方仍称陶片为"瓦片"，以瓦称呼陶器，如"瓦罐""瓦盆"等。

瓦坚硬如石，不同土质烧制的瓦颜色各有不同，可以称之为"五色石"。屋顶漏雨是因为屋顶有缺陷，有裂缝，浓云密布时，天色阴暗，恰如先民居住的简陋房屋的草顶，先民可能因此认为，天上雨水也是从云盖缝隙中漏下。因此，当阴雨连绵给人们的生产生活带来不便时，先民会设想像用瓦覆盖屋顶那样，炼五色石以补破漏雨的苍天。这样的事业非人力所能及，只有神人才能做到，这个神人自然就是女娲，神话女娲补天就这样诞生了。

阅读建议：《史记·绛侯周勃世家》

庚韵本韵的诗举例：

春夜洛城闻笛　　　李白

谁家玉笛暗飞声，散入春风满洛城。
此夜曲中闻折柳，何人不起故园情？

房兵曹胡马　　　　杜甫

胡马大宛名，锋棱瘦骨成。竹批双耳峻，风入四蹄轻。
所向无空阔，真堪托死生。骁腾有如此，万里可横行。

（宛：读 yuān。）

杂诗　　　　沈佺期

闻道黄龙戌，频年不解兵。可怜闺里月，长在汉家营。
少妇今春意，良人昨夜情。谁能将旗鼓，一为取龙城。

送友人　　　　李白

青山横北郭，白水绕东城。此地一为别，孤蓬万里征。
浮云游子意，落日故人情。挥手自兹去，萧萧班马鸣。

临洞庭湖赠张丞相　　　孟浩然

八月湖水平，涵虚混太清。气蒸云梦泽，波撼岳阳城。
欲济无舟楫，端居耻圣明。坐观垂钓者，徒有羡鱼情。

赋得古原草送别　　　白居易

离离原上草，一岁一枯荣。野火烧不尽，春风吹又生。
远芳侵古道，晴翠接荒城。又送王孙去，萋萋满别情。

行经华阴　　　崔颢

岧峣太华俯咸京，天外三峰削不成。
武帝祠前云欲散，仙人掌上雨初晴。
河山北枕秦关险，驿路西连汉畤平。
借问路傍名利客，何如此处学长生。

望蓟门　　　祖咏

燕台一望客心惊，笳鼓喧喧汉将营。
万里寒光生积雪，三边曙色动危旌。
沙场烽火侵胡月，海畔云山拥蓟城。
少小虽非投笔吏，论功还欲请长缨。

（场：读 cháng，阳韵。拥：读 yǒng，肿韵。论：读 lún，元韵。
还：读 huán，删韵。）

晚次鄂州　　　卢纶

云开远见汉阳城，犹是孤帆一日程。
估客昼眠知浪静，舟人夜语觉潮生。
三湘愁鬓逢秋色，万里归心对月明。
旧业已随征战尽，更堪江上鼓鼙声。

下平声

潍县署中画竹呈年伯包大中丞括　　　郑板桥

衙斋卧听萧萧竹，疑是民间疾苦声。

些小吾曹州县吏，一枝一叶总关情。

（听：读 tìng，径韵。）

九　青

○　●　●　○　○●　○○　○○　●●　●●　○
红对紫，白对青，渔火对禅灯。唐诗对汉史，释典对仙

○　○●●　●○○　●●　○○　○○○●●　●●　●●
经。龟曳尾，鹤梳翎，月榭对风亭。一轮秋夜月，几点

●○○　●●○○●○　○○○●●○○
晓天星。晋士只知山简醉，楚人谁识屈原醒（xīng，青

●●○○　○●●○○○●●　○○○●●
韵，迥韵同）。倦绣佳人，慵把鸳鸯文作枕；吮毫画者，

○○●●●●○○
思将孔雀写为屏。

注释：

（1）禅灯：佛灯。"灯"字本属"十蒸"韵，因与"九青"相邻，故作者将其误入"九青"韵。

（2）释典：佛教经典。因佛教为释迦牟尼创立，故佛教也被称为"释"。

（3）龟曳尾：乌龟拖着尾巴。

（4）鹤梳翎：黄鹤梳理羽毛。翎，鸟的翅膀或尾巴上，长而硬的

羽毛。

（5）月榭：榭是建在高土台上的敞屋。

（6）晋士只知山简醉：山简醉，晋代将军山简，嗜酒，常醉，人号"醉山翁"。

（7）楚人谁识屈原醒：屈原在《渔父》中有"众人皆醉我独醒"之句。醒，青韵读xīng，迥韵读xǐng，青韵迥韵同。这里属青韵，读xīng。

（8）吮毫画者，思将孔雀写为屏：作画的人挥动画笔，考虑的是将孔雀画在屏风上。据《旧唐书·窦皇后传》，唐高祖李渊的皇后窦氏的父亲窦毅，将孔雀画在屏风上，以此挑选女婿。李渊射中孔雀眼睛，因而被选中。

说明：本节涉及对仗中常用的颜色对、数字对、国属对、花鸟虫鱼走兽对、天文对、草木对、宫室对等。

行对坐，醉对醒（xīng，青韵），佩紫对纤青。棋枰对笔架，雨雪对雷霆。狂蛱蝶，小蜻蜓，水岸对沙汀。天台孙绰赋，剑阁孟阳铭。传信子卿千里雁，照书车胤一囊萤。冉冉白云，夜半高遮千里月；澄澄碧水，宵中寒映一天星。

注释：

（1）醒：青韵读 xīng，迥韵读 xǐng，青韵迥韵同。这里读 xīng。

（2）佩紫对纡青：佩紫、纡青，都形容地位显赫。佩、纡都是佩戴的意思；紫、青都是系信印的丝带的颜色。

（3）蛱蝶：蝴蝶的一种。

（4）汀：水边平地。

（5）天台孙绰赋：东晋孙绰曾撰《游天台山赋》，自信其赋音节响亮，掷地有金石之声。天台山在浙江省临海市。

（6）剑阁孟阳铭：晋代张载，字孟阳，路过四川剑门关的剑阁时，曾作《剑阁铭》。

（7）传信子卿千里雁：子卿，汉代苏武的字。详见上平声"三江"注。

（8）照书车胤一囊萤：典出《晋书·车胤传》。车胤，字武子，家贫，他刻苦读书，晚上没有灯光，他就抓来萤火虫装在白色的纱袋中，利用萤光读书，最后成为一个博古通今的学者，并担任了太学的国子博士。

说明：本节涉及对仗中常用的颜色对、天文对、人名对、花鸟虫鱼走兽对、数字对等。

书对史，传对经，鹦鹉对鹡鸰。黄茅对白荻，绿草对青萍。风绕铎，雨淋铃，水阁对山亭。渚莲千朵白，岸柳两行青。汉代宫中生秀柞，尧时阶畔长祥蓂。一枰决胜，棋子分黑白；半幅通灵，画色间丹青。

注释：

（1）传对经：历来被奉为典范的著作称为经，如《周易》《尚书》《春秋》《诗经》《论语》等；解释经的著作叫作传。

（2）鹡（jí）鸰（líng）：一种鸟，也写作脊令（líng），常用来比作兄弟。《诗经·小雅·常棣》："脊令在原，兄弟急难（nán）。每有良朋，况也永叹（tān）。"

（3）荻：一种生长在水边的状如芦苇的多年生草本植物。

（4）风绕铎：风吹铃铛。相传唐朝岐王李范的宫中竹林里，悬挂成串的玉片，每闻玉片撞击声，便知有风，名为"占风铎"。

（5）雨淋铃：唐代教坊曲牌名，相传为唐玄宗在安史之乱中逃难入蜀，经剑阁栈道时，闻雨中铃声，于是怀念死去的杨贵妃而创，后来成为词牌调。柳咏的《雨霖铃·寒蝉凄切》最负盛名。

（6）汉代宫中生秀柞：相传汉代汉宫中有五柞连抱而生。

（7）尧时阶畔长祥蓂：传说尧时阶前生长出祥瑞的蓂草。

（8）丹青：古代绘画中常用的红色和青色的颜料，常用来借指绘画。"棋子分黑白"和"画色间丹青"，在意思和结构上是相对的，但"子"与"色"同为仄声，不是严格的平仄相对。

说明：本节涉及对仗中常用的颜色对、数字对、天文对、花鸟虫鱼走兽对、宫室对、草木对等。

教学拓展

故事链接：

屈原投江

强盛一时的楚国到了楚平王时，就渐渐衰落了。楚国大夫屈原多次劝楚怀王联齐抗秦，可是楚怀王不听，却听信接受秦国张仪贿

（huì）赂（lù）的靳尚和公子兰这一伙人的话，被秦王骗到秦国，扣押在咸阳，公元前296年死在秦国。太子横立为国君，就是楚顷襄王。他反倒重用靳尚、公子兰这批一味向秦国迁就让步、割地求和的人。屈原担心楚国要亡在这批人手里，心里非常苦闷。他不断地劝楚顷襄王远离小人，收罗人才，鼓励将士，操练兵马，为国家争气，替先王报仇。靳尚、公子兰就怕楚顷襄王反抗秦国，自己不能过好日子。于是他们勾结起来，在楚顷襄王跟前说屈原的坏话。楚顷襄王大怒，就把屈原放逐到楚之湘南（今湖南洞庭湖一带）。

屈原抱着救国救民的志向，一肚子的富国强兵的打算，反倒给排挤出去，他满腹忧愤，在洞庭湖边、汨（mì）罗江（在今湖南东北部）畔，边走边吟，形容憔悴，颜色枯槁，披头散发，骨瘦如柴。渔父劝他：“你何必这样呢？楚国人哪个不知道你是忠臣！你为什么不跟世人一样随波逐流呢？”屈原说：“楚王他们都糊涂，只有我清醒啊！我伤心的不是自己的遭遇，楚国弄到这个样子，我心里像刀割一般。我怎么能够眼看着国家的危险不管呢！只要能救楚国，就是叫我死一万次我也愿意。如今大王把我放逐到荒山野地，国家大事我没法去管，我的主张没处去说，我大声呼喊君王，君王也听不到。我痛苦得真要疯了。”于是作《离骚》《九歌》《九章》，抒发孤独忧愤之情。

屈原想立刻回郢都去，再劝楚王，事实上已没有可能。有人对他说：“你何必留在楚国受这份罪呢！”屈原说：“我怎能丢下家乡、扔了父母之邦啊！鸟飞倦了，想回到自己的老枝上去歇息；狐狸死了，头还向着自己生活过的土山！救国的道路多么漫长啊，我不能离开楚国，我要上下寻找救国之路！”

公元前278年，秦国派大将白起攻下了楚国的国都，屈原听到这个消息，伤心地放声大哭。这时他已经是六十二岁的老人了，他知道楚国已经没有希望了，可又不愿意眼看楚国被毁，自己的土地、

下平声

人民落在敌人手里，就在五月初五那一天，抱着一块大石头，投汨罗江以身殉国了。

人们划着船在江面上祭祀他，把竹筒子里的米饭撒在水里献给他，为屈原招魂。后来，人们把五月初五屈原投江的这一天称为端午节，也叫端阳节，把盛着米饭的竹筒改成粽子，把小船改为龙船，在江面上竞赛，用这样的方式来纪念屈原，并逐渐变成一种风俗。

囊萤映雪

晋代的车胤从小好学不倦，但因家境贫困，父亲无法为他提供良好的学习环境，没有多余的钱买灯油供他晚上读书。夏天的一个晚上，他正在院子里背一篇文章，忽然见许多萤火虫在低空中飞舞。一闪一闪的光点，在黑暗中显得有些耀眼。他想，如果把许多萤火虫集中在一起，不就成为一盏灯了吗？于是，他去找了一个白绢口袋，随即抓了几十只萤火虫放在里面，再扎住袋口，把它吊起来。虽然不怎么明亮，但还是可以勉强用来看书了。由于他勤学苦练，后来终于成了有名的学者。

同朝代的孙康情况也是如此。由于没钱买灯油，晚上不能看书，只能早早睡觉。他觉得让时间这样白白跑掉，非常可惜。一天半夜，他从睡梦中醒来，把头侧向窗户时，发现窗缝里透进一丝光亮，原来，那是大雪映出来的。孙康突然想到，这不正好可以利用它来看书嘛。于是他倦意顿失，立即穿好衣服，取出书籍，来到屋外。宽阔的大地上映出的雪光，比屋里要亮多了。孙康不顾寒冷，立即看起书来，手脚冻僵了，就起身跑一跑，同时搓搓手指。此后，每逢有雪的晚上，他都不放过这个好机会，孜孜不倦地读书。这种苦学的精神，促使他的学识突飞猛进，成为饱学之士。

后来人们就用"囊萤映雪"形容家境贫寒，刻苦读书。

阅读建议:《史记·屈原列传》《汉书·李广苏建传》《晋书·车胤传》

青韵本韵诗举例:

月夜忆舍弟　　杜甫

戍鼓断人行,边秋一雁声。露从今夜白,月是故乡明。

有弟皆分散,无家问死生。寄书长不达,况乃未休兵。

严中丞枉驾见过　　杜甫

元戎小队出郊坰,问柳寻花到野亭。

川合东西瞻使节,地分南北任流萍。

扁舟不独如张翰,白帽还应似管宁。

寂寞江天云雾里,何人道有少微星。

（少,读 shào。）

过零丁洋　　文天祥

辛苦遭逢起一经,干戈寥落四周星。

山河破碎风飘絮,身世浮沉雨打萍。

惶恐滩头说惶恐,零丁洋里叹零丁。

人生自古谁无死,留取丹心照汗青。

下平声

191

十　蒸

新对旧，降对升，白犬对苍鹰。葛巾对藜杖。涧水对池冰。张兔网，挂鱼罾，燕雀对鹓鹏。炉中煎药火，窗下读书灯。织锦逐梭成舞凤，画屏误笔作飞蝇。宴客刘公，座上满斟三雅爵；迎仙汉帝，宫中高插九光灯。

注释：

（1）罾（zēng）：一种用竹竿做支架的方形渔网。

（2）燕雀对鹓鹏：鹓，指鹓鸡，古书上指一种像鹤的鸡，黄白色，长颈赤喙。鹏，指大鹏鸟，传说为鲲鱼所化。《庄子·逍遥游》中说："北冥有鱼，其名为鲲，鲲之大，不知其几千里也；化而为鸟，其名为鹏，鹏之背，不知其几千里也。怒而飞，其翼若垂天之云。"这里是燕和雀对鹓和鹏的意思。

（3）织锦逐梭成舞凤：巧妇织锦，梭子飞快地往来，像凤凰舞蹈一般。

（4）画屏误笔作飞蝇：传说曹丕画屏风时，不慎落了个墨点，因巧作小蝇掩饰。孙权误以为是真的苍蝇，挥指弹驱。

（5）宴客刘公，座上满斟三雅爵：刘公指刘表，字景升，汉室宗亲，曾为荆州牧，东汉末年群雄之一。刘表宴客时准备三种酒杯，大的叫伯雅，中的叫仲雅，小的叫季雅，随客人的酒量选用。

（6）迎仙汉帝，宫中高插九光灯：汉武帝曾在宫中点燃九灯以迎接西王母的到来。

说明：本节涉及对仗中常用的颜色对、衣饰对、器物对、花鸟虫鱼走兽对、人名对、数字对、等。

儒对士，佛对僧，面友对心朋。春残对夏老，夜寝对晨兴。千里马，九霄鹏，霞蔚对云蒸。寒堆阴岭雪，春泮水池冰。亚父愤生撞（chuáng）玉斗，周公誓死作金縢。将军元晖，莫怪人讥为饿虎；侍中卢昶，难逃世号作饥鹰。

注释：

（1）霞蔚对云蒸：形容云霞绚烂，富有文彩。蔚，茂盛的样子；蒸，升腾的样子。

（2）亚父愤生撞玉斗：亚父，指项羽的谋士范曾，范曾和项羽曾定计在新丰鸿门设宴谋杀刘邦，并约定好以项羽摔杯为号。但项羽在宴席上听信了刘邦的解释，就不忍心动手了，范曾多次以自己所佩玉玦示意项羽下决心动手，项羽都无动于衷，范曾气愤之下，一剑撞碎了刘邦刚刚献给自己的一双玉斗，并且骂道："竖子！不足与谋，夺项王天下者，必沛公也。"典出《史记·项羽本纪》。撞，江韵读chuáng，绛韵读zhuàng，江韵绛韵同。这里读chuáng。

（3）周公誓死作金滕：周武王生病垂危，其胞弟周公姬旦把自身作为抵押，筑坛祈祷，欲以身代死，周公的赤诚感动天地，武王果然康复。史官将记录其事的资料藏在金滕之柜，不使世人知晓。武王死后，成王打开金滕，看到这些记载，深为周公忠诚为国的赤心所感动。滕，束裹、缄封。金滕，用金属束裹、缄封的柜。典出《尚书·金滕》。

（4）元晖：北魏的将军，贪婪专权，人称"饿虎将军"。

（5）卢昶：北魏的侍中，贪婪骄纵，人称"饥鹰侍中"。

"将军元晖"和"侍中卢昶"在意思和结构上是相对的，但在平仄上并不相对。

说明：本节涉及对仗中常用的数字对、器物对、花鸟虫鱼走兽对、节令对、数字对等。

规对矩，墨对绳，独步时同登。吟哦对讽咏，访友对寻僧。风绕屋，水襄陵，紫鹄对苍鹰。鸟寒惊夜月，鱼暖上春冰。扬子口中飞白凤，何郎鼻（bì，真韵）上集青蝇。巨鲤跃池，（翻）几重之密藻；颠猿饮涧，（挂）百尺之垂藤。

194

注释：

（1）规对矩：规，古代画圆的工具，类似现代的圆规；矩，古代画方的工具，类似现代的角尺。

（2）墨对绳：木工用来吊线的墨斗和线绳。

（3）水襄陵：大水漫上丘陵。北魏郦道元在《水经注·江水》中有"至于夏水襄陵，沿溯阻绝"之句。

（4）鹄hú：天鹅。鹄是入声字，属仄，读如户。如按现代音读hú，则紫鹄和苍鹰平仄不能相对。

（5）扬子口中飞白凤：汉代扬雄献《甘泉赋》，梦见口中吐出白凤。

（6）何郎鼻上集青蝇：三国时期魏国的吏部尚书何晏，梦见青蝇落在鼻端，管辂解其梦认为不祥，第二年果真被司马懿杀掉。鼻，古音属去声，寘韵，读bì；今音读bí，属平声。古今读音平仄不同了。这里应从古音读bì，若按今音读bí，则上下的平仄就不协调了。

（7）巨鲤跃池，（翻）几重之密藻：大鲤鱼从池塘里跳起来，要翻过好几重水藻。

（8）颠猿饮涧，（挂）百尺之垂藤：高处的猿猴到山涧饮水，要从长长的藤蔓上溜下来。

说明：本节涉及对仗中常用的数字对、器物对、人名对、花鸟虫鱼走兽对、草木对、颜色对等。

教 学 拓 展

故事链接：

燕雀安知鸿鹄之志

陈胜，字涉，秦末阳城（现河南平舆县阳城镇）人，是秦末农民起义领袖。陈涉年轻的时候，曾经同别人一起被雇佣耕地。有一天，陈涉停止耕作，走到田畔高地上休息，因失意而愤慨叹息了很久，说："如果有朝一日我们谁富贵了，可不要忘记老朋友啊。"雇工们笑着回答说："你是个被雇佣耕地的人，哪来的富贵呢？"陈涉长叹一声说："唉，燕雀怎么知道鸿鹄的志向呢！王侯将相，难道天生就是贵种吗？"

后来陈胜率众起义，反对暴秦，自称陈王，成为中国第一个农民起义领袖。

阅读建议:《三国志•刘表传》《史记•项羽本纪》

蒸韵本韵诗举例:

北青萝　　　李商隐

残阳西入崦，茅屋访孤僧。落叶人何在，寒云路几层。

独敲初夜磬，闲倚一枝藤。世界微尘里，吾宁爱与憎。

（崦，盐韵读 yān，琰韵读 yǎn，盐韵琰韵同，传说中山名，这里读 yǎn。）

将赴吴兴登乐游原　　　杜牧

清时有味是无能，闲爱孤云静爱僧。

欲把一麾江海去，乐游原上望昭陵。

十一　尤

○　　●　　●　　○　　●●　　○○　　○　　　　　○　　●●
荣对辱，喜对忧，夜宴对春游。燕（yān）关对楚水，

●●　　○○　　○●　　●○　　○●　　○○　　○○●
蜀犬对吴牛。茶敌睡，酒消愁，青眼对白头。马迁修史

●　　●●●　○○　　●●●●○　○○　　○○○●
记，孔子作春秋。适兴子猷常泛棹，思归王粲强（qiǎng）

○○　　●●●○　●●●○○●●　○○○●　●○
登楼。窗下佳人，妆罢重将金插鬓；筵前舞妓，曲终

●○●●○○
还要锦缠头。

注释：

（1）适兴子猷常泛棹：晋代王子猷乘兴雪夜访戴安道，至戴安道
门口而返，别人问他为什么不进去，他说："乘兴而来，兴尽而返，
何必见戴？"语见《世说新语·任诞》。

（2）思归王粲强（qiǎng）登楼：东汉末年山阳高平（今山东邹
城）人王粲，幼徙长安，后避难荆州依附刘表，多年不受重用，思归
作《登楼赋》，离开刘表而投靠曹操就立即受到了曹操的重用。

（3）锦缠头：古代歌舞伎表演完毕，客人常以罗锦相赠，称为"缠头"。杜甫《即事》诗有"笑时花近眼，舞罢锦缠头"之句，白居易《琵琶行》中有"五陵年少争缠头，一曲红绡不知数"之句。

说明：本节涉及到对仗中常用的国属对、数字对、地理对、人名对、花鸟虫鱼走兽对、颜色对、形体对等。

○ ● ● ○ ●● ○○ ○○ ●● ●● ○
唇对齿，角对头，策马对骑牛。毫尖对笔底，绮阁对雕

○ ○●● ●○○ ●● ○○ ◐○○○●
楼。杨柳岸，荻芦洲，语燕（yàn）对啼鸠。客乘金络

● ◐●●●○○ ●●●○○○●● ◐○○◐●●○
马，人泛木兰舟。绿野耕夫春举耜（sì），碧池渔父晚垂

○ ◐ ●●○○ ●●●○○●● ○○○●● ○○
钩。波浪千层，喜见蛟龙得水；云霄万里，惊看（kān）

◐●○○
雕鹗横秋。

注释：

（1）金络马：用黄金做笼头的马。

（2）木兰舟：用木兰树板材制造的船，是古人对木船的美称。唐代诗人李峤有"木兰为楫桂为舟"之句。

（3）耜：古代一种农具，形状像现在的铁锹。

（4）雕鹗：都是猛禽。雕，鸟类的一种，也叫秃鹫。鹗，一种背部褐色、头部和腹部白色的鱼鹰。杜甫《追酬故高蜀州人日见寄》诗有"潇湘水国傍鼋（yuán）鼍（tuó），鄠（hù）杜秋天失雕鹗"之句。

（5）看：寒韵读 kān，翰韵读 kàn，寒韵翰韵同。这里读 kān。

说明：本节涉及对仗中常用的形体对、数字对、花鸟虫鱼走兽对、文具对、宫室对、草木对、颜色对等。

庵对寺，殿对楼，酒艇对渔舟。金龙对彩凤，豮豕对童牛。王郎帽，苏子裘，四季对三秋。峰峦扶地秀，江汉接天流。一湾绿水渔村小，万里青山佛寺幽。龙马呈河，羲圣阐微（而）画卦；神龟出洛，禹王取法（以）陈畴。

注释：

（1）豮豕：豮（fén），雄性牲畜。豕（shǐ），猪。豮（fén）豕（shǐ），此指公猪。

（2）王郎帽：晋代王濛美貌，很多妇女都喜欢他，那些妇女看到他的帽子破了，就都想送他一顶新帽。

（3）苏子裘：战国时的苏秦游说秦国，其说不被采用，困顿狼狈，所穿黑貂之裘破旧不堪。

（4）江汉：长江和汉水。

（5）龙马呈河，羲圣阐微而画卦：相传龙马自黄河负图而出，伏羲因而获得灵感，画出了八卦。

（6）神龟出洛，禹王取法以陈畴：相传神龟自洛水负书而出，夏

下平声

199

禹根据洛书写成《洪范》。

说明：本节涉及对仗中常用的人名对、宫室对、器物对、衣饰对、花鸟虫鱼走兽对、节令对、数字对、颜色对等。

教学拓展

故事链接：

唇亡齿寒

春秋时期，晋国的近邻有虢（guó）、虞（yú）两个小国。晋国想吞并这两个小国，计划先打虢国。但晋军要前往虢国，必须先经过虞国。如果虞国出兵阻拦，甚至和虢国联合抗晋，晋国虽强，也将难以得逞。

晋国大夫荀息向晋献公建议："我们用屈地产的名马和垂棘出的美玉作为礼物，送给虞公，要求借道让我军通过，估计那个贪恋财宝的虞公会同意让我们借道。"晋献公说："这名马美玉是我们晋国的两样宝物，怎可随便送人？"荀息笑道："只要大事成功，宝物暂时送给虞公，还不是等于放在自己家里一样吗！"晋献公明白这是荀息的计策，便派他带着名马和美玉去见虞公。

虞国大夫宫之奇知道了荀息的来意，便劝虞公千万不要答应晋军借道的要求，说道："虢虞两国，一表一里，辅车相依，唇亡齿寒，如果虢国灭亡，我们虞国也就要保不住了！"这里的"辅"是指面颊，"车"是指牙车骨。面颊和牙车骨，是一表一里，互相依存的，所以叫作"辅车相依"。嘴唇和牙齿，也是表里相依的，嘴唇如果不存在了，牙齿失去掩庇，就要受寒，所以叫作"唇亡齿寒"，也叫"唇齿相依"。

可惜目光短浅、贪财无义的虞公，竟不听宫之奇的良言忠告，反而相信了晋国的阴谋欺骗，不但答应"借道"，而且愿意出兵帮助晋军，一同去打虢国。宫之奇预料虢国将亡，无法挽救，只得带着家小，趁早逃到曹国去了。

这样，晋献公在虞公的"慷慨帮助"下，轻而易举地把虢国灭亡了。晋军得胜回师，驻扎在虞国，说要歇息人马，暂住一晚。虞公也毫不戒备，晋军发动突然袭击，顺手牵羊就把虞国也灭亡了。虞公被俘，屈地产的名马和垂棘出的美玉，仍然回到了晋献公的手里。晋献公得意地说："马则吾马，齿亦老矣。"

唇亡齿寒这则成语的意思是：没有了嘴唇的遮挡，牙齿就会感到寒冷。用嘴唇和牙齿来比喻关系密切，有利同享，有难同当，互相依存，相依为命。

阅读建议：《左传·僖公五年》《庄子·秋水》《史记·晋世家第九》《史记·孔子世家》。

典出《左传·僖公五年》：

晋侯复假道于虞以伐虢。宫之奇谏曰："虢，虞之表也。虢亡，虞必从之。晋不可启，寇不可玩，一之谓甚，其可再乎？谚所谓'辅车相依，唇亡齿寒'者，其虞、虢之谓也。"公曰："晋，吾宗也，岂害我哉？"对曰："大伯、虞仲，大王之昭也。大伯不从，是以不嗣。虢仲、虢叔，王季之穆也，为文王卿士，勋在王室，藏于盟府。将虢是灭，何爱于虞？且虞能亲于桓、庄乎，其爱之也？桓、庄之族何罪，而以为戮，不唯逼乎？亲以宠逼，犹尚害之，况以国乎？"公曰："吾享祀丰洁，神必据我。"对曰："臣闻之，鬼神非人实亲，惟德是依。故《周书》曰：皇天无亲，德是辅。又曰：黍稷非馨，明德惟馨。又曰：民不易物，惟德繄物。如是，则非德，民不和，神不享矣。神所冯依，将在德矣。若晋取虞而明德以荐馨香，神其吐之乎？"弗听，许晋使。宫之奇以其族行，曰："虞不腊矣，在此行也，晋不更举矣。"

冬十二月丙子朔，晋灭虢，虢公丑奔京师。师还，馆于虞，遂袭虞，灭之，执虞公及其大夫井伯（即百里奚），以媵秦穆姬。而修虞祀，且归其职贡于王。

故书曰："晋人执虞公。"罪虞，且言易也。

典出《左传·哀公八年》：

夫鲁，齐晋之唇，唇亡齿寒，君所知也。

典出《吕氏春秋·权勋》：

昔者，晋献公使荀息假道于虞（yú）以伐虢（guó）。荀息曰："请以垂棘（jí）之璧与屈产之乘，以赂（lù）虞公而求假道焉，必可得也。"献公曰："夫垂棘之璧，吾先君之宝也；屈产之乘，寡人之骏也。若受吾币而不吾假道，将奈何？"荀息曰："不然，彼若不吾假道，必不吾受也；若受我而假我道，是犹取之内府而藏之外府也，犹取之内皂而著（zhuó）之外皂也。君奚患焉！"献公许之，乃使荀息以屈产之乘为庭实，而加以垂棘之璧，以假道于虞而伐虢。

虞公滥于宝与马而欲许之。宫之奇谏曰："不可许也。虞之与虢也，若车之有辅也。车依辅，辅亦依车，虞虢之势是也。先人有言曰：'唇竭而齿寒。'夫（fú）虢之不亡也，恃（shì）虞；虞之不亡也，亦恃虢也。若假之道，则虢朝亡而虞夕从之矣，奈何其假道之也！"虞公弗听而假之道。荀息伐虢，克之；还，反攻虞，又克之。荀息操璧牵马而报。献公喜曰："璧则犹是也，马齿亦薄长矣！"故曰："小利，大利之残也。"

注：皂，即古厩字，读 jiù，马圈。

典出《史记·晋世家第九》：

是岁也，晋复假道于虞以伐虢。虞之大夫宫之奇谏虞君曰："晋不可假道也，是且灭虞。"虞君曰："晋我同姓，不宜伐我。"宫之奇曰："太伯、虞仲，太王之子也，太伯亡去，是以不嗣。虢仲、虢叔，王季之子也，为文王卿士，其记勋在王室，藏于盟府。将虢是灭，何爱于虞？且虞之亲能亲于桓、庄之族乎？桓、庄之族何罪，尽灭之。虞之与虢，唇之与齿，唇亡则齿寒。"虞公不听，遂许晋。宫之奇以其族去虞。其冬，晋灭虢，虢公丑奔周。还，袭灭虞，虏虞公及其大夫井伯百里奚以媵 yìng 秦穆姬，而修虞祀。荀息牵曩 nǎng 所遗虞屈产之乘马奉之献公，献公笑曰："马则吾马，齿亦老矣。"

尤韵本韵诗举例：

黄鹤楼　　　崔颢

昔人已乘黄鹤去，此地空余黄鹤楼。
黄鹤一去不复返，白云千载空悠悠。
晴川历历汉阳树，芳草萋萋鹦鹉洲。
日暮乡关何处是？烟波江上使人愁。

渡荆门送别　　　李白

渡远荆门外，来从楚国游。山随平野尽，江入大荒流。
月下飞天镜，云生结海楼。仍怜故乡水，万里送行舟。

登金陵凤凰台　　　李白

凤凰台上凤凰游，凤去台空江自流。

吴宫花草埋幽径，晋代衣冠成古丘。

三山半落青天外，二水中分白鹭洲。

总为浮云能蔽日，长安不见使人愁。

黄鹤楼送孟浩然之广陵　　　李白

故人西辞黄鹤楼，烟花三月下扬州。

孤帆远影碧空尽，唯见长江天际流。

秋兴八首之六　　　杜甫

瞿唐峡口曲江头，万里风烟接素秋。

花萼夹城通御气，芙蓉小苑入边愁。

朱帘绣柱围黄鹤，锦缆牙樯起白鸥。

回首可怜歌舞地，秦中自古帝王州。

登岳阳楼　　　杜甫

昔闻洞庭水，今上岳阳楼。吴楚东南坼，乾坤日夜浮。

亲朋无一字，老病有孤舟。戎马关山北，凭轩涕泗流。

旅夜书怀　　　杜甫

细草微风岸，危樯独夜舟。星垂平野阔，月涌大江流。

名岂文章著，官应老病休。飘飘何所似，天地一沙鸥。

山居秋暝　　　王维

空山新雨后，天气晚来秋。明月松间照，清泉石上流。

竹喧归浣女，莲动下渔舟。随意春芳歇，王孙自可留。

和贾至舍人早朝大明宫之作　　　王维

绛帻鸡人报晓筹，尚衣方进翠云裘。
九天阊阖开宫殿，万国衣冠拜冕旒。
日色才临仙掌动，香烟欲傍衮龙浮。
朝罢须裁五色诏，佩声归到凤池头。

安定城楼　　　李商隐

迢递高城百尺楼，绿杨枝外尽汀洲。
贾生年少虚垂涕，王粲春来更远游。
永忆江湖归白发，欲回天地入扁舟。
不知腐鼠成滋味，猜意鹓雏竟未休。

马嵬　　　李商隐

海外徒闻更九州，他生未卜此生休。
空闻虎旅鸣宵柝，无复鸡人报晓筹。
此日六军同驻马，当时七夕笑牵牛。
如何四纪为天子，不及卢家有莫愁？

西塞山怀古　　　刘禹锡

王濬楼船下益州，金陵王气黯然收。
千寻铁锁沉江底，一片降幡出石头。
人世几回伤往事，山形依旧枕寒流。
今逢四海为家日，故垒萧萧芦荻秋。

闺怨　　　王昌龄

闺中少妇不知愁，春日凝妆上翠楼。
忽见陌头杨柳色，悔教夫婿觅封侯。

（教，读 jiāo，肴韵。）

同题仙游观　　　韩翃

仙台初见五城楼，风物凄凄宿雨收。
山色遥连秦树晚，砧声近报汉宫秋。
疏松影落空坛静，细草香生小洞幽。
何用别寻方外去，人间亦自有丹丘。

自嘲　　　鲁迅

运交华盖欲何求？未敢翻身已碰头。
破帽遮颜过闹市，漏船载酒泛中流。
横眉冷对千夫指，俯首甘为孺子牛。
躲进小楼成一统，管他冬夏与春秋。

（过，读 guō。）

十二　侵

○　●　●　○　●●　○○　◐○　◑●　●●　　○
眉对目，口对心，锦瑟对瑶琴。晓耕对寒钓，晚笛对秋

○　○●●　●○○　●●　○○　○○○●●　◑●
砧。松郁郁，竹森森，闵损对曾参。秦王亲击缶，虞帝

●○○　◐○○◑○　○○●●　◑○◑●●○○　●●●○
自挥琴。三献卞和尝泣玉，四知杨震固辞金。寂寂秋

○　●●●○○●●　○○◐●　◑○◑●●○○
朝，庭叶因霜摧嫩色；沉沉春夜，砌花随月转清阴。

注释：

（1）闵损对曾参：闵损和曾参都是以孝行著称的孔子弟子。

（2）秦王亲击缶：秦王亲手敲瓦罐。《战国策》载，秦赵会于渑
池，秦王令赵王亲鼓瑟，蔺相如设计迫使秦王亲击缶，维护了赵国
尊严。

（3）虞帝自挥琴：传说虞舜曾挥五弦琴而歌，以求风调雨顺，造
福百姓。

（4）三献卞和尝泣玉：春秋时期楚国人卞和发现了一块璞玉，三
次献给楚厉王、楚武王、楚文王，结果两次被断足，都被认为欺诈，
他抱玉哭于荆山之下。后来楚文王使人加工，果然是块稀世宝玉，世

称和氏璧。

（5）四知杨震固辞金：杨震为东莱太守时，有人趁黑夜送他金子，他拒不接受，来人说这事不会有人知道，杨震说："天知，神知，我知，子知，怎么说无人知道呢？"

说明：本节涉及对仗中常用的形体对、器物对、花鸟虫鱼走兽对、草木对、人名对、天文对、数字对等。

前对后，古对今，野兽对山禽。犍牛对牝马，水浅对山深。曾点瑟，戴逵琴，璞玉对浑金。艳红花弄色，浓绿柳敷阴。不雨汤王方剪爪，有风楚子正披襟。书生（惜）壮岁韶华，寸阴尺璧；游子（爱）良宵光景，一刻千金。

注释：

（1）犍牛：阉割过的公牛。

（2）牝马：母马。

（3）曾点瑟：有一次孔子问弟子志向，轮到曾点时他弹瑟正近尾声，铿的一声将瑟放下，说出了与众不同的高远的大同境界，深获孔子赏识。典出《论语·侍坐》。

（4）戴逵琴：东晋人戴逵善于弹琴，武陵王司马晞一次召他弹琴，他当着使者的面摔坏了琴，表示不为王门伶人。

（5）璞玉对浑金：璞玉，没有经过雕琢的玉石，与"浑金"（没有经过提炼的金）相对。西晋的山涛为人仁厚稳重，人拟为璞玉浑金。

（6）不雨汤王方剪爪：商汤时天大旱，汤王剪下头发与指甲，祈祷于桑林，并诚恳自责，天果然降雨。

（7）有风楚子正披襟：楚襄王游于兰台之宫，有风飒然而至，楚王披襟当之，高兴地说："快哉，此风也！"

（8）韶华：美丽的春光，比喻美好的青年时代。

（9）寸阴尺璧：每一寸光阴像一尺长的玉璧一样宝贵。璧，一种玉器，扁平，圆形，中间有小孔。

（10）一刻千金：短短的一刻时间，价值也非常珍贵。苏轼诗有"春宵一刻值千金"之句。

说明：本节涉及对仗中常用的方位对、花鸟虫鱼走兽对、地理对、天文对、人名对、器物对、颜色对、数字对等。

丝对竹，剑对琴，素志对丹心。千愁对一醉，虎啸对龙吟。子罕玉，不疑金，往古对来今。天寒邹吹（chuì，寘韵，支韵异）律，岁旱傅为霖。渠说子规为帝魄，侬知孔雀是家禽。屈子沉江，处处舟中争系粽；牛郎渡渚，家家台上竞穿针。

注释：

（1）丝对竹：丝竹是琴、瑟、箫、笛等乐器的总称。丝指弦乐器类，竹指管乐器类。

下平声

（2）素志对丹心：素志，平素的志向、抱负。丹心，赤诚的心。素与丹是颜色对。

（3）子罕玉：春秋时，有人送宋国大夫子罕宝玉，他不收，说："你以玉为宝，我以不贪为宝。如果我收了你的玉，咱们二人就都丧失了宝物。"

（4）不疑金：汉代有一个叫直不疑的宫廷侍卫，被人怀疑偷金，他就去买了金子偿还给这个人，后来这个人找到了金子，深感惭愧。

（5）天寒邹吹（chuì）律：战国时期燕国天寒，庄稼不生，邹衍吹律，天气转暖，万物复生。邹衍，战国时期阴阳家。律，古代用来定音的律管。吹，真韵chuì，支韵chuī，真韵支韵异。这里读chuì。

（6）岁旱傅为霖：商王武丁以傅说为相，并且说："天若大旱，好以你为甘霖。"意思是说国家有难，要依靠傅说渡过难关。

（7）渠说子规为帝魄：他说杜鹃鸟是望帝杜宇的精魄。渠，他。见上平声"十一元""蜀鸟"注。

（8）侬知孔雀是家禽：我知道孔雀是你们的家禽。

（9）屈子沉江，处处舟中争系粽：传说屈原五月初五沉江，人们做粽子来悼念他，后来变化为吃粽子，此习相沿至今。

（10）牛郎渡渚，家家台上竞穿针：相传七月七日为牛郎织女相会的日子，唐宫中此晚做高台，准备瓜果，宫女在暗处穿针，称为乞巧。

说明：本节涉及对仗中常用的器物对、颜色对、数字对、花鸟虫鱼走兽对、人名对等。

杨震辞金

山东巨野县的昌邑集一带，东汉属山阳郡所辖，称昌邑县。汉安帝永初五年，在昌邑县城内，发生了一件"杨震辞金"的故事。杨震是东汉时期的名儒，今陕西省华阴县人。他勤奋好学，通晓诸经，誉满天下。他教过20年的书，也做过官。可以说桃李满天下，被当世人誉为"关西孔子"。

东汉安帝（107—125）在位时，品学兼优的杨震被当时掌握朝政大权的大将军邓骘所看重，诚邀其入仕，为国效力。杨震从政后，为官清廉，政绩卓著，多次得到提拔升迁。在任荆州刺史期间，杨震推荐了颇有才华的王密作了昌邑知县。几年之后，杨震去东莱赴任时，途经昌邑，王密得知，执意要来拜见。为了避免引起不必要的麻烦，他特意在夜深人静时来见杨震，并奉上黄金十斤，以答谢其知遇之恩。杨震见状，勃然大怒："以前我深知你的为人，认为你德才兼备，才荐你为县令，可是现在你为什么不了解我的做人准则呢？"王密低声说："我感谢大人惜才用才的恩德，只是无以图报。现在正是夜幕时分，黑夜中绝对不会有人知道，大人尽管放心收下。"杨震正色说道："怎会没有人知道？天知，神知，你知，我知。何为不知？为官一任，就要造福一方百姓，应以清廉为本。如果认为没有人知道就可以收受贿赂，这不是伤天害理、欺世盗名吗？你不该辜负我对你的期望，请你把这些东西拿回去吧！"一席话说得王密满面羞惭，无地自容，只好收拾起黄金，悄悄地退了出来。

为了纪念杨震，昌邑的老百姓修了"四知堂"，建立了杨震庙和纪念塔，后来又立了"杨震辞金碑"。

下平声

211

阅读建议:《庄子·秋水》《史记·晋世家第九》《史记·廉颇蔺相如列传》

典出《后汉书·杨震传》:

大将军邓骘闻其贤而辟之,举茂才,四迁荆州刺史、东莱太守。当之郡,道经昌邑,故所举荆州茂才王密为昌邑令,谒见,至夜怀金十斤以遗震。震曰:"故人知君,君不知故人,何也?"密曰:"暮夜无知者。"震曰:"天知,神知,我知,子知。何谓无知!"密愧而出。后转涿郡太守。性公廉,不受私谒。子孙常蔬食步行,故旧长者或欲令为开产业,震不肯,曰:"使后世称为清白吏子孙,以此遗wèi之。不亦厚乎!"

侵韵本韵诗举例:

秋兴八首之一　　　杜甫

玉露凋伤枫树林,巫山巫峡气萧森。
江间波浪兼天涌,塞上风云接地阴。
丛菊两开他日泪,孤舟一系故园心。
寒衣处处催刀尺,白帝城高急暮砧。

登楼　　　杜甫

花近高楼伤客心,万方多难此登临。
锦江春色来天地,玉垒浮云变古今。
北极朝廷终不改,西山寇盗莫相侵。
可怜后主还祠庙,日暮聊为梁甫吟。

蜀相　　杜甫

丞相祠堂何处寻？锦官城外柏森森。

映阶碧草自春色，隔叶黄鹂空好音。

三顾频烦天下计，两朝开济老臣心。

出师未捷身先死，长使英雄泪满襟！

春望　　杜甫

国破山河在，城春草木深。感时花溅泪，恨别鸟惊心。

烽火连三月，家书抵万金。白头搔更短，浑欲不胜簪。

（簪，侵韵读 zēn，覃韵读 zān，侵韵覃韵同。这里属侵韵，读
zēn。胜，读 shēng。）

酬张少府　　王维

晚年唯好静，万事不关心。自顾无长策，空知返旧林。

松风吹解带，山月照弹琴。君问穷通理，渔歌入浦深。

与诸子登岘山　　孟浩然

人事有代谢，往来成古今。江山留胜迹，我辈复登临。

水落鱼梁浅，天寒梦泽深。羊公碑字在，读罢泪沾襟。

题破山寺后禅院　　常建

清晨入古寺，初日照高林。曲径通幽处，禅房花木深。

山光悦鸟性，潭影空人心。万籁此俱寂，惟余钟磬音。

（俱，读 jū，虞韵。）

下平声

213

赠阙下裴舍人　　钱起

二月黄鹂飞上林，春城紫禁晓阴阴。

长乐钟声花外尽，龙池柳色雨中深。

阳和不散穷途恨，霄汉长悬捧日心。

献赋十年犹未遇，羞将白发对华簪。

（簪，侵韵读 zēn，覃韵读 zān，侵韵覃韵同。这里属侵韵，读 zēn。）

嫦娥　　李商隐

云母屏风烛影深，长河渐落晓星沉。

嫦娥应悔偷灵药，碧海青天夜夜心。

十三 覃

○　●　●　○　●●　○○　○○　○●　●●　○
千对百，两对三，地北对天南。佛堂对仙洞，道院对禅

○　○●●　●●○　●●　○○　○○　○●　●●
庵。山泼黛。水浮蓝，雪岭对云潭。凤飞方翙翙，虎视

●○○　○●●○○●　●●　○○○●●●○○　●●○
已眈眈。窗下书生时讽咏，筵前酒客日醺酣。白草满

○　●●　○○○●　○●○●●○　○○　○●　○○
郊，秋日（牧）征人之马；绿桑盈亩，春时（供）农妇

○○
之蚕。

注释：

（1）黛：古代女子用来画眉的青黑色颜料。这里指青色。

（2）翙（huì）翙：鸟飞动之声。《诗经》："凤凰于飞，翙翙
其羽"。

（3）眈眈：形容目光像老虎那样凶猛地注视着。眈眈，眼睛
注视。

（4）醺酣：饮酒尽兴。

（5）盈亩：满地。盈，充满。亩，田亩，田地。

说明：本节涉及对仗中常用的数字对、方位对、器物对、宫室对、花鸟虫鱼走兽对、节令对、草木对、颜色对等

将对欲，可对堪，德被对恩覃。权衡对尺度，雪寺对云庵。安邑枣，洞庭柑，不愧对无惭。魏征能直谏，王衍善清谈。紫梨摘去从山北，丹荔传来自海南。攘（阳韵 ráng）鸡（非）君子所为，但当月一；养狙（jù）（是）山公之智，止用朝三。

注释：

（1）德被对恩覃：德被，仁德普施。恩覃，恩泽广布。

（2）权衡对尺度：权，秤锤；衡，秤杆；尺度，测量长度的标准。

（3）安邑枣：安邑，地名，在山西运城，古代以产枣闻名。

（4）洞庭柑：洞庭湖在古代盛产柑橘。

（5）魏征能直谏：魏征是唐太宗时期的大臣，以直言敢谏而著称。谏，规劝别人改正错误。

（6）王衍善清谈：西晋大臣王衍，常执玉柄麈尾，喜欢没有实际内容的清谈。清谈，也称清言、玄谈，指魏晋之间盛行的一种崇尚老庄虚无、不切实际的言谈。

（7）紫梨摘去从山北：《洞冥记》载："涂山之北有梨，大如斗，色紫，千年一花。"

（8）丹荔：红色的荔枝。

（9）攘（ráng）鸡非君子所为，但当月一：偷鸡既已非君子所为，怎能用每月减少偷鸡的办法来改正呢。《孟子》记载：有个小偷每天都偷邻居家的鸡，有人对他说这不是君子的行为。小偷说："请允许我减少偷鸡的次数，先每月偷一只鸡，再每年偷一只鸡，最后就停止不偷了。"攘，阳韵ráng，养韵读rǎng，阳韵养韵异。这里读ráng。

（10）养狙是山公之智，止用朝三：狙，一种体型较小的猴。《庄子·齐物论》记载：狙公养猴，分给猴子栗子，早晨三个晚上四个，众猴皆怒；后改为早晨四个晚上三个，众猴都很高兴。狙，古音属去声，御韵，读jù；今音属平声，读jū。古今读音平仄不同了。这里应从古音读jù，若按今音读jū，则上下的平仄就不协调了。

说明：本节涉及对仗中常用的天文对、器物对、宫室对、草木对、数字对、颜色对等

中对外，北对南，贝母对宜男。移山对浚井，谏苦对言甘。千取百，二为三，魏尚对周堪。海门翻夕浪，山市拥（yǒng，肿韵）晴岚。新缔直投公子纻，旧交犹脱馆人骖。文达淹通，已咏冰兮寒过水；永和博雅，可知青者胜于蓝。

下平声

注释：

（1）贝母对宜男：贝母，一种多年生草本植物，可入药。宜男，宜男草，即萱草，据说妇女佩戴可生男孩。

（2）浚井：疏通、挖掘井。

（3）谏苦对言甘：忠谏的话听起来逆耳，拍马的话听起来甘甜。

（4）千取百：千乘之家剥削百乘之家。《孟子·梁惠王上》："万乘之国，弑其君者，必千乘之家。千乘之国，弑其君者，必百乘之家。万取千焉，千取百焉，不为不多矣。"

（5）二为三：《老子·第四十二章》："道生一，一生二，二生三，三生万物。万物负阴而抱阳，冲气以为和。"一是混沌的状态，阴阳未分；二是混沌分化成阴阳二气；三是阴阳二气交感，阴阳交感而生万物。

（6）魏尚对周堪：魏尚、周堪西汉时期人，魏尚曾为云中太守，周堪曾讲经于石渠阁。魏尚事见《史记·冯唐张释之列传》。周堪事见《汉书·儒林传第五十八》。

（7）拥：古音属上声，肿韵，读 yǒng；今音属平声，读 yōng。古今读音平仄不同了。这里应从古音读 yǒng，若按今音读 yōng，则上下的平仄就不协调了。

（8）新缔直投公子纻：春秋时期吴国的季扎初次见到郑国的子产，二人一见如故，季扎赠子产缟带，子产回赠季扎纻麻衣。缔，结交。纻，纻麻织成的衣服。

（9）旧交犹脱馆人骖：孔子去卫国时，遇到过去所住旅馆的主人办丧事，就让子贡脱右骖帮助办理丧事。右骖，拉车外套之马。

（10）文达淹通，已咏冰兮寒过水：唐代青年学者盖文达师从刘焯，后来精通经史，远胜于刘焯。有人赞叹道："冰生于水而寒于水。"淹，精深。

（11）永和博雅，可知青者胜于蓝：永和，李谧的字。南北朝时

218

李谧起初师从孔璠，数年后孔璠反过来向李谧请教。人们赞叹道："青成蓝，蓝谢青，师何常，在明经。"青，从蓝草中提取的青蓝色颜料。蓝，即蓼蓝，一年生草本植物，可从叶子中提取蓝色染料。《荀子·劝学》有"青，出于蓝，而胜于蓝；冰，水为之，而寒于水"之句。

说明：本节涉及对仗中常用的方位对、地理对、草木对、数字对等。

教学拓展

故事链接：

朝三暮四

宋国有一个养猴人，叫狙公，里家养了一大群猴子。他也可以与猴子们沟通交流，宁可减少全家的食物，也要满足猴子的要求。然而过了不久，家里越来越穷困了，打算减少给猴子的栗子，但又怕猴子不同意，就先骗猴子说："给你们的栗子，早上三个晚上四个，够了吗？"猴子一听，都站了起来，十分恼怒。过了一会儿，他又说："给你们栗子，早上四个，晚上三个，这该够吃了吧？"猴子听了，一个个都趴在地上，非常高兴。

阅读建议：《庄子·齐物论》《史记·冯唐张释之列传》

下平声

覃韵本韵诗举例：

楼上 　　　杜甫

天地空搔首，频抽白玉簪。皇舆三极北，身事五湖南。

恋阙劳肝肺，论材愧杞楠。乱离难自救，终是老湘潭。

（簪，覃韵读 zān，侵韵读 zēn，覃韵侵韵同。这里属覃韵，读 zān。）

十四　盐

悲对乐，爱对嫌，玉兔对银蟾。醉侯对诗史，眼底对眉

尖。风飙飙，雨绵绵，李苦对瓜甜。画堂施锦帐，酒市

舞青帘。横槊赋诗传孟德，引壶酌酒尚陶潜。两曜迭

明，（日）东升（而）月西出；五行式序，（水）下润

（而）火上炎。

注释：

（1）玉兔对银蟾：传说月宫中有玉兔和银蟾，所以就用玉兔和银蟾作为月亮的代称。

（2）醉侯：借指特别喜欢喝酒的人。唐代诗人皮日休有"他年谒帝言何事，请赠刘伶为醉侯"的诗句。

（3）诗史：唐代诗人杜甫善将时事写入诗中，人称诗史。

（4）风飙飙：大风之声，与"习习"（微风和煦的样子）不同。

221

（5）青帘：青色的酒旗。

（6）横槊赋诗传孟德：曹操字孟德，赤壁之战前，曾横槊赋诗。槊，一种古代兵器，类似长矛。

（7）引壶酌酒尚陶潜：陶潜即陶渊明，其在《归去来兮辞》中有"引壶觞以自酌"的句子。酌，饮。尚，崇尚。

（8）两曜迭明，日东升而月西出：日月交替明亮，日从东边出而月从西边出。两曜，指太阳和月亮。迭，轮流交替。

（9）五行式序，水下润而火上炎：五行指金、水、木、火、土。金生水，水生木，木生火，火生土，土生金；金克木，木克土，土克水，水克火，火克金。五行式序，有条不紊。水润其下者，而火炎其上者。水流湿，火就燥。

说明：本节涉及对仗中常用的形体对、天文对、花鸟虫鱼走兽对、器物对、人名对等。

如对似，减对添，绣幕对朱帘。探（tān，覃韵）珠对献玉，鹭立对鱼潜。玉屑饭，水晶盐，手剑对腰镰。燕巢依邃阁，蛛网挂虚檐。夺槊至三唐敬德，弈棋第一晋王恬。南浦客归，湛湛春波千顷净；西楼人悄，弯弯夜月一钩纤。

222

注释：

（1）探（tān）珠：探取宝珠。《庄子·列御寇》：价值千金的宝珠，一定藏于深渊之中骊龙的颔下。

（2）献玉：献上宝玉。

（3）玉屑饭：以玉屑入饭，传说可以益寿延年。

（4）水晶盐：非常精细的盐。

（5）手剑：握着剑。

（6）腰镰：佩着镰。

（7）夺槊至三唐敬德：唐代开国名将尉迟恭，字敬德，与唐太宗之弟齐王李元吉比武，曾三次夺下李元吉手中的长矛。

（8）弈棋第一晋王恬：东晋王恬善下棋，酒后自称天下第一。弈棋，下围棋。

说明：本节涉及对仗中常用的数字对、器物对、花鸟虫鱼走兽对、方位对等。

○ ● ● ○ ●● ○○ ○○ ●● ●● ○
逢对遇，仰对瞻，市井对闾阎。投簪对结绶，握发对掀

○ ○●● ●○○ ●● ○○ ○○○●● ●●
髯。张绣幕，卷珠帘，石碏对江淹。宵征方肃肃，夜饮

●○○
已厌厌（yān，盐韵，安也）。心褊小人长戚戚，礼多君

●●○○ ● ●●○○ ●●○●● ●○●●
子屡谦谦。美刺殊文，（备）三百五篇诗咏；吉凶异画，

●●●●○○
（变）六十四卦爻占（zhān）。

注释：

（1）闾阎：一般市民居住的地方，泛指民间。

（2）投簪：扔掉官饰，指辞去官职。

（3）结绶：用丝带系住印组，指做官。

（4）握发：指洗完头用手挽着头发，形容非常忙。传说周公一沐三握发，一饭三吐哺，恐失天下士人之心。洗头称沐，洗澡称浴。

（5）掀髯：撩起胡须。

（6）石碏对江淹：石碏，春秋时期卫国大夫，其子与人谋杀国君，他大义灭亲，杀了儿子。江淹，南朝梁代文学家。

（7）宵征方肃肃：夜行的队伍军容整肃。肃肃，整肃的样子。

（8）夜饮已厌厌：夜饮更深，酒阑歌罢，渐渐安静下来了。厌厌，安静的样子。厌，盐韵，读yān，今读yàn。这里读yān。繁体字中的"猒、厌、懕、饜"四字本各不相同，而简化字将其合并为一个"厌"字，这为我们正确理解原文的本意设置了不小的障碍。这里的"厌"，本应是"懕"字之意，读yān。清人汤文璐编纂的《诗韵合璧》对"懕"字的解释是：懕懕，安也；对"猒"字的解释是：饱也，盐韵，此时的"猒"通作"厌"，读yān；而"厌"字在艳韵中读作yàn，在盐韵中读作yān，今作"厌"，厌弃之意；"饜"字在盐韵中读yān，在艳韵中读yàn，盐韵艳韵同，饱食也，今亦写作"厌"。

（9）心褊小人长戚戚：心胸狭窄的小人，时常忧心忡忡。《论语》有"君子坦荡荡，小人长戚戚"的句子。褊，狭小。小人，古代指地位低下或人格卑下的人。戚戚，忧伤的样子。

（10）美刺殊文，备三百五篇诗咏：美，赞美。刺，批评。殊，不同。《诗经》中305篇诗歌，赞美和讽刺各有不同。

（11）吉凶异画，变六十四卦爻占（zhān）：吉凶不同的卦象，都由阴爻和阳爻的组合变化而成的六十四卦来体现。阴爻阳爻是《易

经》的基本符号，三爻为一卦，三爻错落，可以形成八个不同的基本卦象，即☰乾代表天，☷坤代表地，☶艮代表山，☱兑代表泽，☵坎代表水，☲离代表火☳震代表雷，☴巽代表风。八个基本卦象任意两两组合，即构成六十四卦。占，盐韵读 zhān，艳韵读 zhàn，盐韵艳韵异。这里读 zhān。

"三百五篇诗咏"和"六十四卦爻占"在意思和结构上是相对的，但在平仄上不能相对。

说明：本节涉及对仗中常用的数字对、器物对、形体对、人名对等。

教学拓展

故事链接：

横槊赋诗

曹操平定了北方割据势力，控制了朝政。又亲率八十三万大军，直达长江北岸，准备渡江消灭孙权和刘备，进而统一全国。建安十三年（208），冬十一月十五日，天气晴朗，风平浪静，曹操下令："今晚在大船上摆酒设乐，款待众将。"到了晚上，明月如镜，长江宛如一条横飘的素带，船上众将，个个锦衣绣袄，很是威风。曹操告诉众将官："我自起兵以来，为国除害，扫平四海，使天下太平。现在只有南方还没有安定，今天请你们来，为我统一中国同心协力，日后天下太平，我们共享荣华富贵。"文武们都站起来道谢，曹操非常高兴，先以酒酹奠长江，随后满饮三大杯。并横槊告诉众将说："我拿此槊破黄巾，擒吕布、灭袁术、收袁绍，深入塞北，直达辽东，驰骋天下，颇不负大丈夫之志。值此良辰美景，我作歌，你们依歌而和之。"于是歌曰：

对酒当歌，人生几何。

譬如朝露，去日苦多。

慨当以慷，忧思难忘。

何以解忧，惟有杜康。

青青子衿，悠悠我心。

但为君故，沉吟至今。

呦呦鹿鸣，食野之苹。

我有嘉宾，鼓瑟吹笙。

明明如月，何时可辍。

忧从中来，不可断绝。

越陌度阡，枉用相存。

契阔谈宴，心念旧恩。

月明星稀，乌鹊南飞。

绕树三匝，何枝可依。

山不厌高，水不厌深。

周公吐哺，天下归心。

歌罢，刺史刘馥说，此歌不吉。曹操酒兴正浓，横槊问道："吾言有何不吉?"馥曰："'月明星稀，乌鹊南飞。绕树三匝，何枝可依。'此不吉之言也。"曹操闻言大怒，手起一槊，刺死刘馥。果然曹操乐极生悲，赤壁一战，损兵折将，苍皇北遁，败走华容，险些丧了性命。

阅读建议：《庄子·秋水》《史记·晋世家第九》《史记·孔子世家》

盐韵本韵诗举例：

蜂　　罗隐

不论平地与山尖，无限风光尽被占。

采得百花成蜜后，为谁辛苦为谁甜。

（论，读 lún，元韵。占，盐韵读 zhān。艳韵读 zhàn。盐韵艳韵异。这里属盐韵，读 zhān。）

送张十二参军赴蜀州因呈杨五侍御　　杜甫

好去张公子，通家别恨添。两行秦树直，万点蜀山尖。

御史新骢马，参军旧紫髯。皇华吾善处，于汝定无嫌。

十五　咸

○　●　●　○　●●　○○　○○　●●　●●　○
清对浊，苦对咸，一启对三缄。烟蓑对雨笠，月榜对风

○　○●●　●　○○　●●　○　○○○●●　●●
帆。莺睨睆，燕呢喃，柳杞对松杉。情深悲素扇，泪痛

●○○　●●●○●○○　●　●○●○●○○　●●
湿青衫。汉室既能分四姓，周朝何用叛三监。破的（而）

●　　　　○○　○○●●　●○　●○●
探（tān，覃韵）牛心，豪矜王济；竖竿（以）挂犊

●　　　●○●○○
鼻（bì，寘韵），贫笑阮咸。

注释：

（1）三缄：即"三缄其口"，形容说话谨慎。缄，封闭。孔子入周朝太庙，见有铜人的嘴被封了几层，背后还刻着"古之慎言人也"，就表示应学铜人之慎言。

（2）月榜：半月形的船桨。榜，船桨。榜，此处读bàng。

（3）睨（xiàn）睆（huàn）：睨，指眼睛不敢睁大的样子。睆，指眼睛明亮的样子。此处形容莺眼圆转明亮。

（4）情深悲素扇：妃子担心君王变心。汉成帝妃子班婕妤《怨歌

228

行》诗："常恐秋节至，凉风夺炎热。弃捐箧笥中，思情中道绝。"

（5）泪痛湿青衫：同情落难者而潸然泪下，沾湿衣襟。白居易《琵琶行》诗："座中泣下谁最多，江州司马青衫湿。"

（6）汉室既能分四姓：东汉有外戚樊、郭、阴、马四姓。

（7）周朝何用叛三监：周武王派他的三个弟弟管叔、蔡叔、霍叔分治殷商之国，监视商纣的儿子武庚，称为"三监"。后来三监反而帮助武庚叛周，史称"三监之乱"。

（8）破的（dì）而探（tān）牛心，豪矜王济：晋代侍中王济（字武子）与国戚王恺（字君夫）以千万钱赌射一牛，王济一箭中的，则命人杀牛而食其心。豪矜，非常高傲地自夸。典出《世说新语·汰侈》。辛弃疾《破阵子·为陈同甫赋壮词以寄之》有"八百里分麾下炙，五十弦翻塞外声"之句。

（9）竖竿以挂犊鼻（bí），贫笑阮咸：西晋阮咸家贫，旧俗七月七日盛行晾衣，别人晒的都是纱罗锦绮，阮咸在庭院里用竹竿挂大布犊鼻，并说："我也不能免俗。"犊鼻，犊鼻裤，即短裤。

说明：本节涉及对仗中常用的数字对、天文对、器物对、花鸟虫鱼走兽对、国属对、草木对、人名对等。

能对否，圣对贤，卫瓘对浑瑊。雀罗对鱼网，翠巘对苍岩。红罗帐，白布衫，笔格对书函。蕊香蜂竞采，泥软燕争衔。凶孽誓清闻祖逖，王家能乂有巫咸。溪叟新居，渔舍清幽临水岸；山僧久隐，梵宫寂寞倚云岩。

注释：

（1）卫瓘：晋代人，官至尚书令，善草书。

（2）浑瑊：唐代将军，十一岁能骑射，官至尚书同平章事。

（3）雀罗：捕雀的网。指门庭冷落，也称门可罗雀。

（4）嵫：山峰。

（5）笔格：笔架。

（6）凶孽誓清闻祖逖：东晋名将祖逖率军渡江北伐，行至中流击楫，发誓说："不能清中原而复济者，有如大江！"

（7）王家能乂有巫咸：帮助管理国家的也有传说中的巫咸。乂，治理。巫咸，传说中的神巫姓名。

说明：本节涉及对仗中常用的人名对、器物对、花鸟虫鱼走兽对、颜色对、地理对、宫室对等。

冠对带，帽对衫，议鲠对言谗。行舟对御马，俗弊对民

喦（yán）。鼠且硕，兔多毚（chán），史册对书缄。塞

城闻奏角，江浦认归帆。河水一源形瀰瀰（mǐ），泰山

万仞势岩岩。郑为武公，（赋）缁衣而美德；周因巷伯，

（歌）贝锦以伤谗。

注释：

（1）议鲠：耿直的言论。鲠，耿直。

（2）言诼：挑拨诽谤的话。

（3）俗弊对民嚚（yán）：俗弊，风俗弊陋。民嚚，百姓狡猾。嚚，戏言。

（4）鼠且硕：《诗经·魏风·硕鼠》："硕鼠硕鼠，无食我黍。"硕，大。

（5）兔多毚：毚（chán），肥大的兔子。《诗经·小雅·巧言》："他人有心，予忖度（duó）之。跃跃毚兔，遇犬获之。"

（6）书缄：书信。缄，封口。

（7）塞城闻奏角：在边塞的城池听到号角。奏角，吹角。角，古时军中吹奏的乐器。

（8）河水一源形浼浼（mǐ）：浼浼，水深且满。《诗经》："新台有泚，河水浼浼。"浼，繁体字写作"瀰"，读mǐ，纸韵，水大貌。支韵读mí，纸韵支韵同。这里读mǐ。

（9）泰山万仞势岩岩：岩岩，高峻的样子。《诗经》："泰山岩岩，鲁邦所詹。"

（10）郑为武公，赋缁衣而美德：郑桓公、郑武公相继为周王室司徒，善于其职，为周人所敬爱，于是作《缁衣》以称颂其德。

（11）周因巷伯，歌贝锦以伤谗：周幽王时，巷伯因遭人毁谤而受宫刑，于是作关于"贝锦"的诗来抒发伤感、悲愤之情。贝锦，原是贝壳上的花纹。文中的"贝锦"，即《诗经》中《巷伯》一诗。后来，"贝锦"指诬陷他人，罗织成罪的谗言。

说明：本节涉及对仗中常用的衣饰对、器物对、数字对、国属对、花鸟虫鱼走兽对等。

教学拓展

闻鸡起舞　击楫中流

晋代的祖逖是个胸怀坦荡、具有远大抱负的人。可他小时候却是个不爱读书的淘气孩子。进入青年时代，他意识到自己知识的贫乏，深感不读书无以报效国家，于是就发奋读书。他广泛阅读书籍，认真学习历史，从中汲取了丰富的知识，学问大有长进。他曾几次进出京都洛阳，接触过他的人都说，祖逖是个能辅佐帝王治理国家的人才。祖逖24岁的时候，曾有人推荐他去做官，他没有答应，仍然不懈地努力读书。

后来，祖逖和幼时的好友刘琨一起担任司州主簿。他与刘琨感情深厚，不仅常常同床而卧，同被而眠，而且还有着共同的远大理想：建功立业，复兴晋国，成为国家的栋梁之材。一次，半夜里祖逖在睡梦中听到公鸡的鸣叫声，他一脚把刘琨踹醒，对他说："你听见鸡叫了吗？"刘琨说："半夜听见鸡叫不吉利。"祖逖说："我偏不这样想，咱们干脆以后听见鸡叫就起床练剑如何？"刘琨欣然同意。于是他们每天鸡叫后就起床练剑，剑光飞舞，剑声铿锵。冬去春来，寒来暑往，从不间断。功夫不负有心人，经过长期的刻苦学习和训练，他们终于成为能文能武的全才，既能写得一手好文章，又能带兵打胜仗。祖逖被封为镇西将军，实现了他报效国家的愿望；刘琨做了征北中郎将，兼管并（bīng）、冀、幽三州的军事，也充分发挥了他的文才武略。

后来匈奴人占领了中原，西晋灭亡了。东晋王朝偏安于江南，不思进取。为了收复失地，祖逖克服种种困难，组建起一支部队，北渡长江。船到江心的时候，祖逖用船桨拍打着船舷，大声说："如

果不能收复中原，我就再也不渡过这条江！"

由于作战英勇，祖逖的部队几年之间，收复了长江以北、黄河以南的大部分地区。

后来人们用"闻鸡起舞，中流击楫"比喻雄心壮志。

指鹿为马

秦始皇死后，赵高和李斯专政，他们为保住自己权势，假传"圣旨"，令本应继承皇位的秦始皇大儿子扶苏自杀，秦始皇的次子胡亥即位成了秦二世，赵高则做了宰相高职。"一人之下，万人之上"的赵高仍不满足，日夜盘算着要篡夺皇位。可是，朝中大臣有多少人能听从他，有多少人反对他，他心中没底。于是，他想了一个办法，准备试一试自己的威信，同时也可以摸清敢于反对他的人有多少，都有谁。

一天上朝时，赵高让人牵来一只鹿，满脸堆笑地对秦二世说："陛下，我献给您一匹好马。"秦二世一看，心想：这哪里是马，这分明是一只鹿嘛！便笑着对赵高说："丞相搞错了，这是一只鹿，你怎么说是马呢？"赵高面不改色地说："请陛下看清楚，这的确是一匹千里马。"秦二世又看了看那只鹿，将信将疑地说："马的头上怎么会长角呢？"赵高一转身，用手指着众大臣，大声说："陛下如果不信我的话，可以问问众位大臣。"大臣们都被赵高的一派胡言搞得不知所措，私下里嘀咕：这个赵高搞什么名堂？是鹿是马这不是明摆着吗！一些趋炎附势的大臣明白了赵高的用意。一些胆小又有正义感的人都低下头，不敢说话，因为说假话，对不起自己的良心，说真话又怕日后被赵高陷害。有些正直的人，坚持认为是鹿而不是马。还有一些平时就紧跟赵高的奸佞之人，立刻表示拥护赵高的说法，大言不惭地对皇上说："这确是一匹千里马！"后来赵高通过各种手段，把那些不顺从自己的说真话的正直大臣纷纷治罪，甚至满门抄斩。

成语"指鹿为马"比喻故意颠倒黑白，混淆是非。

阅读建议：《史记·周本纪》《晋书·祖逖传》

咸韵本韵诗举例：

隋宫　　李商隐

乘兴南游不戒严，九重谁省谏书函。
春风举国裁宫锦，半作障泥半作帆。

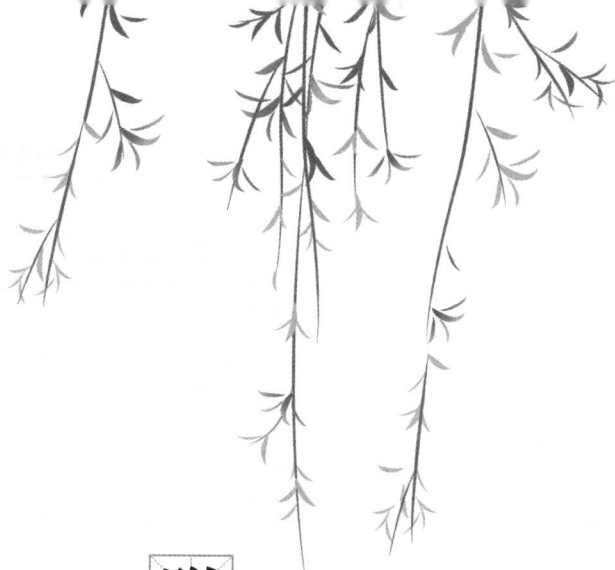

附录

附录一：常见的对仗分类

1.天文对（日月风云） 　　2.地理对（山水江河）

3.时令对（年节朝夕） 　　4.器物对（刀剑杯盘）

5.衣饰对（巾带衣冠） 　　6.饮食对（茶酒饭餐）

7.文具对（笔墨纸砚） 　　8.宫室对（楼台门户）

9.文学对（诗赋书画） 　　10.草木对（草木桃杏）

11.形体对（身心手足） 　　12.人伦对（父子兄弟）

13.人事对（道德才情） 　　14.颜色对（红白蓝紫）

15.数字对（千百独半） 　　16.方位对（南北东西）

17.情感对（喜怒哀乐） 　　18.官职对

19.金玉珠宝对 　　20.鸟兽虫鱼对

21.人名对 　　22.国属对（尧舜秦楚）

以上只是对仗的大致分类，此外还有名词对、代词对、动词对、形容词对、副词对、虚词对、借对等分类方法。

附录二：常见古今异读异义字表*

一、（归韵不同，读音不同，意义相同。）

看：平声寒韵 kān，去声翰韵 kàn，寒韵翰韵同。

叹：平声寒韵 tān，去声翰韵 tàn，寒韵翰韵同。

车：平声鱼韵 jū，平声麻韵 chā，鱼韵麻韵同。

笼：平声东韵 lóng，上声董韵 lǒng，东韵董韵同。

漫：平声寒韵 mán，去声翰韵 màn，寒韵翰韵同。

忘：平声阳韵 wáng，去声漾韵 wàng，阳韵漾韵同。

望：平声阳韵 wáng，去声漾韵 wàng，阳韵漾韵同。

听：平声青韵 tīng，去声径韵 tìng，青韵径韵同。

醒：平声青韵 xīng，上声迥韵 xǐng，青韵迥韵同。

哮：平声肴韵 xiāo，去声效韵 xiào，肴韵效韵同。

渳：平声支韵 mí，上声纸韵 mǐ，水大貌，支韵纸韵同。

淙：平声东韵 cōng，平声江韵 shāng，水流声，东韵江韵同。

凭：平声蒸韵 píng，去声径韵 pìng，蒸韵径韵同。

簪：平声侵韵 zēn，平声覃韵 zān，侵韵覃韵同。

患：平声删韵 huān，去声翰韵 huàn，删韵翰韵同。

莹：平声庚韵 yíng，去声径韵 yìng，庚韵径韵同。

*本字表所列字读音根据《广韵》与《诗韵合璧》两本韵书拟音,本意为展示《声律启蒙》作为声韵之书在平仄上相反相对的本真面目,并不能代表上古与中古时期该字的真实读音。

过：平声歌韵 guō，去声箇韵 guò，歌韵箇韵同。

教：平声肴韵 jiāo，去声效韵 jiào，肴韵效韵同。

苇：平声微韵 wéi，上声尾韵 wěi，微韵尾韵同。

涯：平声支韵 yí，平声麻韵 yá，支韵麻韵同。

撞：平声江韵 chuáng，去声绛韵 zhuàng，江韵绛韵同。

泯：平声真韵 mín，上声轸韵 mǐn，真韵轸韵同。

钿：平声先韵 diān，去声霰韵 diàn，先韵霰韵同。

二、（归韵不同，读音不同，意义不同。）

烧：平声萧韵 shāo，焚烧；去声啸韵 shào，野火。萧韵啸韵异。

夭：平声萧韵 yāo，和舒之貌；上声筱韵 yǎo，夭折。萧韵筱韵异。

吹：平声支韵 chuī，吹嘘；去声寘韵 chuì，鼓吹。支韵寘韵异。

胜：平声蒸韵 shēng，胜任；去声径韵 shèng，胜利。蒸韵径韵异。

兴：平声蒸韵 xīng，兴起；去声径韵 xìng，兴趣。蒸韵径韵异。

并：平声庚韵 bīng，交并，并州；去声敬韵 bìng，合并。庚韵敬韵异。

行：平声庚韵 xíng，行走；去声敬韵 xìng，品行。庚韵敬韵异。

占：平声盐韵 zhān，占卜；去声艳韵 zhàn，占据。盐韵艳韵异。

上：上声养韵 shǎng，升也；去声漾韵 shàng，上下。养韵漾韵异。

令：平声庚韵 líng，使令；去声敬韵 lìng，命令。庚韵敬韵异。

浪：平声阳韵 láng，沧浪；去声漾韵 làng，波浪。阳韵漾韵异。

量：平声阳韵 liáng，衡量；去声漾韵 liàng，数量。阳韵漾韵异。

疏：平声鱼韵 shū，去声御韵 shù，鱼韵御韵异。

论：平声元韵 lún，去声愿韵 lùn，元韵愿韵异。

供：平声冬韵 gōng，去声宋韵 gòng，冬韵宋韵异。

思：平声支韵 sī，去声寘韵 sì，支韵寘韵异。

挑：平声萧韵 tiāo，上声篠韵 tiǎo，萧韵篠韵异。

三、（古今异读，意义相同）

玩：古音属去声，翰韵，读 wàn。今音属平声，读 wán。

儿：古音属平声，支韵，读 ní。今音属平声，读 ér。

探：古音属平声，覃韵，读 tān。今音属去声，读 tàn。

拥：古音属上声，肿韵，读 yǒng。今音属平声，读 yōng。

俱：古音属下平声，虞韵，读 jū。今音属去声，读 jù。

场：古音属下平声，阳韵，读 cháng。今音属上声，读 chǎng。

茗：古音属上声，迥韵，读 mǐng。今音属平声，读 míng。

鼻：古音属去声，寘韵，读 bì。今音属平声，读 bí。

厌：古音平声盐韵，读 yān，安也；去声艳韵，读 yàn。今音属去声，
读 yàn。

狙：古音属去声，御韵，读 jù。今音属平声，读 jū。

跳：古音属平声，萧韵，读 tiáo。今读 tiào。

翁：古音属平声，东韵，读 yōng。今读 wēng。

附录三：《声律启蒙》派入阴平阳平的入声字表（共120个）

革 白 足 竹 蝶 八 十 灼 卓 插 石 芍 阁 桀 失
杀 泽 炭 出 只 活 决 颉 伯 国 德 笛 不 博 识
菊 夕 服 节 实 叔 疾 鳌 拍 夺 急 结 读 惜 粥
截 霹 屋 橘 羯 福 屐 脱 敌 峡 绝 贴 积 发 淅
铗 忽 倏 湿 席 宅 黑 鹏 食 郭 淑 髻 独 淑 着
集 合 穴 鸭 烛 隔 折 鹏 托 不 觉 蟋 学 责 说
鞠 酌 棘 别 直 莰 秩 熟 七 谪 搏 匿 匾 蛱 获
幅 织 爵 佛 得 接 击 鹄 泼 直 摘 飘 戚 浊 俗

附录四：派入阴平、阳平的入声字表

[入声派入阴平]

(b) 八 捌 钵 拨 剥 逼 憋 鳖

(p) 泼 劈 撇 瞥 仆 扑 拍 霹 泊

(m) 摸 抹

(f) 发

(d) 答 搭 滴 跌 督 掇 咄

(t) 塌 踏 剔 踢 帖 贴 秃 托 脱 突

(n) 捏

(l) 拉 勒

(g) 搁 疙 胳 割 鸽 刮 聒 郭

(k) 瞌 磕 哭 窟

(h) 哈 喝 忽 惚 豁 黑

(j) 激 击 积 绩 缉 屐 夹 揭 结 接 噘 撅 锔 掬
    鞠

(q) 七 染 漆 戚 沏 掐 切 曲 屈 缺

(x) 吸 翕 歙 悉 析 晰 皙 淅 晞 夕 汐 昔 惜 息
    熄 膝 歇 楔 戌 薛 削

(zh) 只 汁 织 扎 卓 倬 桌 捉 涿 拙 摘 粥

(ch) 吃 插 出 戳 拆

(sh) 失 湿 虱 杀 刷 说 叔 菽 倏

（y）一　壹　揖　鸭　噎　掖　曰　约　压

（w）屋　挖

[入声派入阳平]

（b）拔　跋　钹　魃　白　舶　帛　伯　泊　箔　勃　渤　脖　博
　　薄　礴　搏　驳　别　蹩

（p）仆　璞　濮

（m）膜　没

（f）乏　伐　筏　阀　垡　佛　弗　拂　绋　茀　伏　袯　袱　服
　　菔　绂　幅　福　辐　蝠

（d）答　瘩　沓　达　鞑　妲　怛　靼　得　德　笛　迪　狄　获
　　敌　嫡　镝　觌　翟　涤　籴　的　喋　堞　碟　蝶　牒　迭
　　叠　独　读　渎　牍　犊　毒　夺　铎　度　踱

（g）阁　搁　骼　革　隔　膈　国　帼　虢

（k）咳　壳

（h）合　盒　曷　盍　阖　劾　核　阂　貉　涸　翮　斛　縠　滑
　　猾　活

（j）及　级　汲　岌　亟　极　殛　吉　急　即　脊　瘠　疾　嫉
　　蒺　集　籍　辑　楫　戢　棘　夹　荚　郏　颊　洁　结　桔
　　诘　颉　劫　桀　杰　偈　羯　竭　碣　节　捷　婕　睫　截
　　局　踞　菊　橘　决　抉　诀　玦　倔　掘　桷　厥　蕨　獗
　　橛　蹶　谲　觉　爵　嚼　绝　矍　攫　躩

（x）习　席　媳　袭　檄　侠　狭　匣　峡　狎　辖　协　胁　飒
　　颉　撷　穴　学

（zh）直　值　植　殖　职　扎　铡　轧　闸　宅　折　辙　折
　　哲　辄　谪　蜇　竹　竺　烛　逐　躅　轴　妯　酌　浊　镯
　　啄　琢　濯　擢　苗　斫

（ch）察

(sh) 十 什 拾 石 食 蚀 实 识 舌 折 孰 熟 秫　 赎 芍 杓

(z) 杂 砸 凿 则 择 泽 责 啧 帻 箦 贼 足 卒 族　 镞 昨

(s) 俗　　(e) 额

附录五：诗韵常用入声字表（共801个）

（一屋）屋 竹 竺 哭 服 鵩 族 簇 镞 福 幅 辐 蝠
赎 熟 塾 菊 踘 舳 轴 逐 啄 伏 茯 縠 觳
瀑 曝（暴） 读（读书） 渎 犊 牍 椟 黩 卜
仆 朴 扑 叔 菽 淑 俶 独 鹿 麓 簏 辘 漉
禄 碌 陆 戮 复 腹 蝮 复 覆 馥 肃 穆 睦
木 沐 目 牧 畜 蓄 苜 蓿 宿 缩 速 夙 筑
祝 六 郁 育 鬻 弱 蘀 秃 斛 谷 肉 忸

（二沃）沃 俗 足 促 曲 烛 毒 局 督 赎 玉 粟 属
瞩 蜀 触 告 鹄 酷 梏 渌 绿 录 騄 辱 褥
缛 蓐 狱 欲 浴 旭 笃

（三觉）觉 捉 卓 剥 驳（駮） 雹 璞 朴 浊 濯 擢
学 啄 琢 涿 角 岳 乐 朔 数 濯 擢 幄 喔
握 渥 荦

（四质）质 出 实 吉 疾 蒺 嫉 失 秩 漆 膝 橘 瑟
卒（终也） 七 悉 蟋 蜂 戌 日 笔 术 怵 述
一 壹 乙 密 蜜 匹 黜 弼 叱 诘 栉 窒 室
必 溢 率 律 逸（佚） 栗 溧 恤 帅（动词）
聿 宓

（五物）物 弗 佛 拂 绋 掘 吃（口吃）
不 袚 绂 黻 乞 讫 迄 纥 诎 勿

245

（六月）月 伐 筏 阀 罚 卒（士卒） 竭 揭 碣 羯 歇
　　　　谒 突 忽 笏 艼 勃 渤 窟 掘（物韵同） 蹶 阙
　　　　厥 蕨 曰 骨 髮 發 没 殁 越 钺 粤 兀

（七曷）曷 褐 葛 渴 遏 达 活 钵 脱 夺 割 拔 跋
　　　　魃 钹 拨 泼 聒 括 撮 阔 獭 挞 萨
　　　　掇（屑韵同） 末 沫 抹 秣 豁 捋 妲 剌 斡

（八黠）黠 札 轧 滑 猾 八 杀 察 辖 瞎 戛 刮 刷
　　　　帕 獭（曷韵同）

（九屑）屑 节 洁 结 杰 桀 子 揭（月韵同）
　　　　碣（月韵同） 截 秸 咽 噎 缺 劣 设 穴 别
　　　　决 诀 抉 玦 绝 说 悦 阅 谲 舌 折 辙 撤
　　　　澈 彻 颉 撷 缬 襭 哲 瞥 撇 挈 契 掣 跌
　　　　迭 瓞 浙 涅 捏 篾 蔑 拮 桔 孽 蘖 雪 绝
　　　　掇（曷韵同） 啜 辍 列 烈 裂 洌 热 铁 灭 切
　　　　拙 泄 绁 渫

（十药）乐 烁 铄 薄 博 膊 缚 搏 昨 作 酢 郭 廓
　　　　削 约 凿 讬 拓 柝 著 勺 芍 灼 药 酌 箔
　　　　泊 粕 昨 恶 绰 各 略 洛 阁 络 恪 骆 落
　　　　酪 貉 鹤 爵 嚼 弱 脚 却 雀 鹊 度 谔 愕
　　　　鄂 萼 锷 鳄 噩 莫 寞 膜 漠 幕 壑 索 错
　　　　跃 躍 若 诺 铎 箨 凿 囊 橐 簿 龠 钥
　　　　缴（弓缴） 虐 谑 掠 攫 获 濩 镬 霍 藿

（十一陌）白 伯 迫 舶 拍 柏 珀 魄 帛 百 陌 貊 择
　　　　　泽 驿 怿 绎 峄 释 译 席 籍 策 碧 辟 癖
　　　　　僻 辟 璧 擘 役 戟 额 客 格 赤 奕 弈 帟
　　　　　迹 赫 积 屐 禹 翮 隔 核 昔 惜 易 场 蜴
　　　　　夕 汐 穸 却 隙 逆 画 适 摘 谪 适 虢 颐
　　　　　责 帻 碛 册 栅 只 尺 石 硕 颐 摭 跖 宅

益　寫　厄　轭　掷　踯　斥　坼　窄　革　脊　瘠　鹡
踖　疫　炙　获　脉　麦　液　掖　腋　剧

（十二锡）锡　踢　剔　惕　击　笛　迪　敌　滴　镝　嫡　涤　的
　　　　戚　檄　激　析　晰　淅　蜥　倜　溺　鹢　狄　绩　寂
　　　　荻　吃　壁　甓　砾　历　沥　枥　粝　霓　霹　绩　寂

（十三职）职　国　德　得　食（饮食）蚀　饬　饰　即　鲫　极
　　　　息　直　植　殖　织　识　逼　黑　墨　默　棘　克　剋
　　　　或　惑　蚀　域　贼　则　侧　测　恻　陟　色　力　肋
　　　　亟　殛　忒　翼　核　塞　式　轼　拭　弋　敕　勒　特　稷
　　　　仄　昃　棘　匿　忆　亿　臆　薏　亿　抑　嶷　洫　稷
　　　　啬　翊

（十四缉）缉　揖　辑　戢　集　急　习　翕　熠　十　拾　什　汁
　　　　袭　及　级　笈（叶韵同）汲　岌　吸　邑　浥　挹
　　　　悒　裛　入　立　泣　粒　笠　执　絷　蛰　隰　湿　给
　　　　涩　茸

（十五合）合　塔　答　合　蛤　鸽　盍　阖　榼　纳　衲　沓　踏
　　　　榻　塌　腊　蜡　杂　匝　咂　拉　飒

（十六叶）叶　捷　睫　牒　蝶　谍　堞　蹀　鲽　叠　帖　贴　接
　　　　猎　鬣　躐　妾　辄　涉　协　挟　荚　浃　蛱　侠　颊
　　　　箧　惬　聂　蹑　摄　镊　慊　惵　折　燮　袷
　　　　笈（缉韵同）

（十七洽）洽　恰　袷　夹　狭　峡　硖　法　甲　呷　匣　押　狎
　　　　鸭　业　邺　厌　胁　怯　劫　乏　眨　插　锸　歃　掐

关于几个入声字读音的说明：

北：读若 bo。　　　曲：读若 ku。　　　说：读若 xue。

绿：读若 lu。　　　黑：读若 he。　　　白：读若 bo。

鸭：读若 a。　　　宅：读若 ze。　　　贼：读若 ze。

其读音均类似四声而促发急收。

附录

附录六：诗韵举要

上平声

【一东】东同童僮铜桐峒筒瞳中（中间）衷忠虫冲终忡崇嵩（崧）戎狨弓躬宫融雄熊穹穷冯风枫丰酆芄降空（空虚）公功工攻蒙蒙朦幪笼（名词，董韵同，又动词，独用）胧聋栊龙晍洪红虹鸿丛翁匆葱聪骢通棕蓬

【二冬】冬彤农宗锺钟龙舂松冲容溶庸蓉封胸凶汹凶匈雍（和也）浓重（重复，层）从（随从、顺从）逢缝（缝纫）峰锋丰蜂烽淙（江韵同）纵（纵横）踪茸邛筇慵恭供（供给）

【三江】江缸窗邦降（降伏）双泷庞肛撞（绛韵同）淙（冬韵同）

【四支】支枝移为（施为）垂吹（吹嘘）陂碑奇宜仪皮儿离施知驰池规危夷师姿迟龟眉悲之芝时诗棋旗辞词期祠基疑姬丝司葵医帷思（动词）滋持随痴维卮螭麾墀弥慈遗（遗失）肌脂雌披嬉尸狸炊湄篱兹差（参差）疲茨卑亏蕤骑（跨马）歧岐谁斯私窥熙欺疵觜羁彝髭颐资縻饥衰锥姨夔衹涯（佳麻韵同）伊追缁箕治（治理，动词）尼而推（灰韵同）縻绥羲蠃其淇麒祁崎骐锤罗罴漓璃骊狝罴貔伔琵枇屍鹓柜匙蚩篪絺鸥跐嗤隋虽睢咨淄鹚瓷萎惟唯厮澌偲逶贻裨庳伾嵋郿劘鼍（瓠勺，齐韵同）牦痍狝椅（音漪，木名）

【五微】微薇晖辉徽挥韦围帏讳闱霏菲（芳菲）妃飞非扉肥威祈旗畿机几（微也，如见几）稀希衣（衣服）依旧苇饥矶欷

【六鱼】鱼渔初书舒居裾车（麻韵同）渠余予（我也）誉（动词）舆馀胥狙锄（鉏、锄）疏（疏密）疎（同疏）蔬梳虚嘘徐猪闾庐驴诸除如墟於畲淤好妤玙蜍储苴菹沮龃龉据（拮据）鸥蕖茹（茅茹）泇摅桐

【七虞】虞愚娱隅刍无芜巫于衢儒濡襦须株诛殊铢蛛瑜榆愉谀腴区驱躯朱珠趋扶凫雏敷夫肤纡输枢厨俱驹模谟蒲胡湖瑚乎壶孤弧菰辜姑菇徒途涂荼图屠奴吾梧吴租卢鲈炉芦苏乌污（污秽）枯粗都茱侏徂樗蹰拘劬岖鸬芙符符酺桴俘须臾繻吁溽瓠蝴糊雩酺糊呼沽酤泸舻轳鸪驽孥逋匍葡铺殳酥菟洿诬呜鼯逾（逾）禺萸竽雩渝猢揄瞿

【八齐】齐黎藜犁梨妻（夫妻）萋凄凄堤低题提蹄啼鸡稽兮倪霓（蜺）西栖犀嘶梯鼙奎赍迷泥（泥土）溪圭闺携畦稊跻泸脐奚醯蹊黧蠡（支韵同）醍鹈珪睽

【九佳】佳＊街鞋牌柴钗差（差使）崖涯＊（支麻韵同）偕阶皆谐骸排乖怀淮槐（灰韵同）豺侪埋霾斋娲＊蜗＊蛙＊

（加＊号的字，词韵属第十部；其余属第五部。）

【十灰】灰恢魁隈回徘（音裴）徊（音回）槐（音回，佳韵同）梅枚媒煤雷罍隤（颓）催摧堆陪杯醅嵬推（支韵同）迴怌隗诙裴培崔缞开＊哀＊埃＊台＊苔＊该＊才＊材＊财＊裁＊来＊莱＊栽＊哉＊灾＊猜＊孩＊骀＊腮＊

（加＊号的字，词韵属第五部；其余属第三部。）

【十一真】真因茵辛新薪晨辰臣人仁神亲申身宾滨邻鳞麟珍瞋尘陈春津秦频蘋颦银垠筠巾囷民岷贫尊淳醇纯唇伦纶轮沦匀旬巡驯钧均榛遵循甄宸郴椿鹑嶙辚磷骐珉（轸韵同）缗邠嚬诜駪呻伸绅滣寅夤姻荀询郇峋氤恂逡嫔皲

【十二文】文闻纹蚊云分（分离）纷芬焚坟群裙君军勤斤筋勋熏曛醺云芹欣芸耘氛氲殷汶阌氛喷汾

【十三元】元＊原＊源＊鼋＊园＊猿＊垣＊烦＊蕃＊樊＊暄＊萱＊喧＊冤＊言＊轩＊藩＊魂袁＊沅＊援＊辕＊番＊繁＊翻＊幡＊璠＊壎＊（埙）骞＊鸳＊蜿＊浑温孙门尊樽（鳟）存敦蹲暾豚村屯盆奔论（动词）

249

昏痕根恩吞苏扪

（加＊号的字，词韵属第七部；其余属第六部。）

【十四寒】寒韩翰（羽翮）丹单安鞍难（艰难）餐檀坛滩弹残干肝竿乾（乾湿）阑栏澜兰看（翰韵同）丸完桓绔端湍酸团攒官棺观（观看）冠（衣冠）鸾銮峦欢（驩）宽盘蟠漫（水大貌）叹（翰韵同）邯郸摊拦磻珊狻

【十五删】删潸关弯湾还环鬟寰班斑蛮颜奸（奸）攀顽山阅艰闲间（中间）铿患（谏韵同）孱潺

下平声

【一先】先前千阡笺天坚肩贤弦弦烟燕（国名）莲怜田填年颠巅牵妍眠渊涓边编悬泉迁仙鲜（新鲜）钱煎然延筵毡膻蝉缠连联篇偏偏（扁舟）绵全宣镌穿川缘鸢捐旋（回旋）娟船涎鞭铨专圆员乾（乾坤）虔愆权拳椽传（传授）焉鞯骞塞骞汧千铅舷趑鹃躅筌痊诠悛遭鹏旃鳣禅（参禅，逃禅）婵单（单干）躔颠燃涟琏便（安也）翩梗骈癫阗畋钿（霰韵同）沿蜒朐

【二萧】萧箫挑（挑担）貂刁凋雕雕雕迢条髫跳苕调（调和）枭浇聊辽寥寮僚尧宵消霄绡销超朝潮嚣骄娇焦燋椒饶挠烧（焚烧）遥徭摇谣瑶韶昭招镳瓢苗猫腰桥乔妖飘逍潇鸮骁翛桃鹩鹚缭獠嘹夭（夭夭）幺邀要（要求，要盟）飙姚樵侨憔标飙嫖漂（漂浮）剽徼（徼幸）

【三肴】肴巢交郊茅嘲钞包胶爻苞梢蛟教（使也）庖匏坳敲胞抛鲛崤啁鸠鞘抄蟏咆哮

【四豪】豪毫操（操持）髦绦刀萄猱褒桃糟旄袍挠（巧韵同）蒿涛桌号（号呼）陶鳌曹遭羔高嘈搔毛滔骚韬缲膏牢醪逃劳（劳苦）濠壕劂饕洮淘叨嗥篙熬邀翱嗷膡

【五歌】歌多罗河戈阿和（平和）波科柯陀娥蛾鹅萝荷（荷花）何过（经过，箇韵同）磨螺禾珂蓑婆坡呵哥轲（孟轲）沱鼍拖驼跎柁（舵，哿韵同）伦（他）颇（偏颇）峨俄摩么婆莎迦靴疴

【六麻】麻花霞家茶华沙车（鱼韵同）牙蛇瓜斜邪芽嘉瑕纱鸦遮叉奢涯（支佳韵同）夸巴耶嗟遐加笳赊槎（查）差（差错）樝杈蟆骅虾葭袈裟砂衙丫呀琶杷

【七阳】阳杨扬香乡光昌堂章张王（帝王）房芳长（长短）塘妆常凉霜藏（收藏）场央鸯秧狼床方浆觞梁娘庄黄仓皇装殇襄骧相（互相）湘箱创（创伤）亡忘芒望（观望，漾韵同）尝偿樯坊囊郎唐狂强（刚强）肠康冈苍匡荒遑行（行列）妨棠翔良航疆粮穰将（送也，持也）墙桑刚祥详洋粱量（衡量，动词）羊伤汤彰璋猖商防筐煌凰徨纲茫臧裳昂丧（丧葬）漳嫜闽螳蒋（茹蒋）缰僵羌枪抢（突也）锵疮杭魴盲篁簧惶璜隍攘瀼亢廊阆浪（沧浪）琅梁邙旁泌傍（侧也）骧当（应当）珰糖沧鸧尫飏泱殃扬徉

【八庚】庚更（更改）羹盲横（纵横）觥彭亨英烹平评京惊荆明盟鸣荣莹（径韵同）兵兄卿生甥笙牲擎鲸迎行（行走）衡耕萌氓甍宏茎罂莺樱泓橙争筝清情晴精睛菁晶施盈楹瀛赢嬴营婴缨贞成盛（盛受）城诚呈程声征正（正月）轻名令（使令）并（交并）倾萦琼峰撑嵘鹏粳坑铿瘿鹦劾

【九青】青经泾形刑型陉亭庭廷霆蜓停丁仃馨星腥醒（迥韵同）伶灵龄玲伶零听（聆听，径韵同）汀冥溟铭瓶屏萍荧萤荥扃垌鹃蜻砏苓舲聆鸰瓴翎娉婷宁瞑暝

【十蒸】蒸烝承函惩澄（澄）陵凌绫菱冰膺鹰应（应当）蝇绳渑（音绳，水名）乘（驾乘，动词）升升胜（胜任）兴（兴起）缯冯凭（径韵同）仍兢矜徵（徵求）称（称赞）登灯（镫）僧增曾憎缯层能朋鹏肱薨腾藤恒棱罾崩滕縢崚嶒姮

【十一尤】尤邮优忧流旒留骝刘由游游猷悠攸牛修脩羞秋周州洲舟酬雠柔俦畴稠邱抽瘳遒收鸠搜（蒐）驺愁休因求裘仇浮谋牟眸俦矛侯喉猴讴鸥楼陬偷头投钩沟幽虬樛啾鹜秋楸蚯赒踌裯惆糇揉勾鞲娄琉疣犹邹兜呦售（宥韵同）

【十二侵】侵寻浔临林霖针（针）箴斟沉砧（碪）深淫心琴禽擒钦衾吟今襟（衿）金音阴岑簪（覃韵同）壬任（负荷）歆森禁（力能胜任）褛骎嵚参（音深，星名，又音岑的阴平，参差）琛涔

【十三覃】覃潭参（参拜，参考）骖南楠男谙庵含涵函（包函）岚蚕探贪耽龛堪谈甘三（数目）酣柑惭蓝担（动词）簪（侵韵同）

【十四盐】盐檐（櫩）廉帘嫌严占（占卜）髯谦佥纤签瞻蟾炎添兼缣沾（沾）尖潜阎镰幨黏淹箝甜恬拈砭铦詹兼奸黔钤

【十五咸】咸咸函（书函）缄岩谗衔帆衫杉监（监察）凡馋芟搀巉镵衔

上　声

（许多上声字现在都读成去声。）

【一董】董动孔总笼（名词，东韵同）颂桶洞（颂洞）

【二肿】肿种（种子）踵宠垄（陇）拥壅冗重（轻重）冢奉捧勇涌（涌）踊（踊）恐拱辣悚耸栱

【三讲】讲港棒蚌项

【四纸】纸只咫是靡彼毁毁委诡髓累（积累）妓绮觜此蕊徒尔弭婢侈弛豕紫旨指视美否（臧否，否泰）兕几姊比（比较）水轨止市徵（角徵）喜己纪跪技蚁（蟓）鄙晷子梓矢雉死履被（寝衣）垒癸趾以已似耜祀史使（使令）耳里理裹李起杞跂士仕俟始齿矣耻麂枳址時玺鲤迤氏仳驶已滓芑倚匕跬

【五尾】尾苇鬼岂卉（未韵同）几（几多）伟斐菲（菲薄）匪篚

【六语】语（言语）圉吕侣旅杼伫与（给予）予（赐予）渚煮汝茹（食也）署鼠黍杵处（居住，处理）贮女许拒炬所楚阻俎沮叙绪屿墅巨宁褚础苣举讵榉粔淑御篆去（除也）

【七麌】麌雨宇舞府鼓虎古股贾（商贾）蛊土吐（遇韵同）圃户树（种植，动词）煦诩努辅组乳弩补鲁橹睹腐数（动词）簿五竖普侮斧聚午伍釜缕部柱矩武苦取抚浦主枚坞祖愈堵扈父甫怒（遇韵同）禹羽腑俯（俛）罟估赌龉姥鹉偻拄莽（养韵同）

【八荠】荠礼体米启陛洗邸底抵弟坛柢涕（霁韵同）悌济（水名）澧

醴蠡（范蠡，彭蠡）祢桀诋抵眯

【九蟹】蟹解洒楷獬澥拐矮

【十贿】贿悔改＊采＊采＊彩＊彩＊海在＊（存在）罪宰＊醢＊馁＊铠＊恺＊待＊殆＊怠＊倍乃＊每载＊（载运）

（加＊号的字，词韵属第五部；其余属第三部。）

【十一轸】轸敏允引尹尽忍准隼笋盾（阮韵同）闵悯泯（真韵同）蚓牝殒紧蠢陨愍矧晒朕（朕兆）

【十二吻】吻粉蕴愤隐谨近（远近）忿（问韵同）

【十三阮】阮＊远＊（远近）晚＊苑＊返＊阪＊饭＊（动词）偃＊蹇＊（铣韵同）郾＊巘＊畹＊混本反损衮遁（遯，愿韵同）稳盾（轸韵同）

（加＊号的字，词韵属第七部；其余属第六部。）

【十四旱】旱暖管琯满短馆（翰韵同）缓盥（翰韵同）碗懒缴（伞）卵（哿韵同）散（散布）伴诞罕灒（浣）断（断绝）侃算（动词）欸但坦祖纂

【十五潸】潸眼简版琖（盏）产限栈（谏韵同）绾（谏韵同）柬拣板

【十六铣】铣善（善恶）遣浅典转（自转，不及物动词）衍犬选冕辇免展茧辩辨篆勉翦（剪）卷（同卷）显钱（霰韵同）盷（霰韵同）喘藓软塞（阮韵同）演兖件腆鲜（少也）践缅泯渑（音缅，渑池）缱绻觍殄扁（不正圆，又扁额）单（音善，姓也，又单父，县名）

【十七筱】小表鸟了晓少（多少）扰绕邀绍杪沼眇矫皎皦杳窈窕袅（骂）挑（挑引）掉（啸韵同）肇缥缈淼淼森茑袅赵兆旐缴缭朓窅夭（夭折）悄

【十八巧】巧饱卯狡爪鲍挠（豪韵同）搅绞拗咬炒

【十九皓】皓宝藻早枣老好（好丑）道稻造（造作）脑恼岛倒（仆也）祷（号韵同）擣（捣）抱讨考燥扫（号韵同）嫂保鸨稿草昊浩镐颢杲缟槁堡

【二十哿】哿火舸亸柁（歌韵同）我娜荷（负荷）可坷左果裹朵锁（鏁）琐堕惰妥坐（坐立）裸跛颇（稍也）伙颗祸卵（旱韵同）

253

【二十一马】马下（上下）者野雅瓦寡社写泻（祃韵同）夏（华夏）也把贾（姓贾）假（真假）舍（舍）厦惹冶且

【二十二养】养像象仰朗桨奖敞氅枉颡强（勉强）荡惘两曩杖响掌党想榜爽广享丈仗（漾韵同）幌莽（麌韵同）纺长（长幼）上（升也）网荡壤赏仿（仿）罔蒋（姓蒋）橡慷潒恭谠往魍魉鞅

【二十三梗】梗影景井岭境警请饼永聘逞颖顷整静省幸颈郢猛丙炳杏秉耿矿颍鲠领冷靖

【二十四迥】迥炯挺挺艇醒（青韵同）酩酊并等鼎顶泂肯拯铤

【二十五有】有酒首口母＊后柳友妇＊斗狗久负＊厚手守右否＊（是否）丑受牖偶阜＊九后咎薮吼帚（等）垢亩＊舅纽藕朽臼肘韭剖诱牡＊缶＊酉苟丑灸笱扣（叩）塿某＊莠寿（宥韵同）绥叟

（加＊号的字，在词韵中兼入麌韵。）

【二十六寝】寝饮（饮食）锦品枕（衾枕）审甚（沁韵同）廪衽（袵）稔沈凛懔朕（我也）荏

【二十七感】感览揽胆澹（淡，勘韵同）噉（啖）坎惨（憯）敢颔撼毯黲糁湛

【二十八俭】俭焰敛（艳韵同）险检脸染掩点簟贬冉苒陕谄忝（艳韵同）俨闪剡琰奄歉芡崄

【二十九豏】豏槛范减舰犯湛斩黯范

去声

【一送】送梦凤洞（岩洞）众瓮贡弄冻痛栋仲中（射中，击中）粽讽恸鞚空（空缺）控

【二宋】宋用颂诵统纵（放纵）讼种（种植）综俸共供（供设，名词）从（仆从）缝（隙也）雍（州名）重（再也）

【三绛】绎降（升降）巷撞（江韵同）

【四寘】寘置事地志治（治安，太平）思（名词）泪吏赐自字义利器

位戏至次累（连累）伪为（因为）寺瑞智记异致备肆翠骑（车骑，名词）使（使者）试类弃铒媚鼻易（容易）辔坠醉议翅避笥帜粹侍谊帅（将帅）厕寄睡忌贰莘穗二臂嗣吹（鼓吹，名词）遂恣四骥季刺驷泗寐魅积（储蓄）食（以食食人）被苡懿觊冀愧匮馈（餽）庇泪暨塈概质（抵押）豉柜箕痢腻被（覆也）秘比（近也）鸷阂誓示嗜饲伺遗（馈遗）意薏祟值识（音志，记也，又标识）

【五未】未味气贵费沸尉畏慰蔚魏纬胃渭汇谓讳卉（尾韵同）毅既衣（著衣）蝟

【六御】御处（处所）去（来去）虑誉（名词）署据驭曙助絮著（显著）豫箸恕与（参与）遽疏（书疏）庶预语（告也）踞蓣饫

【七遇】遇路辂赂露鹭树（树木）度（制度）渡赋布步固素具数（数量）怒（麌韵同）务雾鹜骛附兔故顾句墓暮慕募注驻诈裕误悟痼住戍库护屦诉蠹妒惧趣娶铸绔（袴）傅付谕喻妪芋捕哺互孺寓吐（麌韵同）赴洿孺污（动词）恶（憎恶）忤晤

【八霁】霁制计势世丽岁济（渡也）第艺惠慧币砌滞际厉涕（荠韵同）契（契约）弊毙帝蔽敝髻锐戾裔袂系祭卫隶闭逝缀翳制替细桂税婿例誓筮蕙诣砺励瘗噬继脆睿毳堷曳蒂睇妻（以女妻人）递逮棣蓟劓系系彗嘒芮蜹薛荔唳捩粝泥（拘泥）篦甓繐算睥睨

【九泰】泰＊会带＊外＊盖＊大＊（箇韵同）旋濑＊赖＊籁＊蔡＊害＊最贝霭＊蔼＊沛艾＊丐＊柰＊奈＊绘脍（鲙）荟太＊需狈汰＊林＊蕞＊

（加＊号的字，词韵属第五部；其余属第三部。）

【十卦】＊挂＊懈廨隘卖画＊（图画）派债怪坏诫戒界介芥械薤拜快迈话＊败稗晒虿瘵

（加＊号的字，词韵属第十部；其余属第五部。）

【十一队】队内塞＊（边塞）爱＊辈佩代＊退载＊（年也）碎态＊背秽菜＊对废海晦昧碍＊戴＊贷＊配妹喙溃黛＊吠概＊岱＊肺溉＊慨＊未块在＊（所在）耐＊黁＊佩＊（璀）再＊碓父刈

（加＊号的字，词韵属第五部；其余属第三部。）

【十二震】震印进润阵镇刃顺慎鬓晋骏闰峻衅（衅）振俊（隽）舜吝烬讯仞迅趁槾搢仅觏信轫浚

【十三问】问闻（名誉）运晕韵训粪忿（吻韵同）酝郡分（名分）汶惆近（动词）

【十四愿】愿＊论（名词）怨＊恨万＊饭＊（名词）献＊健＊寸困顿遁（阮韵同）建＊宪＊劝＊蔓＊券＊钝闷逊嫩溷远＊（动词）侃＊（衎）苑＊（阮韵同）

（加＊号的字，词韵属第七部；其余属第六部。）

【十五翰】翰（翰墨）岸汉难（灾难）断（决断）乱叹（寒韵同）观（楼观）斡榦散（解散）旦算（名词）玩（翫）烂贯半案按炭汗赞赞漫（寒韵同，又副词独用）冠（冠军）灌爨窜幔粲灿换焕唤悍弹（名词）惮段看（寒韵同）判叛涣绊盥鹳幔畔锻腕悗馆（旱韵同）

【十六谏】谏雁患（删韵同）涧间（间隔）宦晏慢盼豢栈（潸韵同）惯串绽幻瓣苋虸办绾（潸韵同）

【十七霰】霰殿面昽（铣韵同）县变箭战扇膳传（传记）见砚院练炼燕宴贱馔荐绢彦掾便（便利）眷面线倦羡奠徧（遍）恋啭眩钏倩卞汴片禅（封禅）遣善（动词）溅饯（铣韵同）转（以力转动，及物动词）卷（书卷）甸钿（先韵同）电咽旋（已而，副词）

【十八啸】啸笑照庙窍妙诏召邵要（重要）曜耀（燿）调（音调）钓吊叫少（老少）眺诮料疗潦掉（皛韵同）峤徼（边徼）烧（野火）

【十九效】效哇教（教训）貌校孝闹豹罩櫂（棹）觉（寤也）较乐（喜爱）

【二十号】号（号令，名号）帽报导祷（皓韵同）操（所守也）盗噪灶奥告（告诉）诰暴（强暴）好（喜好）到蹈劳（慰劳）傲耗躁造（造就）冒悼倒（颠倒）爆燥扫（皓韵同）

【二十一箇】箇个贺佐大（泰韵同）饿过（经过，歌韵同，又过失，独用）和（唱和）挫课唾播座坐（行之反，又同座）破卧货涴簸轲（轗轲）

256

【二十二祃】袹驾夜下（降也）谢榭罢夏（春夏）霸暇灞嫁赦藉（凭藉）假（借也，又休假）蔗炙（音蔗，炮火，名词）化舍（庐舍）价射骂稼架诈亚麝怕借泻（马韵同）卸帕

【二十三漾】漾上（上下）望（观望，阳韵同，又名望，独用）相（卿相）将（将帅）状帐浪（波浪）唱让旷壮放向响仗（养韵同）畅量（度量，数量，名词）葬匠障瘴谤尚涨饷样藏（库藏）舫访贶嶂当（适当）抗酿妄怆宕怅创（开创）酱况亮傍（依傍）丧（丧失）恙王（王天下，霸王）旺

【二十四敬】敬命正（正直）令（命令）政性镜盛（多也）行（品行）圣咏姓庆映病柄郑劲竞净竟孟凈獍更（更加）并（合并）聘横（横逆）

【二十五径】径定馨磬应（答应）乘（车乘，名词）赠媵佞称（相称）邓莹（庚韵同）证孕兴（兴趣）剩（賸）凭（蒸韵同）迳甄听（聆也，青韵同，又听从，独用）胜（胜败）宁

【二十六宥】宥候就授售（尤韵同）寿（有韵同）秀绣宿（星宿）奏富＊兽门漏陋狩昼寇茂旧胄宙袖（褎）岫柚覆（盖也）救厩臭佑（佑）囿豆窦瘦漱咒究疚谬皱逅嗅遘溜镂逗透骤又幼读（句读）副

（加＊号的字，在词韵中兼入遇韵。）

【二十七沁】沁饮（使饮）禁（禁令，宫禁）任（负担）荫浸譖谶枕（动词）甚（寝韵同）喙

【二十八勘】勘暗（闇）滥啗（啖）担（名词）憾缆瞰暂三（再三）绀憨澹（感韵同）轞

【二十九艳】艳（艳）剑念验赡壍店忝（俭韵同）占（占据）敛（聚敛，俭韵同）厌焰（俭韵同）垫欠僭酽潋潴坫（俭韵同）

【三十陷】陷鉴监（同鉴，又中书监）泛梵忏赚蘸嵌

入　声

【一屋】屋木竹目服福禄谷熟谷肉族鹿漉腹菊陆轴逐苜蓿牧伏宿（住

257

宿）夙读（读书）犊渎牍黩穀复粥肃碌骟鬻育六缩哭幅斛戮仆畜蓄叔淑菽俶倏独卜馥沐速祝簏辘恶镞簇蹙筑穆睦秃穀覆（翻也）辐瀑曝（暴）郁舳掬踘蹴局茯复蝮鹘鹏髑

【二沃】沃俗玉足曲粟烛属录辱狱绿毒局欲束鹄梏告（音梏，忠告）蜀促触续浴酷躅祷旭欲笃督赎劚顼蓐渌騄

【三觉】觉（知觉）角桷榷岳（岳）乐（礼乐）捉朔数（频数）卓研啄（矸）琢剥驳（驳）雹璞朴（朴）壳确浊濯擢渥幄握学権浞

【四质】质（性质）日笔出室实疾术一乙壹吉秩密率律逸（佚）失漆栗毕恤（恤）蜜橘溢瑟膝匹述慓黜跸弼七叱卒（终也）蛭戌嫉帅（动词）蒺佚轻踬怵潏蟋蟀笮箓宓必筚秫栉窒颲

【五物】物佛拂屈郁乞掘（月韵同）讫吃（口吃）绂黼弗衡勿迄不绋

【六月】月骨发阙越谒没伐罚卒（士卒）竭窟笏钺歇发突忽袜鹘（黠韵同）厥蹶蕨曰阀筏喝殁橛掘（物韵同）榾揾蝎勃圪讫（屑韵同）孛浡揭（屑韵同）碣（屑韵同）

【七曷】曷达末阔活钵脱夺褐割沫拔（拔起）葛阏渴拨豁括抹遏挞跋撮泼斡秣掇（屑韵同）怛妲聒栝獭（黠韵同）剌

【八黠】黠拔（拔擢）鹘（月韵同）八察杀刹轧戛瞎獭（曷韵同）刮刷滑辖铩猾挜

【九屑】屑节雪绝列烈结穴说血舌洁别缺裂热决铁灭折拙切悦辙诀泄泄咽噎杰彻澈哲鳖设啮劣掣玦截窃孽浙孑桔颉拮撷揭（月韵同）缬襭齧（月韵同）羯碣（月韵同）挈抉袭薛拽（曳）爇冽臬蘖瞥撇迭跌阅辍惙（易韵同）

【十药】药薄恶（善恶）作乐（哀乐）落阁鹤爵弱约脚雀幕洛壑索郭错跃若酌托削铎凿却鹊诺萼度（测度）橐漠钥著（着）虐掠获泊搏箔锷霍嚼勺谑廓绰霍镬莫箨缚貉濩各略骆寞膜鄂博昨柝拓

【十一陌】陌石客白泽伯迹（迹）宅席策册碧籍（典籍）格役帛戟璧驿麦额柏魄积（积聚）脉夕液尺隙逆画（同划）百辟虢赤易（变易）革脊获翮屐适帻厄（厄）隔益窄核覈乌掷责坼惜癖辟僻掖腋释译峄择摘奕帟迫

258

疫昔赫瘠谪亦硕貊跖（蹠）鹡碛蹐绤只炙（动词）踯斥吓穸晳淅鬲骼舶珀

【十二锡】锡壁历枥击绩笛敌滴镝檄激寂觋析溺觅狄荻幂鹢戚慼涤的吃沥霹雳惕剔砾翟籴倜

【十三职】职国德食（饮食）蚀色力翼墨极息直得北黑侧贼饰刻则塞（闭塞）式轼域殖植敕（勅）饬棘惑默织匿亿臆特勒劾仄昃稷识（知识）逼（逼）克即弋拭陟测翊恻洫穑鲫鹫（鷛）克嶷抑或

【十四缉】缉辑戢立集邑急入泣湿习给十拾袭及级涩粒揖楫（叶韵同）汁蛰笠执隰汲吸絷葺挹浥岌簮悒熠

【十五合】合塔答纳榻阖杂腊蜡匝阖蛤衲沓榼鸽踏飒拉邃盍塌咂

【十六叶】叶帖贴牒接猎妾蝶叠箧惬涉鬣捷颊楫（楫，缉韵同）摄蹑协侠荚魇睫浃慑愠蹀挟铗靥燮詟折衱馌蹅辄婕屧聂镊渫谍堞氎

【十七洽】洽狭（狭）峡法甲业邺匣玉鸭乏怯劫胁插锸歃押狎夹篓夹恰蛱硖

本表所收的字大致以杜甫诗集中所用的字为标准，此外酌收一些杜诗中未出现的常用字。一字收入两韵以上者，注明它在某韵中的意义。如果是同义的，则注“某韵同”。通用字，异体字也择要加括号注明。

（上表转引自王力先生的《诗词格律》，略作改动补充。因为是举其要者，只是收录了比较常见的一些字，尚有大量字没有收录，读者如有这方面的需要，可参看中华书局出版的周祖谟先生的《广韵校本》或上海书店出版社的清人汤文璐的《诗韵合璧》等韵书。）

附录七：作者诗作十首

读陶诗有感

夜读陶诗兴味长，凝神掩卷细思量。

功名本是浮云事，涵咏自娱百世芳。

五古续陈慧林偶成

天寒心开阔，年近福满堂。金蛇舞白雪，银马披素装。

朋友积年久，诗书兴味长。蓦然经不惑，回首意惶惶。

鹧鸪天·登高

登高壮观天地间，大河如带去不还。

松涛滚滚动风色，碧野茫茫接远天。

芳草地，白云山，毡包座座荡炊烟。

信马牧人哼长调，乐得陶然不羡仙。

咏义山

千载遗踪吊李生，人间那信误多情。

三年行走巴山水，赢得青囊皮骨形。

鹧鸪天·赠天一老师

诗教沉沦日渐深，天一传道耳能新。
人言海角无孤者，我信天涯必有邻。
矫时弊，返源真，诗学从此见精神。
春风桃李化时雨，引得东西南北人。

步韵同天一师逍遥客相和

放牛客乃逍遥客，万水千山情难隔。
低吟长啸醉平生，醒时少年头已白。

大英诗友自京赴渝，天一老师设宴相款，把酒言诗，乐何如哉！身不能至，心向往之。题诗遥赠，聊助兴耳。

春山春水带春容，又见巴山路几重。
颂雅歌风情意暖，品茶把酒蜡灯红。
投桃报李新裁手，摘句寻章老蛰虫。
挥手明朝云外路，诗传南北更西东。

续天一老师癸卯中秋续诗会首句

且借青天一片月，阴晴千古圆复缺。
举杯邀得月团圆，海角天涯情未切。
情未切，清秋节，马蹄踏破琼楼雪。
炎黄儿女望回归，始信人间有离别。

有感

风雨萧萧，黄叶寂寥，春梦未远，秋气已高，因有所感。

平生总为稻粱谋，学问功名事事休。

深羡从容傅介子，更惭慷慨班都侯。

冯唐易老心犹壮，李广难封胆益遒。

得似当年彭泽宰，闲云野壑亦风流。

梦中作长诗，醒后仅记几句，聊补之，隐约如梦中所得耳。

华发张公生来丑，性爱读书耽杯酒。

口诵心惟几十秋，此生恐作穷独叟。

梦里依稀仍少年，往事悠悠还记否。

似经儿时五里坡，枯松险怪龙蛇走。

忽如狂飙卷地来，谷裂山摇熊罴吼。

惊风初定木萧萧，卧看浮云变苍狗。

今日得闲游山海，坐栖先生门前柳。

穷经难成尺寸功，五十年华空回首。

二三弟子多俊才，得时即为经纶手。